KB234674

도화녀 비형랑

the beautiful widow and the invisible visitor

화녀 너형랑

홍주리 장편소설

도서출판 미래지향

목차

깊은 사랑과 존경을 담아
내 어머니 오정자 여사께 이 글을 바칩니다.

" 도화녀 비형랑 "

먼 옛날, 아름다운 여인 '도화녀'와 그녀를 사랑한 왕이 살았다.

여인은 남편이 살아있다며 왕의 구애를 거절했다.

"제게는 남편이 있어요.

남편이 제 곁을 떠난 후에는 당신의 말에 따르겠어요."

왕은 여인의 약속을 믿고, 더 이상 사랑을 강요하지 않았다.

얼마 후, 왕이 죽었다. 곧 여인의 남편도 죽었다.

그리고…

왕은 다시 그녀를 찾아온다, 이미 '죽은 자'로서.

"이제 네 곁에 아무도 없으니, 나의 마음을 거절하지 말라."

그날 밤, 아름다운 과부는 죽은 왕과 뜨거운 밤을 보냈다.

열 달 후, 여인은 아기를 낳았는데…

2013년, 한 아름다운 여인과 지독한 쌍둥이 남매가 살았다.

그들이 심하게 다투던 밤, 한 사람의 시체가 떠오른다.

그리고…

2013년 다시 전설이 시작된다, 아주 뜨거운 밤에…

프롤로그 – 어느 낡아빠진 다락방

이야기는 어느 낡아빠진 다락방에서 시작된다. 언젠가 국내 일간지의 1면을 장식했던, 어느 젊은 엄마가 어린 아들을 품에 안은 채 불길 속으로 걸어 들어간 그 기괴한 사건은 지금부터 소개하고자 하는 어느 '낡아빠진 다락방'에서 일어났던 것이다.

첫 번째 죽음

굳이 '낡아빠진'이라는 단어를 사용하고는 있지만, 사실 그 다락방은 지은 지 채 20년도 안 되는 3층의 고급 별장에 자리하고 있었다. 19년 전, 청옥 여사가 남편의 반대를 무릅쓰고 로코코 양식의 별장을 세울 때만 해도, 별장은 '부자들의 휴식처'가 어떤 것인지를 확실하게 보여주는 고급스러운 공간이었다. 그러나 밑으로 바다 한 자락이 걸쳐지는 깎아지른 절벽 위에 위태롭게 자리한 이 저택의 운명은 주변의 풍광만큼이나 신산스러웠다. 별장이 지어진 지 1년 후, 서류상 별장의 주인이자 청옥 여사의 남편인 이선생이 낡아빠진 포드를 몰고 절벽 아래로 떨어졌던 것이다. 별장 완공 1주년을 기념하며 파티를 벌이던 청옥 여사는 누군가 자신을 바라보는 느낌에 창가로 고개를 돌렸고, 바로 그때 바다로 떨어지는 포드 자동차를 목격한다. 운전석에는 일그러진 표정으로 '너!' 하듯 집게손가락을 내두르는 남편이 타고 있었다. 인생 최초이자 최대의 불행 앞에 청옥 여사는 무너지듯 주저앉았지만, 3분 후 스스로 일어나 경찰을 부른다.

"낡은 차였죠. 돌아가신 시아버님이 아끼시던 차라서 버리지 못했어요. 한 번씩 엔진을 돌려줘야 한다며 가끔 그 차를 몰고 집주변을 돌곤 했는데, 멈추지 못한 걸 보면 차에 이상이 있었던 모양이에요. … 다음 주엔 그렇게 아끼던 애들을 데리고 가족 여행도 가기로 했는데…"

청옥 여사는 슬프지만 단호하게 이야기한다. 이미 바다에 휩쓸려 간 차체를 건져낼 수도, 사체를 찾아낼 수도 없었던 경찰들은 국내 최대 규모의 메디컬 센터 운영자인 청옥 여사의 이야기를 액면 그대로 받아들인다. 사건이 일어난 지 하루도 되지 않아 몇몇 기자들이 찾아왔지만, 청옥 여사의 대리인은 어서기 경찰에게 했던 말을 앵무새처럼 반복한다. 당연히 모든 사실은 죽은 이와 함께 묻혀 버리고 만다. 청옥 여사의 남편이 심한 우울증을 앓았다는 것도, 포드를 아낀 건 시아버지가 아니라 죽은 남편이었으며 사고 직전까지도 포드의 엔진은 새것이나 다름없었다는 것도, 청옥 여사에게 마음을 닫아버린 이선생이 6개월 전부터 별장에 머물러 있었다는 것도, 그 때부터 이선생이 혼잣말을 하며 바닷가를 서성이는 일이 잦아졌다는 것도.

폐가가 되어간다는 것

사건이 단순사고로 종결된 것은 별장에게는 다행한 일이었다. 청옥 여사의 기민한 대처 덕에 별장은 자살이나 집주인의 죽음이 상기시키는 '폐가'의 오명을 덮어쓰지 않아도 되었다. 별장은 여전히 '그 주변에서 가장 고급스러운, 부자들의 휴식 공간'이었고, 전처럼 멋진 위용을 자랑하며 서 있기만 하면 되었다. 그러나 운명은 별장을 평화롭게 놔두지 않았다. 남편의 죽음 이후, 청옥 여사는 십 년이 훌쩍 넘도록 별장을 찾지 않는다. 주인이 찾지 않는 별장은 급속도로 처음의 풍모를 잃어갔고, 용돈 벌이 삼아 별장을 관리하던 마을 주민 장씨가 어떤 이유에선지 실족사한 후, 별장은 돌보는 사람 하나 없는 버려진 집이 되어버린다. 별장이 폐가의 모습을 갖춰갈수록 마을에 떠도는 소문은 기괴해진다. 르네상스를 그대로 재현해낸 우아한 석조 장식과는 어울리지 않는 바다갈대가 별장 마당을 뒤덮으면서, 처음에는 죽은 이선생이 별장 주변을 맴돌 거라는 가벼운 추측에 불과했던 말들이, 어느새 '괴담'으로 발전해간다. '밤이면 밤마다 죽은 이선생이 물을 뚝뚝 흘리며 별장 안으로 들어온다. 그래서 별장 안에는 늘 물이 고여 있다'거나, '사고사로 위장되었지만, 이선생은 사실 타살된 것이다. 부자들은 원래 그러니까. 별장 주변으로 밤낮없이 철썩이는 파도 소리는 사실은 죽은 이선생의 원귀가 울부짖는 소리다.' 하는 식의 선망과 악의가 뒤섞인 소문이었다. 그런 소문들과 함께, 별장은 점차 '죽은 이선생의 울부짖음'을 닮은 파도소리와 곧 쏟아질 듯 위태로운 절벽에 어우러진 기묘한 풍광을 만들어냈고, 돌보는 사람 없이 십여 년이 흐르는 새 좀도둑이나 들짐승마저 외면하는 명실상부한 '폐가'로 거듭나게 된다. 남아도는 시간만큼이나 말도 많은 홀아비 정씨에 의하면, 밤마다 별장에서 중년 남자의 흐느낌이 들려오며, 매년 아버지 제사 때면 청옥 여사의 쌍둥이 자녀가 별장에 몰래 숨어든다지만, 늘 술에 절어있는 정씨의 정신 상태와 별장의 흉측한 몰골에 비춰볼 때 사실이 아닐 것으로 추정된다. 어쨌거나 지난 십여 년 동안 별장은 주인 일가에 의해 철저히 버려졌고, 별장의 남은 운명이란 그저 바닷바람과 함께 삭아가는 것뿐이었다.

폐쇄된 다락

그런데 청옥 여사의 아들 현중이 결혼하면서, 별장의 운명은 새로운 국면을 맞게 된다. 결혼식 및 허니문 장소로 별장이 선택되면서, 청옥 여사는 급하게 별장의 보수를 시작했던 것이다. 별장은 단지 바다갈대가 뽑혀지는 것만으로도 처음의 위용을 반쯤은 되찾았다. 아직 별장의 사고사를 기억하고 있는 청옥 여사의 오빠 유노인은 '흠!'이란 짧지만 강력한 메시지를 전달했지만, 청옥 여사는 "나쁜 일은 다 끝났어요."라고 대답함으로써 공사의 강행을 알렸다.

십여 년 만에 별장을 찾은 청옥 여사는 만감이 교차하는 표정으로 별장에 발을 들여놓는다. 비록 먼지를 뒤집어쓴 채 조금씩 마모되어가고 있었지만, 별장 곳곳에는 청옥 여사의 손길이 묻어있었다. 지금의 별장 자리에는 본래 작고 낡은 한옥 한 채가 흉가처럼 서 있었다. '작고 낡았지만 세대를 거치며 오랜 세월의 수심을 그대로 담았다'는 이유로 남편은 한옥을 허물고 별장을 신축하는 것에 반대했지만, 별장이 다 지어진 후에는 누구보다 별장을 사랑했다. 한 달이면 이틀도 집에 머물지 못하는 남편을 붙잡아두기 위해 청옥 여사는 별장 곳곳에 세심한 정성을 쏟아 부었다. 이선생이 그런 그녀의 정성에 자살로 보답할 때까지, 별장에 대한 그녀의 사랑은 각별한 것이었다.

옛 기억을 떠올리며 찬찬히 별장을 둘러보던 청옥 여사는 마침내, 문제의 다락에 다다른다. 다락문은 활짝 열려 있었다. 업자들은 지붕에 매달린 채 보수 공사에 여념이 없었다. 다락방에는 바로 어제까지도 사람이 살았던 듯 동화책 몇 권이 펼쳐져 있었다. 《old tale of the World》, 《한국의 옛이야기 – 도화녀 비형랑 편》. 남편이 쌍둥이에게 읽어주던 책이었다. 순간 코끝이 찡해 고개를 돌린 청옥 여사는 업자들이 밟아 뭉갠 독거미와 썩어가는 마감재 속에서, 아무렇게나 방치된 고서적과 족보 더미를 발견한다. 그인 유난히도 다락을 좋아했지. 탁 트인 1, 2층을 놔두고 다락에만 박혀 있었어. 청옥 여사는 십여 년 전, 선형을 무릎에 앉히고 고서적을 보여주던 남편을 떠올렸다. 며칠간의 여행을 마치고 돌아온 남편의 손에는 낡을 대로 낡은 책 뭉치가 들려 있었다. 희귀본이라며 수천만 원을 주고 사왔다는 고서적은, 겉으로 볼 땐 그냥 썩어가는 책일 뿐이었다. 그래, 당신은 늘 그랬어. 정작 중요한 건 아무렇게나 팽개쳐두고 과거만 쫓아다녔지. 청옥 여사는 새삼스러운 분노로 고서적 더미를 지그시 밟았다. 남편이 그토록 애지중지했던 고서적이 찢겨가도 그녀의 분은 풀리지 않았다.

그런데 바로 그때, 남편의 몸에 배어있던 책 곰팡내가 확 풍겨왔다. 벌써 십여 년 전이지만, 아직도 생생히 기억하는 그 냄새가. 소스라치게 놀란 청옥 여사는 몸을 돌려 주변을 노려보았다. 아무것도 없었다, 그저 창밖으로 길게 펼쳐진 황량한 바다 밖에는. 생전의 남편처럼 차갑고, 음울하며, 권태롭기 짝이 없는 바다 밖에는. 청옥 여사는 허탈함에 몸을 늘어뜨리며, 바다를 노려보았다.

"그래, 당신은 늘 그런 식이었어. 당신을 바라볼수록 당신은 냉정하기만 했어. 평생을 낭신하고 달리기라도 한 것 같아. 당신이랑 나란히 서보려고 죽을 듯이 쫓아가도 눈길 한 번 안 주고 달리다가, 너무 지쳐서 돌아서려고 하면 슬그머니 멈춰 서서 내가 오길 기다렸어.

그럼 난 혹시나 싶어 당신한테 달려가고, 당신은 다시 멀어지고⋯ 결국엔 쫓아갈 엄두도 못 낼 곳으로 가버렸지. 잔인한 사람⋯⋯ 근데 그거 알아? 난 무너지지 않았어. 당신이 날 버린 그날, 나도 당신을 완전히 버렸으니까. 당신이 버리고 간 우리 현중이, 3주 후면 결혼해. 아직 거기 있으면 똑똑히 봐둬. 물에 빠져 허우적대면서, 똑똑히 봐둬! 내 아들이 여기서 결혼해. 당신 따위는 하나도 안 닮은 내 아들이 바로 여기서 결혼한다고! 당신이 모욕했던 내 결혼 생활은 그걸로 끝이야. 그 지긋지긋했던 결혼기를 그 애가 다 지워버릴 테니까!"

나지막하게 말을 시작한 그녀는 거의 악을 쓰며 말을 마쳤다. 한마디 한 마디에 어찌나 힘을 주었는지, 숨이 가빠왔다. 그런데 바로 그 순간, 바다로 난 창을 바라보며 원한을 퍼붓던 청옥 여사의 몸이 뻣뻣하게 굳어진다. 눈이 비정상적으로 커진다 싶더니, 숨을 몰아쉬며 발작을 시작했던 것이다. 이제 됐다 싶을 만큼 충분히 팔다리를 버둥거렸을 때, 청옥 여사는 인부들에 의해 간신히 구출된다. 그날 밤, 사고 소식을 접하고 달려온 현중에게 청옥 여사는 이렇게 말하곤 입을 닫아버린다.

"네 아버지를 봤어. 포드 자동차를 타고 있더구나. 그 싸늘한 눈초리⋯ 물을 뒤집어쓰고도 뭐가 그리 잘났는지⋯ 고약한 인간 같으니라고. 모든 게 선형이 때문이다. 그 애가 태어난 후 모든 게 뒤죽박죽이 되어 버렸어."

　다음날, 청옥 여사는 3층으로 통하는 문을 아예 폐쇄시키라는 요구를 한다. 이미 보수 공사가 시작된 마당에 다락을 폐쇄하라니, 업자들로서는 황당하기 짝이 없었지만, 결국 집주인의 단호한 요구대로 다락은 폐쇄된다. 다락으로 통하는 나무문 위로 대형 못이 박히는 것을 보며, 청옥 여사는 말할 수 없이 냉혹한 시선을 다락 쪽으로 던진다. 단 한 번도 자신을 사랑해주지 않았던 남편에게 복수라도 하듯, 청옥 여사의 눈길에는 원한이 서려 있었다.

　그 후, 이 낡아빠진 다락방은 문밖으로 굵은 못이 쳐진 채, 죽음과 망령의 그림자를 드리우며 조금씩 썩어간다. 3년 뒤 바로 그날, 어느 젊은 엄마가 다락의 문을 열 때까지는…!

쌍둥이 남매의 발칙한 사랑

사랑

그 일이 일어난 것은 현중과 선형이 사춘기 막바지에 이른 열일곱 때였다. 외모로만 본다면, 사실 선형은 눈이 멀 만큼 잘생긴 쌍둥이 오빠 현중과 달리 평범한 여학생이었다. 눈부시게 하얀 피부와 반짝반짝 빛나는 총기 어린 눈동자, 사람을 따라 웃게 만드는 미소 정도를 빼면 선형은 그저 공부밖엔 잘하는 게 없는 통통한 여학생일 뿐이었다. 선형은 "쌍꺼풀이 없단 걸로 엄말 닮은 거라면, 동양인 반은 나랑 닮았을 걸."이라고 말하곤 했지만, 선형이 이선생보다는 토종 한국인인 청옥 여사를 닮아 보이는 건 사실이었다.

문제는 현중이었다. 현중은 선형과 달리 독일인의 피가 섞인 아버지의 외모를 물려받았다. 독일과 한국, 폴란드 등이 뒤섞인 다국적의 족보 만들기에 42년의 짧은 생을 낭비하고 죽어버렸다는 현중 아버지는 한국 남자와 폴란드계 독일 여자의 짧은 사랑이 낳은 사생아였다. 일제강점기 막바지에 징용을 피해 미국으로 도피한 조선의 잘생긴 도련님이 왠지 모르게 고향의 누이를 생각나게 하는 독일인 가정부와 정을 통하게 되었다는, 그렇고 그런 이야기였다. 어쨌거나 현중은 아버지를 닮았다. 그 결과 딱히 '트기'랄 수는 없지만, 왠지 대한민국에서 잘 먹고 잘 살면 안 될 것 같은 이방인의 이미지를 갖게 되었고, 겉과 속이 달라서는 안 된다고 맹세라도 했는지 열 살도 되기 전부터 친구 하나 없는 외톨이였다. 남자는 거칠어서 싫고, 여자는 치근대서 싫었다. 친구라곤 선형이 전부였다. 선형이 해바라기반의 창진이랑 놀러 갈까 봐 신발을 숨겨놓던 유치원생 현중은, 십 년이 지나도 한 점 오차 없이 똑같았다.

"난 너와 나 사이에 다른 사람이 끼어드는 게 싫어!"

열일곱의 현중이 그렇게 외쳤을 때, 선형은 이렇게 대답했을 뿐이었다.

"꺼져, 이현중."

고등학생 주제에 '유전적 변이' 어쩌구 하는 논문집에서 눈도 떼지 않은 채, 선형은 태연히 가운데 손가락을 들어 올렸다, 현중의 헛소리 따윈 놀랍지도 않다는 듯.

하지만 그날 밤, 그러니까 아버지인 이선생의 기일이 막 지나가던 그날 밤, 현중에게 먼저 뛰어든 것은 선형이었다. 선형은 떨고 있었다. 선형은 창백하다 못해 시체 같은 얼굴로 현중의 화실에 들어섰다. 그날 낮 '어떤 사실'을 알아버린 충격으로 막 붓을 캠퍼스에 집어 던지며 요란스레 분노를 터뜨리던 현중은 난폭한 시선을 선형에게 던졌다. 현중은 선형도 자신과 똑같은 것을 보고 들었음을 직감했다. 그도 그럴 것이 선형의 머리칼에서 비릿한 바다 냄새가 풍겨왔다. 방금 전까지도 현중의 온몸에서 퍼져 나오던 바로 그 냄새가.

선형은 울고 있지 않았다. 그런 건 선형에겐 어울리지 않았다. 하지만 선형이 눈물을 참을 때면 언제나 그랬듯이, 온몸을 부들부들 떨면서도 이를 악물고 있는 것도 아니었다. 그저 뭔가가 텅 비어버린 여자처럼, 40은 먹어버린 여자처럼 텅 빈 시선으로 이렇게 중얼거렸을 뿐.

"처음부터 쓰레기로 태어나는 건 없어. 버려지면, 그걸로 쓰레기인 거야. 쓰레기는 나를 왜 버렸냐고 물을 수도 없어. 쓰레기니까."

마치 그 말을 하기 위해 온 힘을 쥐어짜 낸 사람처럼 선형은 풀썩 쓰러졌다. 현중이 반사적으로 그런 선형을 안아 일으켰고, 그 순간 선형은 잊고 있던 것이 생각난 사람처럼 현중의 셔츠 깃을 앙칼지게 잡아당겼다. 어쩌면 현중을 끌어안는 것 같기도 하고, 어쩌면 현중의 목이라도 조르려는 것 같기도 했고, 어쩌면 둘 다인지도 몰랐다. 선형의 얼굴은 분노와 슬픔, 고통으로 일그러져 있었다. 하지만 정작 현중을 놀라게 한 것은 선형의 눈빛 속에 담긴 고독이었다. 그 외로움이 너무나 참을 수 없는 것이어서, 현중은 죽일 듯이 덤벼드는 선형을 와락 끌어안았다. 선형은 여전히 떨고 있었다. 현중은 문득 선형의 숨소리가 너무 가깝다고 느꼈다.

그 순간이었다, 쌍둥이 남매가 연인으로 바뀌어버린 것은. 현중은 아무것도 묻지 않았고, 아무것도 말하지 않았다. 하룻밤 새 열일곱의 미소를 잃어버린, 낯선 여인이 되어 돌아온 선형을 다만 꽉 끌어안은 채 그대로 돌이라도 될 것처럼 서 있을 뿐이었다. 그 날, 바닷가에서 보고 들은 모든 것을 가슴 속에 꾹 눌러 담은 채, 일그러진 얼굴로.

이별

비극은 그렇게 시작되었다. 자신의 감정이 '여동생'에 대한 것인지, 그 날 밤 자신의 품에 뛰어든 '낯선 소녀'에 대한 것인지 확인조차 하지 않은 채, 현중은 어떤 이유에선지 극심한 혼란에 빠져 있던 선형의 마음에 파고들었다. 현중이 뭔가를 그렇게 열심히 해본 것은 태어난 이후 처음이었다. 비극적 감정과 기이한 열정이 뒤섞인 현중의 적극적 애정 공세에, 지나칠 만큼 똑 부러지던 선형은 지극히 애매한 태도를 보였다. 문제는 현중이었다. 현중은 선형의 동의도 받지 못한 상태에서, 자신들의 감정을 지상에서 허락받지 못한 비운의 사랑으로 과대포장하기 시작했다. 그 결과, 일반인에게는 '절대 사랑해서는 안 될' 사유인 쌍둥이 남매라는 사실마저, 그들에게는 '만나지 않으면 안 될 운명'의 상징으로 둔갑하게 된다.

"생각해봐, 우리가 아빠한테서 나와 엄마한테로 향할 때, 우린 벌써 손을 잡고 함께 달린 거야. 절대로 떨어질 수 없는 운명임을 알았기 때문에, 죽더라도 그 손을 놓을 수 없었던 거라고!"

현중이 선언처럼 내뱉었을 때, 선형은 묘한 시선을 던졌지만 적어도 가운데 손가락을 들어 올리지는 않았다. 어쨌거나 그런 식의 허무맹랑한 표현을 주고받으며, 남매의, 아니 적어도 현중의 감정은 풍선처럼 부풀어갔다. 비록 그 '사랑'이란 것이 육체적 사랑과는 거리가 먼 '감정놀음'에 불과했다 해도 둘의 감정이 발칙한 것임에는 틀림없었다. 어쨌거나 처음부터 '금기'에서 시작된, 어딘지 로미오와 줄리엣의 사랑을 연상시키는 십 대 후반의 감정은 브레이크도 없이 절벽 아래로 달려가고 있었다.

그러나 세상 모든 일이 그렇듯, 그들의 사랑 역시 난관에 부딪치게 된다. 사랑의 방해자가 나타나게 된 것이다. 바로 '미인은 아니지만 똑똑한 어머니 청옥 여사'였다. 어려서부터 비정상적으로 밀착된 남매의 관계를 주시하던 그녀의 레이더에 먼저 걸린 것은 현중이었다. 언제부턴가 현중이 그리는 초상화 속의 선형은 조금씩 에로틱한 분위기를 풍겨가고 있었다. 초상화 속 선형은 정상적인 쌍둥이 오빠라면 결코 그려낼 수 없는 성적 판타지로 부풀어 오르고 있었다. 불길한 예감에 사로잡힌 청옥 여사가 키 센터 직원을 불러 현중의 책상을 열었을 때, 그곳에서 발견한 것은 현중과 선형의 교환 일기였다.

현중 / 99.10.2 바람 분다.

"누이여,

누이여,

지상에서 가장 아름다운 나의 누이여.

우리의 사랑이 이 삶에 없고,

우리의 사랑이 저 허공 속에 있다 해도,

나는 그대를 사랑하리."

예쁜 시지?

어릴 때 앨범을 정리하다 발견한 아빠 시야.

아빠가 엄말 누이라고 불렀었다니, 뭔가 암시적이지 않니?

고대에는 남매도 결혼했다는데.

우린 너무 늦게 태어난 걸까, 아니면 너무 일찍 태어난 걸까?

선형/ 바람 같은 거 불지 않아.

고대라면 이집트일 거야.

고대 이집트에선 왕의 자녀인 남매가 결혼하고 함께 통치했대.

사랑 때문은 아니고, 권력이 씨족 밖으로 나가는 걸 막기 위한 족내

혼의 일환이었던 거 같아.

그리고 아빠가 그 시를 니 엄마한테 헌사라도 했다고 보나 본데,

영원한 사랑 같은 건 없어, 마마보이.

현중/ 바보야, 바람은 내 가슴에 부는 거야.

영원한 사랑이 없다고?

똑똑히 알아둬.

넌 나의 사랑하는 누이고, 내 사랑하는 신부야.

세상에서 내가 사랑하는 여잔, 아니, 사랑하는 사람은 너뿐이야.

너 하나라고!

영원히………

눈도 못 떼고 대학 노트 한 권 분량의 일기를 읽어 내려가던 청옥 여사는 가슴을 움켜쥐며 숨을 몰아쉬었다. 지켜보는 눈만 없었다면 그대로 쓰러질 일이었지만, 청옥 여사가 누구인가. 치부를 드러내기 싫어 이선생의 죽음조차 '사고'로 위장했던 그녀였다. 냉정한 목소리로 현중의 책상을 본래대로 해놓으라는 요구를 한 후, 청옥 여사는 안방에 들어가 그대로 쓰러져버렸다. 반나절이나 실어증 환자처럼 '어, 어, 어'만 토해내던 청옥 여사는 창 너머로, 선형을 막아선 채 뭔가 어필하는 현중을 보고서야 번쩍 정신을 차렸다.

'내 아들 현중이… 도대체 어쩌다가…'

어쨌거나 한가롭게 투정이나 부리고 있을 때가 아니었다. 선형의 팔을 붙잡는 현중과 그런 현중을 뿌리치는 선형. 바로 그 모습에서, 청옥 여사는 착한 현중이 영악한 딸에게 넘어갔을 거라고 단정해버린다. 일기장의 대부분을 채운, 현중의 흥건한 애정 공세를 낱낱이 읽었으면서도, 청옥 여사는 모든 잘못을 선형에게 덧씌운 채, '착한 내 아들'에게서 '못된 계집애'를 떼어낼 계획에 착수하게 되었던 것이다.

그리고 정확히 열흘 후, 열일곱의 선형은 미국 유학길에 오른다. "넌 똑똑하니까, 잘할 거다"라는 말 한마디는 선형이 청옥 여사에게 들은 처음이자 마지막 축복이었다. 현중과의 사랑에 휩싸인 지 불과 사십여 일 만에 벌어진 '대형 참사'였다. 저항은 없었다. 그저 청옥 여사가 던져 준 거액의 예금 통장엔 시선도 주지 않은 채 "또 나군요."라는 말만을 남겼을 뿐.

그러나 청옥 여사의 권유로 아버지의 외가인 독일을 여행하고 돌아온 현중은 그 사이 선형이 떠났다는 사실에 경악한다. 현중은 자신의 어설픈 감정놀음이 몰고 온 엄청난 파장에 치를 떨지만, 어떤 것도 바꿀 수 없다는 사실에 절망한다. 타고나기를 폐인이 될 소지가 충분했던 현중은 신경질적으로 식사를 거부한다. 하루, 이틀, 사흘, 나흘… 이젠 누가 좀 말려줬으면 싶을 만큼 충분히 굶었을 때, 현중이 좋아하는 전복죽을 받쳐 들고 온 청옥 여사는 선형이 떠난 것은 본인의 선택이었다며, 성적을 좀 더 올린다면 선형이 있는 곳으로 보내주겠다고 아들을 회유한다. 결국 2년 후, 미국 유수의 밍문 의대에 입학허가를 받은 현중은 선형과의 행복한 재회를 꿈꾸며 유학길에 오른다. 아름다운 구원의 여인으로 성장한 선형이 그를 포근히 안아줄 거라 기대하면서.

그런데 이게 웬 날벼락인가. 현중이 묻고 물어 선형의 아파트를 찾아갔을 때, 현중을 맞이한 것은 털이 부숭부숭한 백인 남자 닐이었다. 벌써 이마가 벗겨지기 시작한 중년의 백인 남자는 선형을 진심으로 사랑한다는 말로 소개를 시작해, '내 사랑' 선형에게 '오빠'가 있는 줄은 몰랐다며 현중을 몇 번이나 끌어안는 걸로 소개를 마친다. 선형의 매끄러운 피부 대신 닐의 부숭부숭한 가슴 털을 느끼며, 현중은 망연자실한다. 충격에 화도 못 내고 서 있는 현중에게 선형은 당연하다는 듯이 이런 얘기를 한다.

"그 여잔 잘 있니? 아는 사람 하나 없는 만리타국에 영어도 변변히 못하는 어린 딸을 쫓아내면서 전화 한 통 없던 그 독한 여자… 니 엄마한테 전해. 난 아주 잘 살고 있다고, 너 같은 건 여기 오자마자 잊었다고! 뭐야, 그 표정은? 너 아무것도 몰랐던 얼굴이네. 아니, 너도 사실은 알고 있었잖아. 그 여자가 네 인생 망칠까 봐 작정하고 날 버린 걸, 쓰레기통에, 두 번씩이나."

거의 악을 쓰듯 시작된 선형의 말은 속삭이듯 끝났고, 뜻밖의 이야기에 현중은 몹시 당황한다. 이방인의 이미지만 강할 뿐 인생의 진정한 괴로움을 맛본 적이 없던 현중은 유학은 선형의 선택이었다는 청옥 여사의 말을 그대로 믿고 있었다, 적어도 겉으로는. 급격한 혼란 속에서, 무슨 말이든 해야 했던 현중은 더듬대며 이렇게 물을 뿐이었다.

“엄마가 … 알았다고?”

“겁나니? 겁낼 거 없어. 어차피 넌 쌍둥이 오빠일 뿐이니까. 그러니까 철없던 때 일은 깨끗이 잊고, 학위나 따서 돌아가.”

그들의 재회는 그렇게 끝이 났다. 우유부단한데다 미국 지리를 잘 몰랐던 현중은 그곳을 뛰쳐나가기는커녕 선형과 닐이 요란하게 서로를 더듬는 소리를 들으며, 선형의 동거남 닐의 체취가 물씬 풍기는 소파에서 잠을 청한 후, 닐이 차려주는 오트밀까지 얻어먹은 후에야 선형이 운전하는 차를 타고 학교로 향한다. 네 시간이나 되는 먼 거리를 선형이 운전하는 동안 현중이 겨우 지껄인 것은 “넌 변했어, 변해도 너무 많이 변했어.” 그 정도였다.

선형이 변한 것은 사실이었다. 선형의 눈은 여전히 총기로 번뜩거렸지만, 남을 웃게 만들던 밝은 미소는 사라지고 없었다. 2cm나 될까? ‘밀었다’고 표현할 만큼 짧게 쳐낸 그녀의 머리칼 덕분에 동양인의 특징인 광대뼈는 더욱 강조되었고, 가슴과 엉덩이 정도를 제외하면 살점이란 건 처음부터 없었던 사람처럼 깡말라 있었다. 현중은 그런 선형을 곁눈질하며, 아련한 아픔에 빠져들었다. 상상 속의 선형은 여성스럽게 성장해 현중을 안아 들이고 있었지만, 현실의 선형은 현중에 대한 애정 따윈 잊은 지 오래 듯, 십 내 후반에 겪게 된 절절한 고독과 분노를 현중에게 쏟아내고 있었다. 그렇다면, 현중 역시 이쯤에서 사랑 따윈 깨끗이 잊고, ‘학위나 따서’ 돌아가야 할 일이었다. 그러나 이번에도 문제는 현중이었다. 사막에 버려진 온실

속 화초가 뿌리를 내리다니…! 현중은 선형을 보며 그렇게 감탄을 하는 것이었다. 아닌 게 아니라, 선형은 아름다웠다. 타고난 이목구비와 상관없이 속에서 품어져 나오는, 사람을 잡아먹을 듯한 요기가 어찌나 매혹적인지 누구라도 뒤를 돌아볼 정도였다. 현중은 결국 4년 만에 만난 선형을 한층 더 사랑하게 된 채로 미국 유학의 첫날을 보냈다.

그 후, 한 때는 영원한 사랑을 이야기했던 쌍둥이는 서로에게 연락을 끊은 채 십 년 가까운 세월을 보낸다. 현중이 선형에게 전화했을 때, 선형은 이미 닐과의 동거 생활을 청산하고 어디론가 떠난 후였다. 알아보려 하면 어떻게든 알아볼 수도 있었겠지만, 현중은 적극적으로 그녀를 찾는 대신, '떠나버린 그녀를 그리워하며 감상에 젖는 쪽'을 택한다. 선형이 사라짐으로써, 현중이 미국에 온 이유도 같이 사라진 셈이었지만 현중은 10년이 넘는 세월을 뇌신경외과 전문의가 되는 데 보냈다. 일단 수단과 방법을 가리지 않고 미국에만 보내면, 그 후엔 어떻게든 될 거라는 청옥 여사의 예상이 적중했던 것이다. 그러나 그것이 과연 청옥 여사의 승리였을까? 한껏 달아올랐다 갑작스레 끝나버려, 폭발될 기회조차 없었던 현중의 감정은 13년 전의 '날것' 그대로 봉인되어 버렸다. 사랑과 연민, 분노와 슬픔마저 제대로 구분하지 못했던 열일곱의 미숙한 감정 그대로, 언제든 터질 수 있는 시한폭탄처럼.

13년 후

서른한 살, 현중이 얻은 것

아침 9시. 박 기사가 차 문을 열어주었지만 청옥 여사는 꼿꼿하게 앉아있을 뿐이었다. 무표정하게 차에서 내린 현중은 습관처럼 미간을 찌푸리며, 청옥 여사에게 손을 내밀었다. 그제야 청옥 여사는 우아한 동작으로 현중의 손을 잡고는 차에서 내렸다. 미소 따위 조금도 짓고 있지 않았지만, 청옥 여사는 이 순간이 가장 좋았다. 사람들의 시선을 느끼며 현중과 걷는 그 순간만큼은, 청옥 여사는 지나가는 모기에게마저 친절했다.

조각 같은 외무의 의료 재벌 2세. 그것이 현중의 타이틀이었다. 세월이 흐르고 양 미간엔 지울 수 없는 깊은 주름이 잡혔지만 현중의 외모는 여전했다. 지성과 논리로 무장된 청옥 여사를 한순간에 무너뜨렸다는 현중 아버지의 외모는 현중 대에 이르러 동양적인 신비감을 한층 더하며 절정에 달했고, 현중 안에서 나오는 무기력함은 여자의 모성애를 자극하고도 남았다. 현중에게 구애를 하는 여자들은 어디에나 있었다. 하지만 아나운서, 의사, 국회의장의 둘째 딸, 재벌가의 손녀, 하다못해 현직 모델까지 각양각색의 여자들을 선보이던 매파들이 두 손 두 발을 들 때까지 현중은 어느 여자에게도 관심을 보이지 않았다. 개중에는 현중에게 혹해 병원까지 찾아오는 여자들도 있었지만, 누군지 조차 몰라보는 현중의 '진정성 있는' 무관심에 무안만 당하고 돌아갈 뿐이었다. 하지만 그게 뭐 어떻단 말이지? 현중이는 내 아들이야. 현중이를 좋아하는 건 당연하잖아. 흠… 청옥 여사는 자랑스러운 얼굴로 아들을 바라보았다.

"잘할 수 있겠지? 그냥 괜찮은 정도론 안 돼. 아주 멋지게 해내렴."

청옥 여사는 현중의 어깨를 두드렸다.

"관둬요, 엄마."

청옥 여사의 손길을 살짝 피하며 현중은 귀찮은 듯 내뱉었다. 하지만 그 소리는 너무 낮아서 청옥 여사의 귀에는 들리지 않았다.

오후 2시. 현중은 무표정하게 수술실로 들어섰다. 마취약에 취한 탐욕스런 인상의 노인이 머리를 드러낸 채 누워있었다. 청옥 여사의 설득이 아니었다면, 여당 측 3선 의원이라는 이 VIP 고객은 결코 서른한 살의 청년에게 소중한 뇌를 맡기지 않았을 것이다. 이 수술이 청년의 실질적 데뷔 무대란 것을 알았다면 더욱이. 청옥 여사를 키워준 오빠이자 병원 설립자인 유노인이 현중을 탐탁지 않게 여기는 상황에서, 이 수술이 자신의 입지를 결정한다는 것쯤은 현중도 알고 있었다. 현중보다 나이 많은 수련의들이 현중을 어떤 식으로 말하는지도. 하지만 알 게 뭐야, 그런 게 나랑 무슨 상관이라고. 현중은 숨을 멈춘 채 칼을 들었다. VIP 같은 건 사라지고 없었다, 그 저 잘라내야 할 뼈와 살덩어리들만 남았을 뿐.

저녁 7시. 수술은 성공리에 끝났지만, 현중은 급하게 병동을 떠 났다. 현중이 제법 유능한 칼잡이란 걸 입증한 청옥 여사는 이 성 공을 현중의 입지를 다지기 위한 발판으로 삼고 싶어 했지만, 청옥 여사의 계획 속으로 들어가고 싶은 마음은 없었다. 현중의 31년 인 생이 청옥 여사의 교묘한 조종 속에서 이루어진 것이라 해도, 기꺼 이 그래 왔던 것은 아니었다.

'장하구나, 내 아들. 이렇게 시작하는 거지.'

현중은 청옥 여사의 메시지에 시선을 던지며 저도 모르게 입술 을 일그러뜨렸다. 장하다구요? 제가 또 뭔가 착한 일을 했나 보네 요. 청옥 여사의 자랑스러운 아들이자 메디컬 센터의 후계자. 그것 은 '어린 몽상가'에 불과했던 현중이 지난 13년을 바쳐 얻은 이름이 었다. 그러니까 그런 건 모두 '선형을 필아 산 안락함'이라는 낙인 같 은 것'이라고 현중은 자조했다. 돌아오는 게 아니었어. 얼마나 더 참 을 수 있을까? 현중은 참을 수 없는 불편함이 위에서 끓어오르는 것을 느꼈다. 가슴을 짓누르는 답답함, 실체를 알 수 없는 구토감이 덩어리지고 있었다, 현중이 청옥 여사의 꿈에 다가갈 때면 언제나 그래 왔듯이. 엘리베이터 거울에 조각 같은 현중의 얼굴이 비쳤다. 현중은 문득 그 모습을 참을 수 없다고 느꼈다. 그리고 그 순간, 현중의 안에서 어떤 덩어리들이 풍선처럼 부풀어 오르기 시작했다. 13, 12, 11, 10, 9… 9층쯤이었다, 그 덩어리들을 더는 참지 못하고 충동적으로 뛰어내린 것은.

어떤 마주침

"……도피, 비겁한 사랑, 숨겨둔 고통."

누군가 자신의 마음을 훑어내는 듯한 소리에 현중은 달리는 것을 멈췄다. 비겁함, 비겁함, 비겁함. 지난 13년간 단 한 번도 떠나지 않았던 그 단어가, 가쁜 숨소리를 내며 달리는 현중의 귓가에 꽂히듯 들어왔다. 현중은 숨을 헐떡이며 그 소리를 향해 타는 듯한 시선을 던졌다. 현중의 시선에 잡힌 것은 머리를 느슨하게 묶어 올린 동그란 눈매의 여자였다. 그녀는 왼쪽 발목부터 무릎 위까지 압박 붕대를 감은 채, 어떻게 올라갔는지 창가에 걸터앉아 있었다. 사선 무늬 환자복으로 몸을 감싸고 화장기라곤 하나도 없었지만, 한 번 보면 절대로 잊을 수 없을 만큼 너무 예쁜 여자였다. 여자는 시집을 한 권 손에 든 채 딴청을 부리고 있었다. 여자의 눈에는 심심한데 장난이나 쳐볼까 하는 장난기가 가득했지만, 현중의 눈에는 그런 것이 들어오지 않았다.

"뭐라구요?"

"아… 들렸나요?"

여자는 씽긋 웃으며 딴청이었다.

"들으라고 한 얘기 아닌가요?"

현중은 날카로운 눈길로 여자를 훑어보며, 거칠게 여자의 책을 낚아챘다. 순간, 여자에게 닿은 현중의 손길이 너무 뜨거워서 여자는 손을 움츠리며 새삼스레 현중의 얼굴을 바라보았다. 희미하게 보이는 혼혈의 흔적과 어딘지 모르게 모성애를 자극하는 슬픈 눈빛… 현중을 바라보던 여자의 볼에 홍조가 도는가 싶더니, 여자는 눈을 피하며 창가에 세워둔 목발로 손을 뻗었다. 그 순간, 현중은 목발을 들어 여자의 손이 닿지 않는 곳으로 옮겨놓았다. 여자는 이제 확실히 붉어진 얼굴로 현중을 바라보았다. 현중은 그런 여자를 딱딱하게 바라보며, 신랄한 어조로 내뱉었다.

"무속인입니까?"

"그럴 리가…"

"그럼 아까 한 소린 뭐죠?"

여자는 잠시 발끈하는 표정이더니, 갑자기 풀죽은 한숨을 내리쉬었다.

"저… 병원에서 일한 지 얼마나 됐어요?"

"글쎄요. 전문의가 된 건 오래지 않지만, 20대부터 줄곧 소독약과 함께했죠."

"그럴 줄 알았어요. 그러니까 병원이 얼마나 답답한 곳인지 모르는 거야. 두 달쯤 입원해 있어 봐요. 뭐든 할 일을 찾게 되죠. 이건 그냥 병원 책이에요. 너무 심심해서 그냥 의사 샘이랑 관계있는 페이질 읽어본 거뿐인데…"

"나랑 관계있는 페이지?"

"음, 그건 의사샘이 여길 지나갈 때가 7시 14분이었으니까, 7페이지 14째 줄 뭐 그런 거."

여자는 현중의 완력에 구겨진 책장을 손으로 짚어 보였다. 도피, 비겁, 고통. 현중은 여자의 입을 통해 들었던 그 글자들을 이제 눈으로 바라보고 있었다.

"기분 나빴다면 사과할…까요?"

"우리 병원 비품 손실이 왜 그렇게 많은지 알만 하군요."

"전 그냥 읽기만 했어요. 이렇게 만든 건 바로…"

"처음엔!"

현중이 여자의 말을 잘랐다.

"댁이 뛰어난 무당이 아닐까 생각했어요. 앉아서 천리를 보고, 사람 마음을 뒤흔드는 점괘를 잘도 뽑아내는 무당 말이에요. 아주 사람을 미치게 하는!"

농담처럼 시작된 현중의 말은 신랄한 비난으로 끝이 났다. 굳이 덧붙이자면, 격렬한 분노가 담긴 황당하기 그지없는 비난이었다. 여자는 놀란 듯 그런 현중을 빤히 바라보더니, 갑자기 장난기 가득한 눈으로 씩 웃었다.

"그러니까… 사실은 점을 치고 싶었던 거죠?"

여자는 책을 곱게 접어 현중에게 내밀고는 열어보라는 눈짓을
했다.

"…이쯤에서 경비를 불러야 할 것 같군요."

"방금 전엔 내가 무당인 줄 알았잖아요. 이걸 시집이라고 생각하
지 말고 한 번 뽑아 봐요. 점을 치는데 꼭 카드나 수정 구슬이 있어
야 하는 건 아니잖아요. 뭔가를 절실하게 알고자 하는 마음이 중요
한 거지."

"글쎄요."

"너무 그러지 말아요. 평생 오늘의 운세 한 번 안 보는 사람처럼."

"다음엔 전화번호부를 들고 있어 봐요. 어떤 운세가 나올지 궁금
하네요. 홍수진, 최만용, 박판돌?"

"요즘 어디서 전화번호부를 구한다고. 너무 잘난 척하지 말아요.
우린 모두 위안이 필요한 사람들 아닌가요?"

위안이라… 현중은 정곡을 찔린 사람처럼 공세를 멈췄다. 사실
을 말한다면, 모든 것을 다 기진 현중에게 가장 필요한 것이 바로
그 위이이었으므로.

"틀려도 그만이싫아. 어자피 난 사, 사이비니까."

여자는 '사이비'라는 말을 일부러 더듬으며, 현중 쪽으로 책을 내
밀었다. 여자는 어서 해보라는 듯 한쪽 손가락으로 책 표지를 톡톡

쳤다. 톡.톡.톡. 리듬이 빨라지며 왠지 마음이 흔들린 현중은 체념 비슷한 심정으로 책에 손을 뻗었다.

"자, 마음속으로 소원을 빌면서, 아홉을 세는 거예요."

"아홉?"

"열은 완전수니까 하난 남겨두죠? 달리 사이비겠어요?"

그렇게 말하며 여자는 환하게 웃어 보였다. 감춤 없는 따뜻한, 다정한 웃음이었다. 언제였더라, 저렇게 다정한 미소를 보았던 적이. 저 미소, 그래 그 애도 그랬지. 열일곱이 되었을 때까지 선형인 늘 그렇게 웃어주곤 했어. 순간, 현중은 괴로운 눈길로 여자와 손에 든 책을 바라보았다. 한 번만 더, 한 번만 더 선형이의 웃는 얼굴을 볼 수 있다면… 선형아, 너 어디에 있니? 아아, 선형아… 저도 모르게 선형을 되뇌며 현중은 책장을 열었다.

'해서는 안 될 일'. 현중이 연 페이지에 적힌 시의 제목, 아니 현중의 점괘였다. 현중은 약간 화가 난 표정으로 책장을 다시 열었다. '불행'. 두 번째 점괘에 현중은 이를 악물며 책장을 탁 덮었다. 곧이어 현중이 세 번째로 책장을 열려는 순간, 여자는 심각해진 표정으로 현중의 손을 가로막았다.

"이건 그냥 심심풀이일 뿐이에요."

현중은 대답 대신 분노 서린 눈길로 여자를 노려보며, 여자의 손에서 거칠게 책을 빼앗아, 기어이 점괘 하나를 더 뽑았다. '파멸'. 현중의 마지막 점괘는 '파멸'이었다…! 그 순간, 현중은 이글이글 타는 눈으로 마지막 점괘를 바라보다, 책을 바닥으로 던졌다. 둔탁한 소리와 함께 책 모서리가 찍히고, 책은 제멋대로 펼쳐진 채 바닥을 나뒹굴었다. 여전히 창가에 걸터앉은 채, 여자는 그 모습을 어이없게 바라보았다. 이내 이성을 되찾은 현중은 자기가 저지른 일에 당황하며, 창가에서 내려오려고 목발 쪽으로 손을 뻗는 여자를 부축해 내려주었다. 여자는 불편하기 짝이 없는 자세로 허리를 굽혀 책을 주우려고 애쓰다 현중 쪽을 흘겨보았다.

"좀 줍지 그래요?"

현중은 미안하다는 말도 없이 뜯겨진 책장을 무뚝뚝하게 내밀었다. 여자는 무심코 현중이 내민 책장의 시구에 시선을 주었다.

"우리의 아주 특별한 만남…?"

여자는 흘낏 현중 쪽에 시선을 주었고, 현중은 무뚝뚝하게 덧붙였다.

"그건 내가 뽑은 게 아니에요."

"네?"

"뭐, 그렇다구요."

여자는 그런 현중을 어이없게 바라보다 풋 웃음을 터뜨리며 얼이라도 재듯 장난스레 현중의 이마를 짚었다.

"솔직히 말해 봐요. 뭔가 기분 나쁜 일은 꾸미고 있었던 거죠? 병원을 집어삼키려는 음모 같은 거?"

여자의 웃음은 점점 더 열일곱의 선형을 닮아가고 있었다. 거침 없고, 순수하고, 무슨 일이든 즐겁게 받아들이는, 옆 사람을 웃게 하는 웃음. 현중은 홀린 듯 여자를 바라보았다. 여자에겐 확실히 무언가가 있었다. 일테면, 편안하고 상냥한 외모 속에 감추어진 열일곱의 미소, 좀 더 정확히 말해 현중을 바라보던 선형의 미소 말이다. 현중은 알 수 없는 고통을 느끼며 한없이 그녀를 바라보았다.

아주 사소한 일탈

며칠이 지나서야 현중은 자신이 여자의 이름조차 알지 못한다는 것을 깨달았다. 8주 이상 외과에 입원해 있었다는 20대 중반의 여성 환자. 그녀의 이름 정도야 마음만 먹으면 알아낼 수 있었지만, 현중은 그런 귀찮은 일은 하지 않았다. 이름은 알아서 뭘 하겠어. 현중은 2주가 지나도록 생생하게 떠오르는 그녀의 잔영을 지우며, 차트에 정신을 집중하려 애썼다. 간호사는 유난히도 거슬리는 콧소리로 현중이 인계받게 된 환자에 대한 설명을 늘어놓았다.

"외과 쪽 검진 의뢰 환잔데, 교통사고로 갈비뼈, 좌측 슬 관절, 아킬레스건이 손상돼서 수술을 했고 지금은 재활치료 중이에요. 뇌출혈이나 기타 이상 소견이 없는데, 간헐적으로 찌르는 듯한 두통을 호소해서 김 교수님이 검사를 받게 했어요."

"들어오게 하세요."

스르르 문이 열리고, 현중은 차트에 시선을 고정시킨 채 형식적인 질문을 시작했다. 환자는 아무런 대답이 없었다. 현중은 흘낏 환

자 쪽으로 시선을 주었고, 저도 모르게 환한 미소를 지으며 자리에
서 일어섰었다. 환자복을 입은 것은, 바로 그녀였다!

"이런, 우연인가요?"

어딘지 들뜬 듯한 현중의 말투에 간호사는 현중 쪽을 바라보았
다. 하지만 정작 여자는 현중을 향해 고개를 살짝 숙였을 뿐 별다
른 반응을 보이지 않았다. 현중은 겸연쩍게 미소를 거두고 그녀를
찬찬히 바라보았다. 그녀는 그야말로 우울하기 짝이 없는 표정이었
다. 낯선 남자에게 어린애 같은 태도로 말을 걸고, 티 같은 건 한 줌
도 섞이지 않은 표정으로 웃어대던 '열일곱의 선형'과는 너무나 달
랐다.

"머리가 아파요. 머릿속에 뭐가 들어있는 것처럼……"

"흠, 검사 결과 뇌에는 아무 이상이 없는데요. 혹시 사고 당시에
정신적 충격이 있었나요?"

"… 그게… 글쎄요. 누군가에게 얘기할 만한 건 못 돼서."

"좀 더 자세히 얘기해 봐요."

"그게… 치료가 아니라면 얘기하고 싶지 않은데요."

거기서 여사는 현중을 똑바로 바라보았다. 단호하게 입을 다문
그녀의 표정은 차갑다기보다는 어딘지 심통이 난 어린아이 같았다.
잠시 그런 여자를 바라보던 현중은 무뚝뚝한 표정으로 대답했다.

"치료니까 이야기해 봐요."

"정말 별거 아닌데요."

여자는 고집스레 현중을 바라보다 망설이며 말을 이었다.

"그날 밤 운전을 하는데, 윙하는 소리가 들리기 시작했어요. 머리는 깨질 듯 아프고… 처음엔 오디오에서 나는 소린 줄 알았어요. 근데 오디오를 꺼도 소리가 계속되더니, 갑자기 제 비명이 들렸어요."

"비명소리?"

"네. 분명 제 목소리였어요. 그 순간, 차가 미끄러졌고."

"사고가 나면 누구나 비명을 지르죠."

"아니, 비명이 먼저였어요. 전 입도 벌리기 전이었는데 소리가 났어요. 그것도 제 비명소리가!"

순간, 여자의 눈은 묘하게 번뜩였다. 어쩌면 여자는 약간의 망상증을 앓고 있는 것인지도 몰랐다. 하지만 다음 순간 여자는 풀이 죽은 채 덧붙었다.

"거봐요, 믿지도 않을 거면서."

"그런 말은 안 했는데."

"… 그런 게 가능할 리 없잖아요. 따지고 보면 비명이 먼저였든 사고가 먼저였든 무슨 상관이겠어요."

어떻게 이 여자에게서 선형을 떠올린 걸까. 여자는 심지어 현중을 제대로 바라보고 있지도 않았다. 그렇다면, 이제 현중도 의사 모드로 돌아가야 했다. 쓸데없이 격렬한 분통을 터뜨리던 젊은 남자가 아니라, 환자의 사연엔 별로 관심 없는 무표정한 의사로 돌아가 두통약이나 처방해주면 그뿐이었다. 하지만.

“이름이 뭐죠?”

“… 송여주.”

“좋아요, 송여주씨. 바람이나 쐬러 갈래요?”

자신이 뱉은 말에 가장 놀란 것은 현중 자신이었다. 방금까지도 침울한 얼굴로 상황을 설명하던 여주는 눈을 동그랗게 뜨고 현중을 바라보았다. 갑작스런 공격이라도 받은 사람처럼 침까지 삼키며 “그것도 치료인가요?”라고 묻는 순진한 눈동자. 그제야 여주는 현중이 며칠 간 떠올렸던 처음의 그녀와 닮아 보였다. 호기심 가득한 간호사의 시선을 무시하며, 현중은 하얀 가운을 벗었다. 아무렇지도 않게 미간을 찌푸렸지만, 거울에 비친 현중의 모습은 어딘지 상기되어 있었다. 바보처럼 굴지 마, 이현중. 이런 건 아무것도 아니니까. 마음과는 상관없는 사소한 일탈일 뿐이니까.

관성의 법칙

“바다네요?”

“바다?”

여주의 탄성을 듣고서야 현중은 자신이 바다에 와버렸다는 걸 깨달았다. 현중이 운전하는 내내 여주는 조용히 책을 읽었다. 현중은 두 번쯤 그 책의 용도에 대해 의문을 느꼈지만, 그 책이 점괘용이냐는 시답잖은 질문을 던지지는 않았다. 그러니까 여주의 탄성과 현중의 얼빠진 반문은 두 사람의 충동적인 동행 이후, 처음으로 주고받은 대화이기도 했다.

"잠깐만 내려요!"

한결 여유로워진 표정으로 여주는 차에서 내렸다. 이미 어두워지기 시작한 바닷가로 여주는 성큼성큼 다가갔다. 아직 붕대를 감고 있는 한쪽 발목이 아니라면 여주는 조금도 환자 같지 않아 보였다. 환자복 대신 원피스 위에 후드가 달린 코트를 입고, 그녀는 양팔을 벌려 차가운 바닷바람을 음미하고 있었다. 어느새 여주는 첫 만남의 자유로운 분위기로 돌아가고 있었다.

하지만 현중은 뭔가에 홀린 사람처럼 주변을 바라보았다. 유난히도 비릿한 바다 냄새, 깎아지른 절벽, 그리고 그 절벽 위로 어슴푸레 보이는 폐가 아니 별장… 이 너무나도 익숙하고 그리운 풍경. 무엇이 나를 이 어두운 바닷가로 이끌었을까. 아버지, 거기 계세요? 그래요. 이렇게, 돌아왔네요. 역시 아버지였나요? 거기까지 생각하던 현중은 그제야 오늘이 아버지의 기일이라는 것을 깨달았다. 그와 함께 지난 며칠 간 자신을 옥죄어오던 감정의 실체까지도. 이건 관성의 법칙이야. 벗어나려 해도 다시 돌아가 버리는 이 지긋지긋한 우울, 지울 수 없는 흉터.

현중은 그립고도 고통스러운 감정으로 어둠 속에 묻힌 별장을 바라보았다, 한때는 가족 모두 함께 했던 별장을. 현중은 뭐라 말할 수 없는 착잡한 표정으로 별장을 바라보았다. 한때는 가족이 모여 식사를 하기도 했던, 이제는 한 줄기 빛조차 새어 나오지 않는, 거

대한 비석 같은 별장. 온전히 행복하지는 않았지만 적어도 가족이 함께했던 그 공간은 더 이상 없었다. 남은 것은 그저 옛 기억을 자극하는, 지독한 숙취 같은 그리움뿐이었다. 가족 모두가 별장에 오는 건 일 년에 겨우 며칠이었지만, 그래도 그때만큼은 별장에서 나오는 불빛이 등대처럼 바다를 비춰주곤 했어.

흐려지는 현중의 눈 위로 문득 환한 빛이 쏟아져 내린다. 참혹할 만큼 어두운, 불 꺼진 별장 위로 다시 한 번 쏟아지는 환한 불빛들… 1층에선 엄마인 청옥 여사가 100년은 된 흔들의자에 앉아 바다를 바라본다, 2층에선 아버지 이선생이 곰팡내 나는 고서적을 들여다보며 뭔가를 적고 있다, 3층 다락에선 선형이 엉뚱한 소리를 하는 현중에게 가운데 손가락을 들어 보인다. 1층, 2층, 3층. 그러나 불빛은 이내 꺼져버린다, 그런 미련 따위 부질없다는 현중의 체념과 함께. 아니, 그래도 한 번만 더. 현중의 마음속에서 다시 한 번 불이 켜진다. 1층, 2층, 3층 … 아니, 잠깐! 저 불빛은 진짜다. 너무도 연약한, 웬만해서는 알아볼 수 없는 작은 불빛이 별장에서 새어 나오고 있다! 마치 한 번은 이곳에 들러달라는 망자의 귓속말처럼, 아주 작게, 그러나 분명히.

그녀의 뒷모습

아주 난폭하게, 현중은 여주를 차에 태웠다. 바다를 가로지르는 길 따윈 없었다. 꽤 먼 길을 우회해, 현중의 차는 별장으로 들어섰다. 별장에는 누군가 애써 심어 놓기라도 한 듯이 바다갈대가 우거져 있었다. 정식 학명 따위 아무도 몰랐지만, 갈대처럼 떼를 지어 우거진 그 모습과 '바다갈대'라는 이름이 주는 기묘한, 그래서 적절한 느낌 때문에 그 식물들은 그저 '바다갈대'라고 불렸다. 동화가 아니었기 때문에, 바다갈대는 현중의 키를 넘어서지도 못했고, 사람을 잠들게 하는 마력을 지니고 있지도 못했다. 하지만 바다갈대가 한 가지 능력을 가진 것만은 분명해 보였다. 그것은 사람의 감성을 아주 나쁜 쪽으로 자극시키는, 그러니까 사람을 끝없이 암울하게 만드는 독한 능력이었다.

여주를 바다갈대 속에 버려둔 채로 현중은 달렸다. 어쩌면, 어쩌면… 서늘한 예감이 현중의 몸을 떨리게 만들었다. 하지만, 아니 어쩌면, 하지만, 아니 그래도, 하지만. 차에서 현관문까진 채 2분도 걸리지 않았지만, 현중의 머릿속에선 두 개의 생각이 치열하게 싸우고 있었다. 육중한 손잡이에 손을 올렸다. 손잡이는 누군가의 체온이 남아있는 듯 미지근했다. 그렇다면 역시? 육중한 현관문은 현중을 기다렸다는 듯 스르르 밀렸다. 숨을 몰아쉬며 현중은 별장 안으로 뛰어들었다.

불이 꺼진 캄캄한 집안. 달빛이 흐릿하게 별장 안을 비출 뿐, 어디에도 불빛 같은 것은 없었다. 역시 잘못 본 것인가. 하지만 별장 안에는 어떤 느낌이 남아있었다. 아주 익숙하고, 미칠 듯이 그립고, 그러면서도 마주하기 두려운 어떤 느낌이.

"나와! 너 여기 있는 거야? 어서 나와!"

현중은 소리를 버럭 질렀다. 하지만 그것은 그저 아주 낮은 속삭임으로밖에는 나타나지 않았다. 현중은 상처받은 개처럼 으르렁거리며, 어두운 별장 곳곳을 오르내렸다. 거실에도, 침실에도, 사람의 흔적은 없었다. 당연하겠지, 내가 지금 무슨 생각을 하는 거야. 그 애는 돌아오지 않아. 현중은 우뚝 멈춰 선 채 양미간을 찌푸렸다. 바로 그때, 테라스 쪽에서 어떤 움직임이 느껴졌다. 현중은 핸드폰 불빛을 비추며, 뭔가에 홀린 듯 테라스로 다가갔다.

그곳에 그녀가 서 있었다! 어둠 속에 가려진 그녀의 뒷모습. 현중은 격하게 그녀를 껴안았다. 그녀의 어깨가 떨려온다. 굳어진 것처럼, 그녀는 그대로 멈춰있을 뿐이다. 현중은 더는 참을 수 없다는 듯, 그녀의 몸을 자신 쪽으로 돌려세운다. 현중의 격한 힘 때문에 그녀의 몸은 180도를 회전하며 현중을 향한다. 어둠 속에서도 빛나는 하얀 셔츠, 무성한 검은 머리칼, 사람을 압도하는 검은 눈동자… 아니, 유난히도 동자가 큰 암갈색 눈동자? 아니, 아니, 이런 건 선형이 아니야.

현중은 뒤로 한 발짝 물러서며 작은 새처럼 떨고 있는 낯선 여자를 바라보았다. 저 여자, 누구지? 현중은 현실감을 잃어버린 채, 여주를 바라보았다. 그러니까 아주 사소한 일탈로 아버지의 기일을 함께 보내게 된 한 여자를, 텅 빈 시선으로. 여주는 겁에 질렸다기보다는 당황한 얼굴로, 그런 현중을 바라보았다. 선형인 역시 없었어.

그래, 당연하잖아. 이런 마주침 따위 일어날 리 없잖아. 도대체 뭘 기대한 거야, 이현중. 그 애는 사라졌어. 그러니까, 그러니까… 잠깐만. 숨을, 숨을 쉴 수가 없어. 나는 다만, 숨을…

난폭한 혹은 고독한

"괜찮아요? 일어나요, 이봐요!"

여주는 다친 무릎에 심한 통증을 느끼며, 자신의 온몸을 내리누르는 현중을 흔들었다. 이 남자, 역시 기절해버린 거야? 벽에 간신히 등을 기대긴 했지만, 정신을 잃은 현중이 하필 다친 다리 쪽으로 넘어지는 바람에 여주는 상당한 타격을 입었다. 한 손을 버팀대 삼아 온몸으로 현중의 무게를 이겨내며, 여주는 벽을 더듬어 전등 스위치를 찾았지만 불은 켜지지 않았다. 도대체 이 남자 어떻게 된 걸까? 발작인가, 설마 죽은 건 아니겠지? 여주는 '칠흑 같은 어둠 속에서 시체에 짓눌린 여자'의 이미지를 떠올리며 몸서리를 쳤다. 쓸데없이 생생한 상상력 덕분에 여주의 공포는 점점 커졌다. 여주는 발작적으로 발버둥을 쳤고, 그 때문인지 현중이 숨을 토해냈다. 이젠 됐어, 이 남자 살아 있잖아. 여주는 땀까지 흘리며 가쁜 숨을 몰아쉬었다.

"괜찮아요?"

현중은 정신을 차린 후에도 움직이지 않았다. 여주는 여전히 현중에게 짓눌린 채 가쁜 숨을 참고 있었다.

“움직일 수 있어요? 일어나요. 도대체 왜 …”

하지만 여주는 말을 잇지 못했다. 겨우 달빛에 비친 실루엣뿐이지만 현중은 뭐랄까 너무도 추워 보였다. 슬픈 눈빛과 곧게 뻗은 콧대 위로 드리워진 깊은 고독감. 여주는 숨을 멈추고 현중을 바라보았다. 기절해야 할 건 나잖아. 갑자기 사람을 끌어안은 게 누군데. 당신 너무 난폭하잖아. 하지만 이 눈빛… 여주는 현중의 어깨를 감싸 안았다. 어머니가 아이를 바라보듯 따뜻한 손길이었다. 그때, 비로소 정신을 차린 현중은 흠칫 몸을 떨며 거칠게 여주를 떠밀었다. 순간, 여주는 몸의 중심을 잃고 다친 다리 쪽으로 쓰러졌다. 아! 여주의 짧은 비명 소리에 현중은 깜짝 놀라 여주를 바라보았다, 오래전 시간이 멈춰버린 집에서 막 깨어난 사람처럼.

긴 하루

현중의 차가 병원에 도착한 것은 11시가 넘어서였다. 현중이 급한 대로 지도책과 수건을 이용해 고정시킨 다리를 쿠션에 기댄 채, 여주는 잠들어 있었다. 여주는 간간히 ‘…빠’인지 ‘…파’인지 하는 말을 중얼거리고 있었다. 현중은 무심히 여주의 이마를 짚어보았다. 순간, 여주가 눈을 떴고, 현중은 어정쩡하게 손을 거두며 무덤덤하게 덧붙였다.

“열이 있나 해서요. 고열이 나면 위험한 거라서.”

“도착한 건가요?”

"뭐, 걸을 수 있겠어요?"

현중은 차 문을 열고 여주에게 손을 뻗었지만, 여주는 지도책과 수건을 풀러 놓고는 손잡이를 잡았다. 아픈 발을 디딜 때는 절로 신음 소리가 났지만, 여주는 기어이 혼자서 차 밖으로 나왔다.

"탈래요?"

약간은 불편한 기색으로 현중은 휠체어를 가리켰다. 여주는 고개를 젓다 말고, 응급실 현판을 가리키며 멈춰 섰다.

"여긴?"

"지금 이 시간엔 응급실뿐인 거 알잖아요."

"저길 또 가라구요?"

"염좌 같긴 한데, 혹시 모르잖아요. 수술했던 부위니까 일단 들어가서…"

"절대 싫어요. 별로 아프지도 않아요."

말까지 자르며 여주는 보란 듯 발걸음을 옮겼다. 절뚝절뚝.

"그것 봐요."

"괜히 이러는 거 아니에요. 저 여기 오던 날, 양옆으로 피를 철철 흘리면서 들어오더니 둘 다 죽어나갔어요. 사람한테 흰 천 덮는 걸 두 번이나 보고… 절대 안 가! 정 데려가려면 기절시켜서 데려가요."

이런 억지, 별로 좋지 않은데? 현중은 떨떠름한 표정으로, 몸까지 떨며 질색하는 여주를 바라보았다. 하지만 이런 식의 실랑이를 하며 언제까지나 응급실 출구 앞에 서 있을 수는 없었다. 벌써 몇 명의 의료진이 현중을 흘끔거리고 있었고, 병원 내의 소문이란 소문은 다 몰고 다닌다는 하간호사가 다가오는 것도 보였다. 이 상태로 5분만 더 있다간 어떤 식의 가십이 오갈지 뻔했다. 게다가 여주 말마따나 상태가 심각한 것도 아니었으므로, 현중은 다소 무뚝뚝하게 물었다.

"그럼?"

"병실로 갈게요. 혼자 갈 수 있어요."

"그건 좀 아닌 거 같고."

현중은 휠체어를 끌어와 여주 앞에 세웠다. 여주는 싫다는 듯 현중을 빤히 바라보았지만, 결국 휠체어에 올랐다. 현중은 말없이 휠체어를 밀며 병동 몇 개를 가로질렀고, 마침내 외과 병동 엘리베이터에 도착했다. 여주가 층수를 말하기도 전에 현중은 숫자 '9'를 눌렀다. 어떻게 아느냐는 여주의 시선에 현중은 변명하듯 그러나 최대한 무뚝뚝하게 대꾸했다.

"일부러 기억한 건 아닌데."

치이. 현중은 언뜻 그런 소리를 들은 것 같았지만, 별 반응을 보이지는 않았다. 어쨌거나 이 어징찡하고 불편한 상황도 곧 끝날 것이므로.

하지만 현중의 '가벼운 일탈'은 거기서도 끝나지 않았다. 입원 병동의 출입구는 이미 폐쇄되어 있었다. 출입구에는 "환자들의 편의를 위해 10시 이후 출입을 금합니다." 라는 문구가 붙어 있었다. 현중과 여주는 망연하게 서로를 바라보았다.

"어떻게 모를 수가 있죠? 8주나 입원해 있었다면서."

"나올 일이 있었어야죠. 그리고 그러는 분은 이 병원 의사 아닌 가요?"

그렇게 말하면서도 여주는 손톱을 물어뜯기 시작했다. 현중은 잠시 기막힌 시선을 던지다 이내 휠체어를 밀기 시작했다.

"어딜 가는 거예요?"

"뭐, 그냥."

엘리베이터가 다시 1층에 서고, 다시 몇 개의 복도를 지나고, 다시 엘리베이터를 타고… 여주의 휠체어가 도착한 곳은 메디컬 센터의 본부가 있는 병동에서도 최고층이었다. 현중이 문을 열고 들어간 곳은 사면이 테라스로 둘러싸인, 그러니까 청옥 여사가 '유 메디컬 센터'의 로열패밀리를 위해 특별히 마련해 둔 스카이라운지였다. 방 앞에는 '임원 회의실'이라는 명패가 달려 있었지만, 이곳에서 실제로 회의를 하는 바보들은 없었다. 안에 들어서자마자 현중은 여주가 탄 휠체어를 대충 버려둔 채, 커피 머신 쪽으로 다가갔다. 여주는 긴장과 호기심이 적당히 뒤섞인 표정으로 회의실이라기엔 지나치게 넓고 화려한 방 안을 바라보았다.

"여긴…?"

"걱정하지 말아요. 아무도 안 올 테니까."

“임원 회의실에 일개 의사가 들어와도 되는 건가요?”

“뭐 그냥.”

현중은 무신경하게 말을 끊으며, 에스프레소 기계를 노려보았다.

“저어…”

“이 밤에 누가 온다고 그래요?”

“그게 아니라, 커피 드실 거면 저도 한 잔 될까요?”

“안 돼요.”

“네?”

현중은 에스프레소 기계를 한참 더 노려보다 못마땅한 표정으로 냉장고에서 캔 커피와 야채 주스 한 병을 꺼냈다. 현중은 소파에 기대앉아 여주에게 야채 주스를 던져 주고, 미간을 찌푸리며 캔 커피를 마셨다.

“다리하고 커피가 무슨 상관이에요? 위는 멀쩡한데.”

“뭐 그보단 커피가 하나밖에 안 남아서.”

“치, 말도 안 돼. 저 에스프레소 머신은 고장인가요?”

“글쎄요, 써본 적이 없어서.”

“분위기론 마니아처럼 보이는데.”

“난 단 키피만 마셔요. 뭐든 불편한 건 질색이라서.”

“근데 왜 기계 앞에서…?”

“그냥 왜 이런 게 있을까 생각해봤어요. 에스프레솔 마시는 건 그 녀석뿐…”

　거기까지 말하다 말고 현중의 표정은 어두워졌다. 굳은 표정으로 현중은 캔 커피를 내려놓으며, 여주의 휠체어를 자신 쪽으로 당겼다. 그 바람에 여주의 몸이 앞으로 쏠렸지만, 현중은 걱정하는 말 한마디 없이 여주의 다리만 살펴보았다. 치료는 금세 끝이 났다. 현중은 방에 비치된 소독약과 붕대를 이용해서 여주의 상처를 소독하고 붕대로 잘 고정시켰다.

　"걱정할 정돈 아닌 것 같네요. 그래도 내일 주치의한테 바로 보여요."

　"왜 이렇게 됐냐고 하면 뭐라고 하죠? 외출 허락도 간신히 받았는데."

　"그러게, 도대체 왜 이렇게 된 거에요?"

　"정말 몰라요?"

　여주는 기가 막힌 듯 현중을 바라보았다. 어떤 면에서 현중은 정말로 영문을 알 수 없었다. 정신을 차렸을 땐, 이미 여주가 다리를 붙잡고 앉아 있었다. 현중은 부랴부랴 여주를 부축해 차에 태운 후, 줄곧 가속 페달을 밟았을 뿐이다.

　"이런 방식, 정말 나빠!"

　여주는 어린애처럼 그렇게 내뱉으며, 현중을 분한 눈으로 노려보았다. 그 모습이 어딘지 천진해서 현중은 피식 웃으며, 여주의 어깨에 손을 얹었다.

　" '나빠'였군요. 아판지 나빤지 계속 궁금했어요. 원래 자면서 계속 말해요?"

"알게 뭐에요. 그걸 알면 자는 게 아니죠."

여주는 현중의 손을 쌀쌀맞게 뿌리쳤지만, 이번에도 그녀의 표정은 그저 심통이 잔뜩 난 어린아이 같을 뿐이었다. 영문을 모른다고 이야기했지만, 사실을 말한다면 현중은 기억하고 있었다. 비록 오해였지만 자신이 여주를 안았다는 사실을, 그러니까 뭔가 설명해야 한다는 것도. 그러나 도대체 무엇을 어떻게 설명한단 말인가.

현중은 그저 여주의 휠체어를 밀고 테라스 밖으로 나갔다. 공기는 차가웠지만, 서울 한복판의 아름다운 야경이 한눈에 들어왔다. 여주는 뭔가 항의를 하려던 표정 그대로, 홀린 듯 야경을 바라보았다. 도시의 별들은 건물 사이에서 빛나고 있었다. 어둠과 잘 뒤섞인 노랗고 붉은 조명들, 고독해서 더욱 아름다운 불빛들.

"여기가 제일 잘 보여요."

"와… 여기 정말… 이건 거의, 와인만 있으면, 와…"

"야채 주스라면 얼마든지 줄 수 있는데."

"치… 이걸로 다 용서해줄게요. 덕분에 정말 긴 하루였지만."

그래, 정말 긴 하루였지. 당신이 아니었나면 아버지한테 갈 일도 없었을 기고, 그린 유령 잡기 같은 노릇을 할 일도 없었을 거고, 이렇게 한밤중에 야경을 볼 일도 없었을 거야. 그러니까…

"고마워요, 긴 하루 함께 있어줘서."

"치. 정말 이상한 사람이야."

여주는 입술을 삐죽이면서도 씨익 웃었다. 현중마저 따라 웃게 만드는 아름다운 미소였다. 이번만큼은 열일곱의 선형을 떠올리지 않으며, 현중은 여주를 향해 웃어 보였다. 두 사람의 긴 하루가 그렇게 저물고 있었다.

3

돌아오다

첫 만남

"도대체 어떻게 된 거지? 어제 오후부터 줄곧 연락이 닿질 않아서…"

거기까지 말하다 말고 청옥 여사는 입을 다물었다. 현중은 잠들어 있었다. 두 사람이 나눠 쓰기에는 좁아 보이는 3인용 소파에서, 한 여자와 얇은 담요 한 장을 나누어 덮은 채 서로에게 비스듬히 기대어 잠든 아들을 청옥 여사는 묘한 느낌으로 내려다보았다. 일정대로라면 15분 뒤, 청옥 여사와 현중은 갑작스런 미국 방문을 마치고 돌아온 유노인을 맞이하러 나가야 했다. 외국 방문이야 늘 있는 일이었지만, 유노인은 웬일인지 청옥 여사와 현중을 호출했다. 청옥 여사가 혹시나 하는 마음에 스카이라운지까지 올라온 것도 그 때문이었다. 하지만 청옥 여사가 아는 한, 현중이 여자와 밤을 보낸 것은 처음이었다. 게다가 저 편안한 얼굴이라니. 아들을 존중한다면,

이대로 나가줘야 하는 것일까? 하지만 왜 그래야 하지? 예의를 지키는 건 이 아이가 내 아들에게 합당할 때뿐이야. 하지만…

청옥 여사의 고민은 오래지 않았다. 인기척에 눈을 뜬 여주는 다리에 감은 붕대가 무색할 정도로 벌떡 일어섰다. 그 바람에 잠에서 깬 현중은 곤란한 표정으로 담요를 걷어냈다. 두 사람 모두 코트를 벗었을 뿐, 단추 하나 풀지 않은 단정한 모습이었지만, 여주는 귀까지 빨개진 채 머리를 숙였다.

"저, 오해하지 말아 주세요. 제가 다리를 다치는 바람에 폐를 끼쳐서… 그러니까… 여기 들어온 건 병실 문이…"

"괜찮아요. 설명은 이선생에게 듣도록 하죠."

청옥 여사는 언제나처럼 우아한 미소를 띠며 여주를 바라보았다. 청옥 여사는 더없이 부드러웠지만, 눈빛만은 사람을 꿰뚫어 보는 듯해서 여주는 겁먹은 표정으로 다시 한 번 머리를 숙였다.

"제가 말씀드릴게요."

"그 설명도 나중에 듣기로 하지. 서둘러야 할 거야. 10분 남았으니까."

청옥 여사의 답변은 이번에도 부드러웠다. 여주는 조심스레 코트를 집어 드는 것으로, 청옥 여사와의 첫 만남을 마무리했다. 물론 그때는 알 수 없었다, 이 우아한 여인이 자신의 인생을 통째로 바꾸어 놓게 될 거라는 사실을.

청옥 여사는 할 수 없는 일

청옥 여사는 여주에 대해 아무것도 묻지 않았다. 현중은 몇 번인가 상황을 설명하려 했지만, 청옥 여사는 "그러지 않아도 된다."고 말할 뿐이었다. 정확히 10분 후, 유노인의 차가 본부 앞에 도착했다. 청옥 여사는 유노인의 팔짱을 낀 채 나란히 걸었다. 유노인은 여동생을 부드럽게 바라보았지만, 정중히 머리를 숙이는 조카에게는 고개를 두 번쯤 끄덕여 줄 뿐이었다. 현중은 두 사람에게서 약간 떨어진 채 걸었다. 다정한 대화 사이로 은퇴니 주식이니 하는 단어들이 간간이 들려왔다.

"미국엔 왜 또 가신 거예요. 그것도 은퇴 때문이에요?"

"차차 얘기하지. 뭐가 그렇게 급해."

"오늘은 저랑 함께 지내세요. 모처럼 같이 점심도 드시고, 반주도 좀 하시고."

"이 사람이 누구를 주태백이로 아나, 낮술을 하란 건가."

"취하시면 또 어때요. 그동안 병원 때문에 얼마나 힘드셨는데."

"허허. 말리는 척하면서 등 떠민다더니, 이거 안 물러나곤 못 배기겠군."

"오빠 무슨 그리 말씀을."

"갈 때 가더라도 자네 못 깎는 머리는 내가 깎아주고 가야지."

"네?"

"뭐하나, 얼른 들어가지 않고. 자넬 기다리는 사람이 있어. 아니지, 자네가 기다려온 사람이래야 옳겠군."

유노인은 일흔이 넘었지만 여전히 형형한 눈빛으로 청옥 여사를
바라보았다. 청옥 여사는 떨떠름한 표정으로 원장실의 문을 열었다.
뭔가 좋지 않은 느낌이 위장을 훑고 지나는 듯했다. 그리고 그 느낌
은 결코 틀리지 않았다. 누군가가 손님용 소파도 아닌, 청옥 여사의
회전의자에 앉아 있었다. 상대는 분명 청옥 여사가 들어오는 것을
느꼈을 텐데도, 계속 등을 보인 채 앉아 있었고, 보이는 것이라곤
몸의 일부분뿐이었다. 저런, 저건 어머니가 가장 싫어하는 일 중 하
난데. 현중은 청옥 여사의 입술이 실룩이는 것을 방관자처럼 바라
보았다. 유노인의 시선을 의식한 듯 청옥 여사는 불쾌함을 참으며,
힐러리 클린턴 같은 말투로 입을 떼었다.

"누구 신지?"

그제야 상대는 아주 천천히 회전의자를 돌렸다. 단정하게 묶은
긴 머리와 쌍꺼풀 없는 긴 눈. 현중은 봉인된 시간이 갑작스레 해
제되어 버리는 것을 느꼈다. 그렇다, 의자에서 천천히 몸을 일으키
며 미소를 짓는 것은 바로 선형, 10년이 넘는 세월 동안 완전히 사
라졌던 선형이었다. 청옥 여사는 그런 선형을 뚫어져라 바라보았다.
13년 전, 눈물 한 방울 흘리지 않고 미국으로 쫓겨났던 어린 소녀는
13년 후, 뭐라 말할 수 없는 압도적인 분위기를 지닌 여인이 되어
돌아왔다. 그러니까, 유노인이 일정에도 없던 미국 방문을 감행하며
'다른 중들의 머리는 다 깎아주어도 제 머리만은 못 깎는' 청옥 여

사를 위해 준비한 것은 바로, 선형이었다. 유노인의 흡족한 눈빛을 받으며, 청옥 여사의 회전의자에서 천천히 몸을 일으키는 것은 지난 십삼 년간 사라졌던 딸 '선형'이었다.

"오랜만이에요. 엄마. 현중이 너도…"

건방지게도 청옥 여사의 집무 의자에서 몸을 일으키는 선형을 본 순간부터 청옥 여사는 다리에 힘이 풀렸지만, 청옥 여사와 선형의 '감격스런' 재회를 지켜보는 유노인의 시선만큼은 의식하지 않을 수 없었다. 청옥 여사는 선형을 만난 것이 진심으로 반가운 듯 선형을 가볍게 포옹했다.

"이렇게 돌아왔어요. 이걸로 우리 쌍둥이도 완전해질 수 있겠지?"

현중은 뭔가로 심하게 얻어맞은 것처럼 선형을 바라보았다. 그렇다면 역시 별장의 불빛은 선형이었을까? 문이 잠겨 있지 않았던 것도? 아니, 그보다 지금 저 애가 하고 있는 말은 뭘까. 완전한 쌍둥이, 우리가 완전해진다고?

"그럼 가족들끼리 좋은 시간 보내도록 해. 오랜만의 상봉이니, 할 말들이 많겠지. 선형이는 나와 약속한 것 잊지 않도록 하고."

청옥 여사로서는 알 수 없는 이야기를 남긴 채 유노인은 자리를 떠났다. 유노인의 말대로 이것은 청옥 여사 스스로는 도저히 할 수 없는 일이었다. 그러니까 13년 전 집안의 화근이었고, 지금도 여전히 위험해 보이는 '문제 덩어리' 선형을 집안으로 끌어들이는 일은.

돌아온 선형

찰칵… 문 닫는 소리가 들리고 유노인의 발걸음이 멀어진다. 그 때까지도 선형을 안고 있던 청옥 여사는 이내 차가운 표정으로 선형을 밀어내며, 가까운 소파를 놔두고 굳이 멀리 있는 자신의 회전 의자 – 선형이 방금까지 앉아있던 바로 그 의자 – 에 앉는다. 현중은 잠깐 사이의 일어난 그 모든 일을 하나도 놓치지 않고 바라본다. 시간이 멈춘 듯 모든 현실감이 사라진다.

………………

먼저 침묵을 깬 것은 청옥 여사였다.

“그래, 어쩐 일이냐.”

“……어쩐 일이냐구요…? 세상에, 엄만 하나도 안 변했군요.”

“글쎄… 사람이란 평생 변하지 않는 거지. 너도 그대로구나.”

“너무 그러지 마세요. 그래도 십삼 년 만에 보는 딸인데.”

“흠… 외숙과의 약속이란 건 뭐지?”

“글쎄요. 그게 중요한가요?”

“말해달라고 애원하진 않으마.”

“그렇다면 저도 말하지 않을게요.”

“여전하구나.”

“그보단 산부인과 전문의를 뽑는다고 들었어요.”

청옥 여사의 눈꼬리가 치켜 올라간다. 선형은 말없이 자신이 취득한 산부인과 전문의 자격증과 한 권위 있는 학회지에 실린 연구 논문을 내놓는다. 순간, 청옥 여사는 눈을 의심한다. 선형은 그토록 증오하던 청옥 여사처럼 산부인과 전문의가 되어 있었다. 그것도 미국 최고의 산부인과 의사가 주도한 태아의 자궁 내 수술에 참여한 최연소의 산부인과 전문의가 되어 한국에 돌아온 것이다. 선형이 내놓은 학회지를 보며, 청옥 여사는 한때 신문에 대서특필 되었던 “태아의 자궁 내 시술에 참여한 최연소 한국계 여의사 Ri-sun”이 선형이었다는 사실에 경악한다. 저 독거미 같은 것이 이 마당에 왜 나타난 걸까. 청옥 여사의 사나운 눈길은 선형의 몸을 구석구석 훑는다. 선형의 등장은 지난 13년을 바쳐 간신히 획득한 그녀의 행복을 산산이 조각내는 신호탄처럼 보였다. 그런 청옥 여사와는 딴판으로, 선형은 분노도 경멸도 아닌 묘한 표정으로 청옥 여사를 바라보며 차분히 제가 원하는 것을 요구한다. 마침내 선형의 서류를 차갑게 읽어가던 청옥 여사가 입을 열었다.

“왜 굳이 내 병원이냐? 이 정도 조건이면 미국에 남아도 됐을 텐데…”

“맞아요. 많이 붙잡았죠. 어떻게 알았는지 국내에서도 같이 일하자는 데가 많고. 하지만 전 엄미 병원에서 일하고 싶어요. 어쨌는 가족은 함께 있어야 하니까.”

가족? 모녀의 눈빛이 삽시 부딪혔다. 청옥 여사는 애써 태연을 가장하며 선형을 바라보았다.

“좋아, 계약을 하지. 돈이라면 얼마든지 더 줄 테니.”

"돈 같은 건 아무래도 좋아요. 미국 갈 때 주신 돈도 아직 다 못 썼으니까."

그렇게 말하며 선형은 살짝 미소를 지었다. 청옥 여사는 그 눈빛 속에서 13년 전의 선형을 발견했다. 유학을 받아들인 것은 선형이었 다. 청옥 여사의 차가운 제안에 선형은 단지 '또 나군요.'라는 대꾸 를 했을 뿐이었다. 그것은 그토록 선형을 미워하면서도, 청옥 여사 를 오랫동안 잠들지 못하게 만든 '서글픈 눈빛'이었다. 그 눈빛에 청 옥 여사는 선형을 외면하며, 아주 작은 소리로 물었다.

"하나만 묻자. 왜 하필 산부인과를 전공했지?"

"…어떤 생물체는 천적을 닮아가며 진화한다더군요. 제 30년 인 생은 유청옥 여사를 이해하기 위해 다 보내버린 것 같으니까."

"건방진 것! 나는 마땅히 할 일을 했을 뿐이야. 상을 원했다면, 상 받을 일을 했어야지."

"그런가요? 그럼 지금은요? 이젠 상을 받을 차례인가요?"

그때였다, 더 이상 참지 못한 청옥 여사가 자리에서 일어선 것은. 역시 저 계집앤 만만한 애가 아니었어. 그러나 단지 자리에서 일어 선 것 말고는 청옥 여사가 할 수 있는 일은 없었다. 십삼 년 전, 모 든 조건이 선형에게 불리했다면, 이제는 모든 조건이 청옥 여사에 게 불리했다. 굳이 선형을 내치지 못할 것은 아니지만, 청옥 여사는 어디 있는지 단서조차 없는 선형을 찾기 위해 직접 미국까지 건너간 유노인의 마음을 무시할 수 없었다. 결국 모든 일은 선형의 뜻대로 되어갔고, 청옥 여사는 자신의 천적에게 무작정 끌려가고 있었다. 하지만 청옥 여사는 문득 한 가지만은 지켜야 한다는 것을 깨달았다. 그것은 바로 현중이었다. 그러니까 쌍둥이가 다시 '완전해지는' 모습 같은 건 조금도 용납할 수 없었다. 그렇다면 자신이 지금 해야 할 말은.

"저녁 시간은 비워두렴. 어쨌거나 가족이 다 모였으니까. 현중아, 그 아가씨도 부르는 게 어떻겠니? 어제 너랑 밤을 보낸 그 아가씨 말이야."

아아, 이렇게 시작인 걸까. 두 여자 사이에서 어쩔 줄 모르는 것은. 현중은 창백한 시선으로 어머니와 쌍둥이 여동생을 바라보았다. 하지만 그래도 잘 돌아왔어, 선형아. 돌아와 줘서 고마워…

아주 진한 에스프레소

아무도 웃고 있지 않았다. 유노인과 유노인의 처 양씨만이 간간히 선형에게 질문을 던졌을 뿐, 청옥 여사도 선형도 말없이 젓가락만 놀리고 있었다.

"그래, 선형인 오늘부터 어디서 머물 거냐? 역시 십으로 가야겠지?"

유노인의 질문에 청옥 여사는 젓가락질을 멈췄다. 만약 다시 한 번 쌍둥이가 한집안 아래 사는 모습을 보아야 한다면 그것보다 더 큰 고문은 없을 거라고 청옥 여사는 확신했다.

"아뇨. 호텔에 있다 적당한 오피스텔을 구할 생각이에요."

선형은 청옥 여사를 흘낏 보며, 담담하게 이야기했다.

"그게 무슨 말이냐. 오랫동안 집을 나와 있었는데."

"그래서요, 외삼촌. 그래서 혼자 사는 게 편해요. 오프 땐 집으로 갈게요. 엄마."

"너 편한 대로 하렴."

"어이구, 애기씬 어쩜 그리 쌀쌀해? 어서 오니라 버선발로 맞아야지. 마음을 자꾸 감춰 버릇하면 못 써. 자식이 그 마음을 알아주나?"

"자식도 없는 사람이 어찌 그리 잘 아나?"

"그 무슨 소리유. 청옥 애기씨가 우리한테 딸이나 진배없지. 어머니야 낳아만 놓으셨지 내가 기저귀 갈아주며 키웠는데. 안 그래, 애기씨?"

선형은 유노인과 양씨가 악의없이 주고받는 모습을 바라보며 미소를 지었다. 유노인은 애정이 담긴 눈으로 선형의 앞에 몇 가지 반찬을 밀어주었다. 양씨 역시 손녀딸에게 하듯 선형의 손을 만지며 '애썼다, 애썼다'를 반복하고 있었다. 도대체 유노인과 선형 사이엔 어떤 약속이 오간 것일까? 청옥 여사는 애써 표정을 감추며, 연신 출입문을 바라보았다.

"현중이가 늦네요."

"일이 있나 보지. 매일 보는 사람을 뭘 그리 찾고 그래?"

"그거야 그렇지만…"

바로 그때, 현중이 여주와 함께 들어섰다. 현중은 애써 선형의 시선을 피하며 그저 서 있기만 했다. 눈 화장이라도 하다 들킨 듯한 표정이었다. 단정하게 정장을 차려입은 여주는 누구에게랄 것도 없이 허리를 깊이 숙였다.

"아침에는 실례가 많았습니다. 외람되지만 제가 낄 수 있는 자리는 아닌 것 같고, 그래도 어른이 부르시는데 와서 말씀을 드려야 할 것 같아서 이렇게 왔습니다."

또박또박 준비된 말을 했지만, 여주의 볼은 붉게 상기되어 있었다. 선형은 그런 여주를 묘한 눈길로 바라보았다. 청옥 여사는 그런 선형의 시선을 느끼며, 보란 듯 여주의 손을 잡아끌었다.

"이렇게 왔는데, 그럼 내가 너무 미안하지. 부담 갖지 말아요. 그냥 밥이나 한 끼 먹자는 거니까."

"그렇지만…"

여주는 곤란한 듯 현중을 바라보았다. 현중은 미간을 찌푸리며 마지못해 입을 뗐다.

"엄마!"

"손님을 불편하게 하면 되나? 아주 예의 바른 소저로군. 다음에 다시 기회를 만들도록 하시요. 현중인 뭘 하고 있나? 어서 모셔다 드리지 않고."

유노인의 말은 부드러웠지만 단호했다. 여주는 한 번 더 깊이 머리를 숙이고는 돌아섰다. 현중은 여전히 시선을 어디에 둘지 모르는 채, 머뭇머뭇 여주와 함께 나갔다. 선형의 표정은 어딘지 굳어 있었다. 밥을 반도 비우지 못했는데, 더는 젓가락을 들지 않았다.

"예쁘구나. 내가 현중이라도 좋아하지 않을 수 없겠구나."

청옥 여사는 혼잣말처럼, 그러나 바로 옆에 앉은 선형만은 분명히 들릴 만한 목소리로 중얼거렸다.

"선형이, 아니지 실력 있는 닥터를 함부로 부를 순 없지. 그래, 이선형 선생이 보긴 어떻지?"

"… 이선형 선생의 의견이 중요한 것 같진 않지만, 전에 있던 병원에서 본 히스테리 환자랑 비슷한 눈을 가졌네요."

"대단해. 정신과 쪽도 섭렵했나 보지?"

이제 청옥 여사의 싸늘한 대꾸는 유노인에게도 분명하게 들렸다. 유노인은 못마땅한 시선을, 선형이 아닌 청옥 여사에게 던졌다. 선형은 대답 대신 벨을 눌러 커피를 주문했다. 더 이상 어떤 대화도 오가지 않았다. 청옥 여사는 더 이상 언짢은 기색을 감추지 않았지만, 선형은 태연한 표정으로 커피를 젓고 있었다. 너무 익숙해져 쓰다는 것조차 느끼는 못하는, 아주 진한 에스프레소 한 잔을.

미국에서 온 성녀, 선 리

병원에 들어온 것은 현중보다 늦었지만, 선형은 빠르게 입지를 굳혀 나갔다. 의사로서의 선형은, 말 그대로 완벽했다. 선형의 시술은 한 번의 어긋남도 없었고, 오랜 임상경험을 필요로 하는 난임 시술도 선형의 손에서는 아주 쉽게 처리되었다. 마치 아이를 낳게 하고, 아이를 받는 일이 천직인 것처럼 선형은 새벽에도 밤에도 환자를 마다하지 않았다. 그런 선형을 환자들은 '미쿡에서 온 성녀'라고 불렀고, 진심 반 농담 반으로 시작된 그 별명은 어느새 의료진들에게도 퍼져 나갔다.

하지만 선형의 존재감은 단순히 의료행위에만 국한되는 것은 아니었다. 선형은 더 이상 살점 하나 없이 마르지도 않았고, 스포츠머리를 하고 있지도 않았다. 뼈만 앙상했던 자리마다 적당히 살이 오르고, 적당히 자라난 머리를 흐트러짐 없이 손질한 그녀는 보일 듯 말 듯 미소를 띤 묘한 표정으로 환자를 돌보고 수술을 했다. 예쁜 얼굴이 아닌 건 여전했지만 그녀에게선 이상할 정도로 사람을 매혹시키는 강한 빛이 품어져 나왔다. 진통하는 아내를 초조하게 기다리던 남편들까지도 선형의 등장에 황급히 담배를 비벼 껐고, 메디컬 센터의 남자 의사라면 누구나 선형과 말을 붙이고 싶어 안달이었다. 현중 역시 그런 선형을 부신 듯 바라보았다. 마침표도 찍지 못하고 끝나버린 관계. 현중은 무언가 이야기를 해야 했지만, 언제나처럼 머뭇거리기만 했다. 도대체 어떤 이야기를 어디서부터 시삭할 수 있을까.

이런 현중과는 달리, 선형은 그저 무심히 행동했다. 청옥 여사가 선형을 위해 급히 사들인 ― 혼자 살기엔 너무 크고 청옥 여사의 집에서는 너무 먼 ― 선형의 아파트는 주인을 만나보지도 못한 채 텅 텅 비어있었지만, 선형은 한 달 넘게 호텔에서 나오지 않았다. 현중은 죄라도 지은 사람처럼 선형의 앞을 어정쩡하게 맴돌았지만, 선형은 말을 꺼내는 법이 거의 없었다. 그저 허공을 바라보며 눈썹을 가볍게 찌푸리거나, 보일 듯 말듯 미소랄 수도 없는 미소를 짓는 게 다였다. 서슬 퍼런 청옥 여사의 눈앞에서 남매가 다정한 대화를 나누는 것은 불가능한 일이기도 했지만, 선형 스스로도 대화를 나누려 하지 않았다. 하지만 그런 것이 청옥 여사의 경계심을 늦춰주었을까? 대답은 '아니요'였다. 열일곱의 사랑을 귀신처럼 잡아냈던 청옥 여사의 레이더는 이제 서른한 살이 된, 그러니까 더 위험해진 쌍둥이 남매에게 꽂혀 있었다. 현중의 결혼은 바로 그런 배경에서 이루어졌다. 애틋한 사랑, 차라리 애증조차 되지 못한 '압박'과 '도피'의 만남에서.

4

강요된 선택

약자보다는 악인

집에 돌아와서도 마음은 진정되지 않았다. 도대체 왜 오빠는 그런 이야기를 한 것일까. 청옥은 머리에 손을 얹은 채 유노인과의 대화를 떠올렸다.

"병원이 언제부턴가 사업체가 돼버렸지만, 기본은 인술이야. 사람이 먼저고 돈은 나중이라는 점 명심해."

"그 점은 염려 마세요, 오빠. 아버지와 오빠가 어떤 마음으로 이곳을 키워 왔는지 잘 알고 있어요. 저 역시 돈보다는 의술을 펼치는 곳이라는 자부심이 먼저라고 생각해요."

"너한테 병원을 맡기는 건 조금도 불안하지 않아. 하지만…"

"제 다음이 걱정이세요? 그거라면… "

"선형이 말이다. 아주 잘 컸더구나."

"… 오빠, 저한텐 아들이 있어요."

"그래. 그리고 딸도 있지."

"현중이를 탐탁지 않아 하시는 거 알아요. 하지만 그 애는 젊어요. 영민한 아이니까 잘만 이끌어주면 병원 운영도…"

"청옥아, 난 이제 늙었다. 뭐든 이해 못 할 게 없어."

"갑자기 무슨 말씀이세요?"

"이제는 말해 봐라, 그 1년 동안 무슨 일이 있었지?"

"오빠!"

청옥 여사는 창백해진 얼굴로 늙은 오빠를 노려보았다. 유노인은 병원 일에만 몰두하다 어린 청옥을 남겨 두고 세상을 뜬 아버지와 평생 가슴 병을 앓던 어머니 대신 열아홉 살이나 차이 나는 어린 청옥을 키워준 오빠였다. 청옥 여사에게 유노인은 어떤 것도 숨기고 싶지 않은 사람이었다. 하지만 유노인이 묻고 있는 것은, 그 1년이었다. 청옥 여사가 단 한 번도 입에 담은 적 없는 사라진 1년을.

"… 제 대답은 기억이 나지 않는다예요. 30년 전에도, 지금도!"

"그렇다면, 내 대답은 역시 선형이로구나."

그걸 물을 거였다면 30년 전에 했어야죠. 이제 와서, 그때 무슨 일이 있었냐구요. 청옥 여사는 관자놀이를 지그시 눌렀다. 골치가 지끈지끈 아파왔다. 결국 이렇게 되어 버렸어. 모든 게 선형이 그 애 때문이야. 그 애가 태어난 후 모든 게 뒤죽박죽이 되어 버렸어. 이번에는 달라. 그 애가 다시 모든 걸 망쳐놓는 걸 두고 보지는 않겠어. 하지만 선형이가 뭘 잘못했지? 아직은 아무 짓도 하지 않았는데…

아니, 그 애가 뭔가를 시작한 후엔 이미 늦어. 설령 잘못이라 해도 어쩔 수 없지. 약자가 되느니 악인이 되겠어.

다시 한 번 관자놀이를 누르며, 청옥 여사는 파일을 꺼내 들었다.

> 송여주, 27세.
> 서울 소재 중상위권 대학을 나온 문화학 석사로, 아프리카 문화 연구소라는 곳에서 연구원 재직 중 사고로 퇴직.
> 가족사항 : 대기업에 다니는 아버지와 전업주부인 어머니, 입대 대신 산업체에 복무 중인 남동생과 초등학생 남동생.
> 특이사항 : 아버지가 해외 파견 근무 중으로 부모님과 막내 남동생은 현재 싱가포르에 상주함. 송여주는 부모님의 아파트에서 남동생과 함께 살고 있음.
> 의료진과 환자 사이에서 평판 좋은 편임. 다만 사고로 인한 약간의 우울증 소견 있음.

자신이 은밀한 조사의 대상이 되었다는 것도 모른 채, 사진 속의 여주는 활짝 웃고 있었다. 평범한 중산층에서 잘 사란 아가씨. 그래, 이 정도면 됐어. 청옥 여사는 여주의 곁에서 평화롭게 잠들어 있던 현중의 모습을 떠올렸다. 아들아, 모든 것이 널 위해서라는 걸 언젠가 알 거라고 믿으마. 청옥 여사는 진열장의 양주를 꺼냈다. 역시 술이 필요했다, 손을 떨며 현중을 압박할 수는 없었으므로.

강요된 선택

청옥 여사는 다만 이렇게 말했다.

"현중아, 내 말 잘 들어라. 난 쌍둥이 남매가 같이 늙어가는 걸 볼 수는 없구나.

긴말은 하지 않으마. 선택은 네가 해라. 선택지는 둘뿐이야. 다 같이 가족으로 살아가거나, 너희 모두를 잃거나. 네가 뭘 선택하든 난 무슨 일이든 다 할 거다. 너와 나를 위해. 가족을 위해."

열일곱 혹은 서른하나

끓어오르는 덩어리를 씹어 삼키며, 현중은 걸었다. 청옥 여사가 한 말은 단지 그것뿐이었다. 모든 말이 모호하기 그지없었지만, 현중은 단숨에 모든 것을 이해했다. 청옥 여사가 무엇을 원하는 지, 현중이 무엇을 해야 하는지. 그러나 어떤 대답도 할 수 없었다. 이번만큼은 선형을 만나야 했다, 자신이 뭔가 결정하기 전에, 먼저 선형을.

"그래서? 그게 그렇게 큰일이니?"

선형은 손을 씻으며 태연하게 현중을 바라보았다.

"난 다만 너한테, 그러니까 우리에 대해서 물어야 한다고 생각했어. 그러니까 13년 전에, 너하고 나…… 우리 그때…"

"현중아, 넌 그때 왜 나를 그냥 보냈니?"

“그건, 내가 아냐. 엄마가…”

하지만 현중은 더 이상 답하지 못했다. 13년 전, 여행에서 돌아와 보니 선형은 없었다. 그것은 분명한 사실이었다. 하지만… 과연 몰랐다고 말할 수 있을까? 그전까지 현중은 단 한 번도 외숙과 여행한 적이 없었다. 그때도 지금도 유노인은 아버지인 이선생이 그랬듯이 선형을 더 사랑하는 불편한 노인네였다. 그런데 왜 나는 그 여행에 선뜻 동의했을까? 어쩌면 여행에서 다녀올 때쯤 모든 게 끝나 있기를 바랐던 것은 아닐까? 더 이상 알 수 없는 감정 속에서 유영하지 않고, 누군가의 핑계를 대며 슬픔만 느끼면 되는 쉬운 상황을 바란 것은 아니었을까?

“자, 이제 답은 나왔어. 넌 그냥 한날한시에 태어난 쌍둥이 오빠일 뿐이야. 그러니까 넌 계속 엄마의 착한 아들로 살아가면 돼.”

선형은 비꼬는 것 같기도 하고 진심 같기도 한 모호한 표정으로 현중을 바라보았다. 모든 것을 꿰뚫는 듯한 눈빛이었다. 청옥 여사에게 그랬던 것처럼, 이번에도 현중은 대꾸할 수 없었다. 그저 흔들리는 눈빛으로 선형을 바라보다, 다시 비틀거리며 선형의 방을 나섰을 뿐.

사실을 말한다면, 현중은 여전히 선형을 사랑했다. 아니, 그렇다고 생각하고 있었다. 다만 그것이 어떤 종류의 사랑인지는 알 수 없었다. 그것이 열일곱의 케케묵은 옛 감정인지, 서른한 살까지 이어져 온 진실한 사랑인지 그것 역시 단언할 수 없었다. 분명한 것은 더 이상 자신의 안락을 위해 선형을 팔 수는 없다는 사실 하나뿐이었다. 지난 13년간 가슴에 낙인처럼 새겼던 '비겁함'이라는 단어를, 이제는 단 13분도 견딜 수 없었다. 그렇다면, 결론은 하나였다. 현중은 미칠 듯한 혼란 속에서 달리기 시작했다.

현중의 선택

"결혼하겠어요, 가능한 한 빨리. 그리고 이 집에서 나가겠어요."

아아, 불쌍한 내 아들. 이 엄마를 마음껏 미워하렴, 할 수만 있다면. 아아, 사랑하는 나의 아들. 청옥 여사는 연민의 시선으로 현중을 바라보았다, 분노가 아닌 체념의 시선으로 자신을 바라보는 나약한 아들을.

5

현중의 결혼

혼례의 주인공

턱시도를 바로 하는 현중의 손이 멈춰졌다. 유난히도 바람이 거센 12월, 비릿한 바다 냄새가 급조된 화목의 향과 겉돌며, 심란함을 더하고 있었다. 베일에 싸인 아름다운 신부. 차가운 겨울바람 속에서, 소나타 〈봄〉이 연주된다. 그녀의 신비로운 미소. 여인의 나상을 새긴 얼음 조각이 겨울 햇빛에 반사된다. 아아, 선형아. 다시 〈봄〉의 연주. 숨소리가 들릴 듯한 거리에 선형이 서 있었다. 한 번도 가질 수 없던 너, 가져서는 안 되었던 너. 이제 현중이 다섯 발자국만 내딛으면, 신부는 신랑의 것이었다. 아아, 선형아.

선형의 그윽한 눈길이 현중과 부딪혔다. 현중의 타는 듯한 시선, 선형의 입매에 다정한 미소가 어리고, 마침내 발을 떼는 신랑. 한 걸음, 두 걸음, 세 걸음, 네 걸음, 다섯 걸음. 신랑은 비로소 신부에게 다가선다. 하객들의 숨죽인 시선 속에서, 신부의 베일이 걷히고.

현중의 눈이 다시 한 번 선형과 마주친다. 신부의 붉은 입술, 현중의 뜨거운 입술이 신부의 붉은 입술에 포개지고, 이제 막 탄생한 부부 위로 꽃가루가 비처럼 쏟아진다. 그리고 다시 한 번 부딪히는 현중과 선형의 눈길. 아아, 선형아. 나는 이렇게 너에게서 영원히 멀어져야 하겠지, 우리가 쌍둥이 남매가 된 그날 밤, 우리의 운명처럼. 신부가 웃는다, 현중의 신부가 부시게 웃는다. 베일이 흩날리고, 혼례의 주인공 현중과 여주 위로 바닷바람이 세차게 불어온다, 예시처럼 혹은 축복처럼.

결혼식, 동상이몽

결혼식은 별장에서 이루어졌다. 선형이 돌아온 지 40여 일 만의 일이었다. 굳이 별장을 결혼식 장소로 선택한 것은, 단기간 내에 '현중에게 어울릴 만한' 품격 있는 웨딩홀을 예약할 수 없었기 때문이기도 했지만, 여주가 한 번 본 별장을 마음에 들어 했기 때문이었다. '찍어내는' 결혼식과 달리, 결혼을 정말 축복하는 사람들과 함께 오랫동안 즐길 수 있는 피로연식 결혼이 하고 싶다고 먼저 말한 것도 여주였다. 결혼을 준비하는 과정에서, 청옥 여사는 볼수록 여주가 마음에 들었다. 현중의 결혼을 강요할 수 있었던 것도 처음부터 '여주'라는 카드가 마음에 들었기 때문이었다. 그것은 '놀랄 만큼 좋은 머리, 차갑지만 카리스마 넘치는 눈빛'까지, 어떤 면에선 자신을 빼닮은 선형에게는 단 한 번도 느껴보지 못한 무조건적인 호감이었다.

‘현중 아빠랑 있으면 늘 배가 고픈 거 같았어. 아무리 옆에 있어도 같이 있는 것 같지가 않았으니까. 언제나 딴생각으로 가득한 사람이었으니까. 이 아이도 나처럼 그럴까? 현중이도 제 아빠처럼 못난 남편이 될까? 내가 여주에게 잘못하는 걸까… 하지만 이렇게라도 하지 않으면 현중이는 평생 선형이 그늘에서 벗어나질 못할 거야. 그건 선형이에게도 힘든 일이 될 거야. 아아, 내 딸 선형이. 아니, 내가 지금 무슨 소릴 하는 거야. 그러니까 선형이가 아니라 너희들에게… 미안하구나. 대신 너희를 지키기 위해서라면 무슨 일이든 다 하마.’

신부는 눈부시게 아름다웠다. 세계 최고 수준의 디자이너가 수작업을 했다는 드레스와 화장 덕도 있지만, 사랑에 빠진 신부는 자체 발광이라도 하는 듯 안에서부터 뿜어져 나오는 아름다움을 뽐내고 있었다.

“혹시 나랑 살래요? 생각 있으면 지금 말해요. 붙잡는 건 안 할 테니까.”

배일이 걷히고, 현중의 입술을 느끼며 여주는 현중의 난폭한 프러포즈를 떠올렸다. 퇴원 준비를 하는 여주의 팔을 무사히 끌고 나간 현중은 멱살이라도 잡는 사람처럼 다짜고짜 키스를 해왔고, 취한 듯 충혈된 눈으로 그렇게 물었다. 도대체 왜 그런 난폭한 프러포즈에 고개를 끄덕인 걸까. 역시 모든 게 운명이었던 걸까? 현중이 그날 뽑아든 "특별한 만남"은 이런 걸 의미하는 게 아니었을까?

'솔직히 말하면… 소리를 지를 뻔했어. 현중씨처럼 멋진 남자가 날 사랑한다는 게 믿어지지 않아. 현중씨를 만난 후부터 난 더 이상 점 같은 건 뽑지 않아. 현중씬 내 인생 최대의 행운이고, 난 그걸 얻었으니까.'

"신부를 처음 보았을 때, 첫눈에 알아봤죠. 신부가 저와 많이 닮았다는 걸. 우리는 모두 같은 사람을 사랑하는… 한가족이니까. 행복하기 위해 최선을 다하길 빕니다."

은은한 미소를 짓고 있었지만 검은 드레스가 너무나 잘 어울려서인지, 선형의 덕담은 어딘지 음산해 보였다. 같은 사람을 사랑하는, 이라니. 현중은 신부와 샴페인을 나누며, 눈으로는 선형을 바라보고 있었다. 지금 막 현중의 동창생과 미소를 주고받으며 샴페인을 높이 든 선형을. 술잔을 들어 건배를 제의하는 선형의 손끝에는 선형만이 지닌 지성이 가득했고, 술을 넘기는 선형의 목에는 선형만이 지닌 매력이 가득했다. 동료들의 환호성에 휩싸여 여주에게 입맞춤을 하면서도 현중은 결코 선형에게서 눈을 뗄 수 없었다.

'선형아, 그거 아니? 이 결혼이 우습게도 내가 널 지키는 마지막 안간힘이라는 거… 너는 말했어. 축하한다고. 그런데 네가 쥐고 있던 종이컵은 점점 일그러졌지. 너는 또 말했어. 꼭 해야 하느냐고. 그래, 해야만 해. 너를 지키지도 못하는 주제에 너를 더 상처받게

할 수는 없으니까. 더 이상 내 혼란을 감당할 수 없으니까. 아아, 선형아.'

초야

바닷바람에 흠뻑 취해 들어오는 여주의 모습은 아직 남아있는 신부 화장과 어울려 신비로웠다. 예쁘네. 엄마 말대로 참 예쁜 여자야. 선형 때문일까, 여주가 예쁘다는 사실이 현중은 새삼 불편했다. 엄밀히 말해 여주를 선택한 것은 현중이었다. 청옥 여사가 끼어들지 않았다 해도 둘은 어떤 관계를 이어갔을 지도 모를 일이었다. 하지만 청옥 여사가 개입하는 순간, 현중은 여주에 대한 편안한 감정마저 강요된 무엇으로 느끼기 시작했다. 그리고 결혼식이 끝난 지금, 현중은 가슴에 뭔가가 걸쳐 있는 것처럼 답답함을 느꼈다.

여주는 마당에 나가 실컷 바다를 보고도 다시 창 너머로 바다를 바라보았다. 도대체 밤 열 시에 무슨 바다가 보인다는 건지 알 수 없다고 생각하며, 현중은 딱히 할 일을 찾지 못해 침대 옆에 준비된 와인 병을 열었다.

"별장이 이렇게 달리질 줄은 몰랐이요. 처음엔 그냥 뭐랄까 멋진 폐가 같았는데."

"……"

"어머님은 어떻게 절벽을 두고 집을 지을 생각을 하셨을까? 마당에서 조금만 걸어가면 절벽이고, 그 아랜 바다라니… 어, 와인? 현중씨, 의외로 로맨틱하네요."

"야채 주스를 마시긴 그러니까."

현중은 애써 무뚝뚝하게 말했지만, 여주는 현중의 행동을 첫날 밤 세리모니로 오해하며, 한층 밝아진 얼굴로 다가앉았다. 이제 여주는 현중을 '현중씨'라고 불렀다. '의사 샘'이라는 칭호에 질색한 청옥 여사의 제안 때문이었다. 일반적으로 네 살 정도 차이가 나는 커플은 '오빠'라는 칭호를 사용했기 때문에, 현중은 여주가 자신을 '현중씨'라고 부르는 것마저 '엄마가 떠올라' 불편하고 싫었다.

검은 창 위에 현중의 얼굴이 반사되어 비쳤다. 아버지도 엄마를 사랑하지 않았던 거야. 아버지 표정도 늘 이랬으니까. 어려운 수술이라도 앞둔 사람처럼 늘 심각했지. 아버지를 떠올린 때문일까. 현중은 문득 아버지가 머물던 서재에서 쿵쿵거리는 소리를 들은 듯 착각에 빠져들었다. 그래, 아버지 걸음은 유난히 시끄러웠지. 점잖은 외모엔 어울리지 않는다고 엄만 늘 책망이셨어. 현중의 상념을 깨뜨린 것은 여주였다. 어느새 현중과 여주의 잔은 넘칠 만큼 채워져 있었다.

"건배해요. 현중씨와 나, 그리고 바다가 보이는 별장을 위해!"

가볍게 잔을 부딪쳐 오며, 여주는 잔 가득한 와인을 단숨에 넘겼다. 여주의 붉은 입술 위로 붉은 와인이 배어 나왔다. 어느새 어린애 같던 여주의 눈빛이 달라져 있었다. 눈빛 가득 현중을 향한 욕망을 담은 채, 여주는 현중을 바라보았다. 만 이천 가지의 표정을 지닌 아름다운 눈이었다. 사랑하는 남자를 향한 생생한 욕망이 묻어나는 붉은 입술이었다. 그녀의 암갈색 눈동자가, 그녀의 붉은 입술이 현중을 바라보고 있었다. 순간, 현중은 저도 모르게 여주를 끌어안았다. 선형의 환영 속에서 영원히 점화될 것 같지 않았던 현중의 내부에 변화가 일어난 것이다. 쌍둥이 누이를 향해 불태웠던 열일곱의 정열이 되살아난 듯, 현중은 뜨거운 입맞춤을 퍼부었다. 선형아, 아아, 선형아. 여주의 입술이, 손끝이 자신을 휘감는 것을 느끼며 현중은 황홀함과 함께 깊은 절망을 느꼈다. 이제 다시는 선형을 제 여자로 만들 수 없다는 절망이었으며, 결국 그가 함께할 여자는 선형이 아니라는 허탈감이었다. 절망은 곧 분노로 바뀌었다. 쌍둥이 남매로 엮여버린 자신들의 운명과 서로 바라보는 것마저도 용납하지 않았던 청옥 여사, 아무것도 모른 채 자신을 사랑하게 된 여주에 대한 터질 듯한 분노였다. 분노는 흡사 뜨거운 정열과도 같은 형태로 표출되었고, 분노가 극에 달한 순간, 현중은 거친 숨을 토해내며 여주를 강하게 끌어안았다.

6

위험한 수술

'처음'이라는 이름의 사슬

임신 6개월. 거울 앞에 선 여주는 있는 힘껏 숨을 참아본다. 지나치다 싶을 만큼 부풀어 오른 여주의 배는 아주 미세하게 출렁이며 약간 들어가는가 싶더니, 이내 본래의 모습으로 돌아온다. 잔뜩 실망한 여주는 지난달만 해도 이 정도는 아니었다고 투덜대며 현중의 무릎 위에 주저앉았다. 베토벤의 소나타에 맞춰 기계적으로 오트밀을 떠먹던 현중은 반사적으로 몸을 일으켰고, 그 바람에 여주는 엉덩방아를 찧고 말았다. 그래 봐야 푹신한 로그 위에 주저앉았을 뿐이지만, 제법 큰 소리가 나고 여주는 현중을 흘겨보았다.

"괜찮아? 그러게 왜 자꾸…"

"그럼 어디 앉아? 우리 처음이가 아빠 무릎 놔두고 소파에 앉아야겠어?"

여주는 현중의 머리털을 마구 흐트러뜨리며, 다시 몸을 일으켜 현중의 무릎 위에 내려앉았다. 여주가 어디에 앉을 것인가. 신혼여행에서 돌아온 직후부터 젊은 부부는 그 문제로 실랑이를 계속했다. '처음'이가 생긴 후로는 아이를 내세워 굳이 현중의 무릎을 차지하는 여주였다. 여주는 현중의 목을 감싼 채 TV 문화 채널에서 흘러나오는 오페라를 엉터리로 따라 부르곤 했고, 선형이라면 결코 하지 않을 행동이라고, 언제나처럼 현중은 생각했다.

여태껏 누구도 이런 식으로 현중을 대한 적은 없었다. 겨우 삼십이 년을 살았을 뿐이긴 하지만, 현중을 아는 사람은 누구나 현중에게 거리감을 느꼈고, 그 거북함에 익숙해진 현중이었다. 현중은 새삼스레 아내를 바라보았다. 언제부터인지 배밖에 보이지 않은 여주. 부풀어 오른 배를 볼 때마다, 그 속에 있는 '처음이'의 존재를 느끼며 현중은 숨이 턱턱 막혔다. 겨우 6개월째인데도 여주의 배는 대형 풍선만큼이나 부풀어 있었다. 저렇게 부풀어 오른 현실 앞에서, 과연 내 사랑이란 게 의미가 있는 걸까? 여주와의 결혼은, '어떻게든 살아는 질 거'라고 믿었던 현중에게는 성공 이상이었다. 감정의 기복이 심하다는 사소한 단점을 제외하고는 여주는 좋은 아내였다. 한 달에 며칠쯤은 터무니없는 공상에 빠지기도 했지만, 여주는 대체로 생기발랄하고 천진했다. 그 덕분에 현중의 신혼집은 활기치고, 편안했다. 여주와의 6개월은 적어도 선형이 떠난 후의 13년보다는 나은 것이었다.

그러나 그럼에도 불구하고 현중은 여주의 부풀어 오른 배에 본능적인 거부감을 느꼈다. 현중은 '여주의 남편 이현중'으로서는 그럭저럭 살아갈 수 있었지만, '처음이 아빠'로 살아갈 자신은 도무지 생기지 않았다. 지금 여주의 배속에 있는 것은 그 뜨겁던 초야에, 현중이 쏟아낸 분노와 허탈의 덩어리였다. 배가 부풀어 오를수록 여주라는 이름의 현실은 커져갔고 그것이야말로 현중에게는 가장 생각하기 싫은 일이었다. 결혼 6개월이 지나도록 선형의 환영은 여전히 현중을 붙잡고 있었다.

손상된 아이

임신이 7개월째로 접어들며, 여주의 배는 더욱 거대하게 부풀어 올랐다. 혼자 일어나 화장실을 가는 것은 물론이고, 혼자서 검진을 받으러 가는 일조차 힘들어졌다. 병원에 같이 가달라는 여주의 요청에 현중은 간병인을 불러 주었고, 한 달에 두 번 여주는 간병인과 함께 청옥 여사의 진료실로 향했다. 주로 시험관 아기 등의 어려운 시술을 전담하는 청옥 여사는 여주의 임신 직후부터 지금까지 배속의 태아를 직접 검진하곤 했다. 그때마다 어찌나 심혈을 기울이는지, 이상이 없다는 소리를 들을 때까지 여주의 가슴은 세차게 뛰곤 했다. 그날 역시 검진 결과를 보는 청옥 여사의 표정은 심각했고, 여주는 "이상 없다"는 말을 들을 거라고 생각하면서도 초조하게 시어머니를 바라보고 있었다. 그때, 무례할 정도로 문을 벌컥 열며 선형이 들어섰다.

"송여주 환자 검진 기록 좀 볼게요."

"지금 뭘 하는 거지? 여주의 주치의는 나야. 가서 본인 일이나 해."

"파일 좀 볼게요. 잠깐이면 돼요."

"건방진 것! 지금 날 조사라도 하겠다는 거냐?"

"우리 병원에서 병원장 며느릴 위험에 빠뜨릴 순 없죠. 아닌가요?"

선형은 눈인사조차 없이, 여주의 배를 뚫어져라 바라보았다. 마치 여주에겐 '배' 뿐이기라도 한 듯 냉정한 표정이었다. 어딘지 빈정거리는 말투에 청옥 여사는 버럭 소리를 지르지만, 선형은 그런 청옥 여사를 거의 밀치며 직접 청옥 여사의 검진 파일을 집어 들었다. 선형이 워낙 거세게 파일을 당기는 바람에 청옥 여사의 유리 트로피 – 국내 최고의 학회지에서 선정한 올해의 산부인과 전문의 – 가 바닥으로 떨어져 두 조각이 나버렸다. 어머니의 눈은 분노로 뒤집힐 지경인데, 선형은 눈도 깜빡하지 않은 채 파일만 읽고 있다. 자신의 검진 기록을 둔 모녀의 신경전에 여주는 불안을 느꼈다. 뭔가가 잘못된 게 분명했다. 현중이 절실히 필요했다. 갑작스런 선형의 등장은 결코 좋은 일은 아닌 듯했다. 여주는 도저히 침착해질 수 없는 미음으로 핸드폰을 집어 들어 0번 – 사랑하는 사람 – 을 눌렀다. 그러나 신호음이 채 가기도 전에, 여주에게로 솟히는 선형의 날카로운 말은!

"제 예상이 맞았네요. 양수도 이상하고, 아이의 뇌가 미세한 정도로 손상되어 온 거 같아요. 이 주 전부턴 벌써 한 눈에도 알아볼 수 있을 정도로 종양이 커졌구요. 정밀 검사를 해봐야겠지만, 아이의 뇌에 생긴 종양이 성장에 이상을 가져오는 것 같아요. 이대로 놔두면 모체에 치명적 위험을 줄 거예요. 되도록 빨리 수술을 해야겠어요. 어차피 태어나도 오래 살 순 없을 테니까."

선형은 학회지에 연구 논문이라도 발표하듯 또박또박 검진 결과를 이야기했다. 아이에 대한 연민도, 여주에 대한 안쓰러움도 없는 차갑기 그지없는 말투였다. 청옥 여사는 그런 선형을 무섭게 노려보았다. 한참을 멍해 있던 여주는 막 연결음이 떨어지기 시작한 핸드폰을 떨어뜨렸다. 목이라도 졸린 듯 캑캑거리던 여주는 도망치듯 일어서려다 갑작스런 복통을 느끼며 주저앉았다. 전에도 몇 번 찌르는 듯한 통증을 느끼기는 했지만, 숨도 못 쉴 정도의 고통은 처음이었다. 순식간에 여주는 응급실로 옮겨졌고, 급하게 달려온 현중은 아직까지도 무시무시한 눈길로 딸을 노려보고 있는 어머니를 발견했다.

"부탁인데 제발 그렇게 보지 마세요. 제 소견이 틀리기라도 했나요? 아인 뇌종양이고, 과성장 증후를 보이고 있고, 모체엔 치명적이에요. 낙태시키지 않으면, 임산부가 위험해요."

"2주만 기다리면 아일 조산시킬 수 있다. 그때까지 기다리면 돼."

"그렇게 꺼내면요? 아인 어차피 죽어요. 설마, 칠 개월도 못 채우고 자궁 밖으로 쫓겨난 아이가 암을 이길 수 있다고 말하려는 건 아니겠죠?"

"종양은! 제거하면 돼!"

"그래요. 종양은 제거하면 돼요. 그리곤 죽겠죠, 지금보다 몇 배 더 고통스럽게."

"그래, 그게 네 본성이지. 너야 아이가 죽었으면 좋겠지? 네가 가졌어야 할 앨 여주가 가졌으니까! 못된 것!"

중간에 테이블이 없었다면 청옥 여사는 선형에게 달려들었을 것이다. 청옥 여사의 눈에는 절망과 분노가 가득했다. 멍하니 앉아 '뇌종양… 우리 애가 죽어?'라고 되뇌던 현중은 두 사람이 뭔가 설명해주기를 바라며 청옥 여사와 선형을 바라보았다. 아이가 생겼다고 했을 때에도 현실감이 없었지만, 아이가 사라질지도 모르는 지금도 현실감이 없기는 마찬가지였다.

찬바람을 일으키며 선형이 나가버린 후, 청옥 여사는 이마를 쥔 채 소파로 무너져 내렸다. 그제야 현중은 자신이 이번 상황을 주도해야 한다는 사실을 깨달았다. 청옥 여사와 선형 사이에서, 선형을 사랑한다고 선언했던 사춘기 때 말고는 현중은 어떤 일에도 주도적으로 나선 적이 없었다. 그저 이마를 찌푸리고 앉아, 상황에 휩쓸리기만 하면 그만이었다. 지금은 달랐다. 어쨌거나 현중은 이 불행한 사태의 중심에 서 있었고, 아들로서 남편으로서의 역할을 다해야 했던 것이다.

모체, 혹은 태아를 선택하라.

선형의 예측대로 태아는 뇌종양이었다. 국내 최고의 산부인과 의료진들이 모여, 아이에 대해 갑론을박하고 있었다. 양수 이상이 태아의 뇌종양을 가져온 건지, 태아의 뇌종양이 양수 이상을 가져온 건지, 별개의 악재가 겹친 건지 결론을 내릴 수 없었다. 원인이 무엇이든 명백한 것은 선형의 진단대로 "태아를 이대로 두면 모체가 위험하고, 태아를 끄집어내면 태아의 생명이 위험하다"는 사실이었다. 토론은 다시 시작되었다. 모체를 구할 것인지 태아를 구할 것인지, 어두운 표정으로 의견들을 내놓고 있었다. 한참 토론이 계속될 무렵, 그때까지 한마디도 하지 않던 청옥 여사가 무겁게 말을 꺼냈다.

"어렵기는 하지만, 태아도 모체도 다 살릴 수 있는 방법이 있어요. 태아를 엄마 몸에서 드러내지 않고, 태아의 뇌종양을 수술하면 됩니다. 뇌종양을 제거하면 과성장 증후도 조절될 거고, 봉합 수술만 잘한다면 모체엔 별 이상이 없을 겁니다. 태아 역시 뇌종양 수술만 잘된다면, 병을 이겨낼 수 있는 최적의 조건인 모체 안에서 자연 치유력을 갖고 계속 성장하게 될 거예요. 무사히 두 달 정도만 견디고, 예정일에 출산될 수만 있다면 그땐 건강한 몸으로 태어날 겁니다. 이게 바로 모체와 태아 모두를 살릴 유일한 방법입니다."

모두가 말을 잃었다. 이론상으론 그럴듯하지만, 실제로 수술이 감행될 경우 태아의 생존율은 1%도 되지 않는 위험한 수술이었다. 자칫 잘못하면 모체가 피를 너무 흘려, 태아는 물론 엄마까지 위험해질 수 있었다. 잠자코 듣고 있던 선형이 뭔가 할 말이 있다는 듯 고개를 쳐들었다. 바로 그때, 청옥 여사는 단호한 목소리도 명령을 내렸다.

"이번 수술은 이선형 선생이 집도하도록 해. 태아의 종양 제거는 이현중 선생이 할 거야. 이선형 선생 말곤 태내 수술을 해본 사람이 아무도 없으니, 부탁… 부탁할게… 모체와 아이, 모두 살려다오. 그 애는 어쨌거나 현중이 자식이니까."

선형이 뭐라 입을 열기도 전에, 청옥 여사는 '딸'에게 간곡한 '부탁'을 해왔다. 청옥 여사의 표정은 너무도 다급하고 애절했다. 단 한 번도 선형에게 그런 식의 감정을 드러낸 적이 없던 청옥 여사의 절박한 표정에 선형 역시 입을 다물었다. 현중 역시 곤혹스러운 표정이었다. 한국에 돌아온 후, 수없이 많은 뇌수술을 해왔지만 태아를 수술해본 적은 없었다. 수술 중 태아가 죽기라도 한다면? 더구나 그 아이가 내 아이라면? 현중은 온몸에 스르르 힘이 빠졌다.

무거운 토론이 다시 시작된 것은 그때였다. 침묵으로 대답을 대신하는 남매를 위해, 경험 많은 의료진 중 몇몇이 조심스레 조언을 시작했다. 안타깝게도 성공 가망성이 없는 수술이며, 선형이나 현중의 경력에 누만 될 거라는 신중한 조언이었다. 한편, 역시 귀위 있는 몇몇 의료진은 청옥 여사의 의견에 동조했다. 위험하긴 해도 두 사람의 목숨을 구하기 위해서라면 한 번쯤 시도해볼 만하다는 것이 그들의 의견이었다. 그러나 청옥 여사도, 쌍둥이 남매도 바위처럼 꼼짝하지 않았고, 지친 의료진들은 하나둘 자리를 떠났다. 이제 회의실엔 청옥 여사와 쌍둥이 남매만이 남아있었다.

청옥 여사와 선형은 불꽃이 튀듯 서로를 바라보았다. 그토록 간절히 부탁하고 있는데도 청옥 여사의 눈에는 여전히 분노가 서려 있었고, 선형의 눈빛 역시 분노로 타올랐다. 한편, 현중은 여주의 부풀어 오른 배만을 멍하게 바라보았다. 자칫 자식을 죽인 아빠라는 오명을 뒤집어쓸 위기에 있으면서도 현중은 결정을 미룬 채 여주만을 바라보고 있었다. 애기야… 거기 있니? 난 사실 네 존재가 실감이 안 나. 사실 난 네 엄마 하나만도 너무 벅찼거든. 누군가와 새로운 관계를 맺는다는 것, 그것은 현중에게 두려운 일이었다. 아이가 생긴 이후 처음으로 아이에게 말을 걸면서, 어쩌면 아이가 등장하지 않게 된 것이 자신에게는 다행한 일일지도 모른다는 생각을 하며 몸을 떨었다. 어떻게 이런 생각을 할 수 있는 것일까. 이런 잔인한 생각을… 그때, 선형의 목소리가 들려왔다.

"좋아요. 하겠어요. 어쨌거나 아이는… 현중이 자식이니까…"

쌍둥이 남매의 위험한 수술

수술은 두 시간 후에 시작되었다. 국내 최고의 의료진이 지켜보는 가운데, 선형은 냉정한 표정으로 수술 장갑을 착용했다. 아이가 뇌종양이라는 얘기에 정신을 잃었던 여주는 수술 직전에 잠시 의식을 되찾았지만, 독한 마취제에 취해 다시 잠이 들었다. 마취제 역시 태아에겐 위험할 수 있었지만, 지금은 사소한 위험을 따질 수 없는 상황이었다.

수술은 순조롭게 이루어졌다. 선형은 여주의 배를 가르고 아이를 들어냈다. 이미 팔다리는 물론 인체의 모든 기관이 만들어진 아이는 자신에게 쏟아지는 조명을 피해 이리저리 몸을 움직였다. 태아는 한눈에 보기에도 병들어 있었다. 이제는 현중의 차례였다. 시간이 없었다. 시간이 지체되면 여주가 과다출혈로 사망할 수도 있었다. 국내 최고의 뇌 전문의라 해도, 태내에 있는 태아의 뇌를 열고 종양을 제거하기가 쉽지 않았다. 극히 까다로운 수술을 정확하면서도 최대한 빨리해야 했던 것이다. 현중은 분명 국내 최고의 뇌 전문의는 아니었지만, 침착하게 태아의 뇌를 열고 종양을 제거해내고 있었다. 모두가 숨을 죽이는 가운데 청옥 여사는 고개를 끄덕였다. 그것은 현중의 수술이 성공적으로 진행되고 있는 데 대한 안도감의 표현이었다. 종양은 거의 제거되고 있었다. 이제 가장 어려운 부분인 동맥과 맞닿은 부분만 진행하면 되는데, 그 순간! 태아의 작은 머리가 피로 뒤덮였다. 동맥이 터져버린 것이다. 극도의 자제심을 발휘하던 현중은 순간적인 반전에 이성을 잃고 모든 판단력을 상실했다. 지혈을 하기에는 사태가 너무 컸고, 발버둥치던 데이는 이미 축 늘어지고 있었다. 설상가상으로 여주의 심장 박동에 이상이 생기기 시작했다.

그 사태를 진압한 것은 선형이었다. 청옥 여사의 "안 돼!"라는 비명을 뒤로하며, 선형은 놀랄 만큼 침착하게 피범벅이 된 태아를 여주의 뱃속에서 제거했고, 태아를 차가운 수술대에 버리듯 올려놓고는 최대한 빨리 여주의 자궁을 봉합해버렸다. 엄마 몸에 의지해 간신히 숨이 붙어있던 태아는 엄마 몸으로부터 분리된 후, 사십 초도 되지 않아 죽어버렸다. 여주의 자궁 역시 심한 손상을 입어, 다시 아이를 가질 수 있을지 확신할 수 없을 정도였다. 현중은 그대로 주저앉았다. 태아의 작고 미끈거리는 머리에서는 아직도 붉은 피가 흘러내렸다. 선형의 지시로 간호사가 태아의 시체를 치울 때까지, 현중은 아이의 피가 튄 수술복을 입은 채 한쪽 무릎을 바닥에 꿇은 채로 맥없이 앉아있었다. 청옥 여사 역시 선형을 향해 미친 듯 달려들던 중 기절해 버렸고, 의료진들의 표정은 침통하기만 했다. 그 아수라장에서 선형은 표정 변화 하나 없이 모든 일을 지시했다. 마치 모든 일을 예견하고 연습이라도 한 듯, 어쩌면 그 상황을 즐기기라도 하는 듯했다. 현중의 수술이 실패한 후 여주의 수술을 마무리하는 선형은, 수술에 동참한 모 간호사 말대로 '악마처럼' 완벽했다. 그렇게 '미국에서 온 성녀 선 리'는 '쌍둥이 오빠를 사랑하는 악마 이선형'으로 변주되고 있었다.

7

청옥 여사의 치명적 실수

아이가 없다!

여주가 깨어난 것은 깊은 밤이었다. 심한 고통을 느끼며 마취에서 깨자마자 여주는 본능적으로 배를 내려다보았다. 배는 여전히 부풀어 있었지만, 터질 듯 가득 찬 생명의 기운을 느낄 수 없었다. 아이가, 내 아이가 빠져나가 버렸어… 여주는 본능적으로 아이가 배 안에 없음을 느꼈다. 7개월도 못 채우고 몸 밖으로 나간 아이… 살았을까? 죽었을까? 여주는 불안한 시선을 주변으로 돌렸다. 여주가 누워있는 vip룸은 화려했지만, 축하 꽃다발 하나 없고, 병실을 지켜야 할 혀쥼이나 청옥 여사도 없었다. 낯선 간병인만이 보풀이 잔뜩 일어난 카디건을 입고 흔들어도 모를 정도로 깊은 잠에 빠져있었다.

아이의 뇌가 미세한 정도로 손상되이 온 거 같아요. 이 주 전부턴 벌써 한 눈에도 알아볼 수 있을 정도로 종양이 커왔구요. … 아이의 뇌에 생긴 종양이 성장에 이상을 가져오는 것 같아요. 이대로

놔두면…

흐릿한 기억 속에서 선형의 잔인한 말들이 고스란히 되살아났고, 이내 급격한 고통 속으로 빠져들었다. 우리 아이가, 그이와 나 사이의 사랑을 연결해줄 우리 아이가, 아아, 현중씨… 어딨어. 나 미칠 것 같아… 여주는 눈물을 흘리며 힘겹게 일어났다. 자궁으로부터 찌르는 듯한 통증이 몰려왔다. 이를 악물고 침대를 벗어난 여주는 여러 종류의 링거를 힘껏 빼냈다. 아직 반 이상 남은 수혈용 링거에서 피가 배어 나와 침대 시트를 적셨다. 현중씨, 현중씨… 여주는 간신히 쥐어짜 낸 소리로 현중을 부르며 기다시피 복도를 걷고 있었다.

'뭔가가 잘못됐어. 난 알아야겠어. 우리 아기가 어떻게 되었는지, 우리 아기가…'

현중의 여자, 선형

그 시각, 선형은 복도에 멍하니 서 있는 현중에게 커피를 내밀었다. 현중에게도, 선형에게도, 지옥 같은 밤이었다. 현중이 처음으로 아이의 존재를 느낀 것은, 아이가 자신의 손끝에서 죽어버린 후였다. 여주에 대한 미지근한 애정만큼이나 아이에 대한 기대도 없었지만, 차가운 수술대 위에서 버둥대다 죽어버린 아이의 영상은 지워지지 않았다. 수술이 끝나고 열두 시간이 지났지만 현중은 한마디도 하지 않았다. 수술 직후 정신을 놓아버린 청옥 여사 역시 원장실에 박힌 채 한 발자국도 나오지 않았다. 12층 복도 끝. 현중은 유리

창 밖으로 보이는 도심의 불빛만을 뚫어져라 바라보고 있었다. 선형은 그런 현중에게 고집스레 커피를 내밀고, 그런 선형을 지그시 바라보던 현중은 별수 없다는 듯 커피를 받아들었다. 그러나 한 모금도 마시지 못하고, 커피를 창에 던져버렸다.

"미칠 것 같아… 이럴 줄 알았으면 하지 말 걸 그랬어. 네가 원망스러워, 나한테 그걸 하게 한 네가 원망스러워!"

현중의 두 눈에서 눈물이 흘러내렸다. 현중은 미쳐버릴 것 같은 표정으로 머리를 유리창에 부딪치며 느껴 울었다. 현중의 낮은 흐느낌이 소름 끼치도록 조용한 복도 한가운데로 퍼져 갔다. 바로 그 순간, 간신히 현중을 찾아낸 여주는 코너에 선 채 그대로 굳어버린다. 현중의 흐느낌. 그렇다면 아이가, 우리 아이가…? 이 순간, 여주의 슬픔을 이해할 수 있는 것은 오직 현중뿐이라는 생각에, 여주의 마음은 그 어느 때보다 더, 현중으로 가득했다. 저 사람한테 갈 거야. 함께 있고 싶어. 같이 울고 싶어. 오직 현중과 함께 하겠다는 마음으로 여주는 남은 힘을 쥐어짜 걸음을 옮겼다. 이제 코너만 돌면, 코너만 돌면…

그런데 바로 그 순간, 현중이 선형을 끌어안았다. 한참을 오열하던 현중은 마음의 격정을 이기지 못한 듯 충혈된 눈으로 선형을 끌어안았다. 선형은 아무 말 없이 현중의 등을 가볍게 두드려 주었다. 대체 저게 무슨 일일까? 여주가 혼란을 느낄 새도 없이, 선형은 뭔가를 중얼대며 현중의 얼굴을 감싸 쥐었다. 현중의 입술이 선형의 입술과 거의 맞닿아 있었다. 현중의 눈물이 선형의 눈 위로 뚝뚝 흘러내렸다. 선형을 끌어안는 현중의 충혈된 눈에서, 여주는 문득 첫날밤의 현중을 보았다. 저건 남매간의 감정이 아냐. 여자에게 느끼는 감정이야! 여주는 남매의 긴 포옹을 홀린 듯 바라보았다. 숨이 멎을 것만 같았다. 아이에 대한 생각마저 잊은 채 여주는 쌍둥이 남매를 뚫어지게 바라보았다.

바로 그때, 청옥 여사가 나타났다. 찰싹! 청옥 여사의 날 선 손길이 선형의 뺨 위로 연거푸 날아오고, 현중은 선형을 온몸으로 막아서며 청옥 여사를 가로막았다. 선형을 향한 손길이 현중에게 툭. 툭. 떨어지고, 청옥 여사는 미친 듯 악을 썼다.

"독거미 같은 것! 이제 속이 시원하니? 아이를 네 손으로 죽여 없애니, 속이 시원해? 못된 것, 독거미 같은 것! 친오빠 유혹한 것도 모자라 금쪽같은 내 손자를 죽이고 여주를 불임으로 만들어? 못된 것! 이런 못된 것!"

청옥 여사는 악을 쓰고 있었다. 여주는 겨우 코너 하나를 사이에 둔 채, 비수처럼 꽂히는 청옥 여사의 말을 그대로 감내하고 서 있었다. 친오빠 유혹하고, 내 아이를 죽이고, 불임을 만들었다고. 여주는 그 현실감 없는 말을 하나하나 곱씹고 있었다. 끔찍한 통증과 함께 감당할 수 없을 만큼 많은 양의 핏물이 자궁에서 밀려 나오고 있었지만, 여주는 아무것도 느끼지 못했다. 청옥 여사의 말은 선형이 아니라 여주를 공격하고 있었다. 여주는 그 고통을 고스란히 당하며, 온몸을 던져 선형을 보호하는 현중을 멍하니 바라보고 있었다.

"감히 내 앞에서 그따위 기록을 나불대? 내가 그걸 모를 거라고 생각했니? 벌써 오래전에 아이가 잘못된 걸 알았다. 모든 게 현중이와 여줄 위해서였어. 아이가 태어나면, 그 아이가 오래 못 산다 해도 현중이와 여준 정말 부부가 되는 거니까. 단 5분이라도 제 새끼 안아본 아빠는 애 엄마와 떨어질 수 없으니까! 그런데 네가 모든 걸 망쳤어. 네가 다 망쳐버렸어!"

"어차피 그 앤 죽을 애였어요! 모든 걸 망친 건 엄마에요. 도대체 선형이한테 왜 이러는 거예요?"

"왜냐하면, *너하고 나, 사실은 피 같은 거 섞이지 않았으니까. 너도, 나도, 엄마도, 그걸 다 알고 있으니까.*"

그것이 정신을 잃기 전, 여주가 들은 마지막 말이었다. 청옥 여사가 우뚝 멈춰 선다, 흐려지고. 선형이 독사처럼 청옥 여사를 노려본다, 흐려지고. 그 혼미한 순간, 여주는 분명 현중과 눈이 마주쳤다고 느낀다. 짐승처럼 으르렁대며 자신을 노려보는 현중을 바라보며, 여주는 배를 움켜쥔 채 정신을 잃는다. 현중의 시선을 따라 여주를 발견한 청옥 여사가 실수를 깨닫고 달려갈 때까지, 여주는 차가운 바다에 버려진 채 조금씩 죽어가고 있었다.

아이의 목소리

아이의 차가운 시신

여주가 다시 정신을 차렸을 때, 모든 것은 끝나 있었다. 무슨 이유에선지 해외에서도 실력을 인정받은 최고의 산부인과 전문의 '선리'가 직접 봉합한 여주의 자궁은 터져버렸고, 하혈이 멈추지 않더니, 자연 임신이 사실상 불가능해졌다는 결과를 낳고서야 진정되었다. 3일 만에 깨어난 여주는 고개를 돌려 모두를 외면했다. 어느새 온화한 시어머니이자 권위 있는 주치의로 돌아온 청옥 여사는 수술 상황을 "어쩔 수 없는 일"이라고 설명했지만, 여주는 넋이 나간 듯 아이를 보게 해달라고 중얼거렸다. 아이를 보면 마음만 더 아플 거라며 여주를 달래던 청옥 여사는 계속되는 요구에 이미 시신을 정리했다고 말했지만, 퀭한 눈으로 같은 말을 되풀이하는 여주의 요구에 두 손을 들고 말았다.

아이의 시신은 냉동실에 보관되어 있었다. 일반적인 낙태아와는 달라 아직 냉동실에 보관되어 있었지만, 머지않아 폐기 처분될 운명이었다. 하얗게 얼어붙은 아이는 7개월이나 자라 손발이 다 갖추어져 있었다. 아이의 몸에 오그라든 작은 성기를 보며, 여주는 입술을 달싹여 "진짜 아들이었구나."하고 중얼거렸다. 아이의 뇌는 열려 있었다. 머리에 흥건한 피를 보며 여주는 손을 뻗어 아이의 머리를 만져보았다. 그런 여주를 차마 볼 수 없었던 청옥 여사는 "잘 닦아주라고 했는데… 핏줄이 터져서 그만…"까지 말하고는 더는 말을 잇지 못했다. 멍하게 아이를 바라보던 여주는 제천댁을 시켜 가져오게 한 기저귀 가방에서 작은 배냇저고리를 꺼냈다. 서툰 솜씨로 여주가 직접 만든 하늘색 배냇저고리였다. 여주는 퉁퉁 부어오른 손으로 아이에게 옷을 입혔다. 보다 못한 청옥 여사가 여주를 도와주려 했지만, 여주는 청옥 여사의 손길을 뿌리치며, 너무 부어올라 펴지지도 않는 손으로 아이에게 옷을 입히고, 신을 신겼다. 마지막으로 아이의 머리에 모자를 씌우며, 여주는 찢겨진 아이의 머리 위에 천천히 입을 맞췄다. 아이의 찡그린 얼굴은 죽을 때의 몸부림을 그대로 보여주는 듯했다. 아이의 얼굴 위로 여주의 눈물이 한 방울 두 방울 떨어졌다. 미안해, 지켜주지 못해 미안해. 엄마가 널 지켜주지 못해 정말 미안해, 미안해… 여주는 아이의 찡그린 얼굴을 퉁퉁 부은 두 손으로 펴주려고 애쓰며 하염없이 울었다. 바로 그때, 어떤 소리가 여주의 귀에 선명하게 들려왔다.

"아빠가 날 죽였어! 그 여자랑 아빠가 날 죽였어!"

순간, 여주는 얼어붙은 태아의 얼굴이 일그러지는 모습을 보고야 만다. 태아는 잔뜩 일그러진 얼굴로 힘을 주어 말하고 있었다. 아빠가, 자신을, 죽였다고! 혼란과 두려움에 이를 악물고 선 여주는 아이의 고통스러운 비명소리에 떨리는 손으로 귀를 막았다. 아이가 살아 움직이고 있었다, 아이가 비명을 지르고 있었다. 아빠가 자신을 죽였다고. 선형이 자신을 죽였다고…! 아이를 안은 여주의 두 눈에 핏발이 서고, 사지가 부르르 떨려왔다. 며느리의 숨소리가 너무 거칠다고 느끼며, 청옥 여사는 여주의 양팔을 힘주어 잡았다. 그 순간, 여주는 뭔가에 쓰인 사람처럼 거칠게 청옥 여사를 밀쳐내며 사체보관실을 뛰쳐나갔다.

"여주야! 여주야! 안 된다, 안 돼! 저 앨 잡아, 어서!"

병실 바닥에 내동댕이쳐진 청옥 여사는 다급히 손을 내저었지만, 여주의 모습은 사라지고 없었다. 자신을 밀쳐내던 며느리의 괴력. 청옥 여사는 불길한 느낌에 주먹을 꽉 쥐었다. 여주의 이마에 불끈 솟았던 핏대와 핏발 선 눈, 이제 막 어려운 수술을 받은 여자에게선 도저히 나올 수 없는 드센 완력. 모든 것이 여주가 '돌아버렸다'는 것을 보여주고 있었다.

감금

"자기가 죽였어? 자기랑 그 여자 둘이서 우리 앨 죽였어? 말해! 말해! 아니지? 아니지? 제발 말해 봐, 아니라고, 그건 사고라고, 제발 말해 봐, 제발!"

　여주가 뛰어든 곳은 현중의 진료실이었다. 헝클어진 머리에 여기 저기 피가 묻은 환자복, 핏발 선 눈까지 영락없는 좀비였다. 현중은 장승처럼 서서 여주를 철저하게 외면했다. 현중의 표정은 침울하다 못해 잔인할 만큼 냉정했다. 한 마디 위로도, 한 마디 사과도 없었다. 그저 고개를 돌린 채 여주의 고통을 외면할 뿐이었다. 여주의 울부짖음은 차라리 애원에 가까웠다. 머리카락에 땀과 기름기가 잔뜩 끼고, 피묻은 환자복을 걸친 더럽고 추한 여자가 티 하나 없는 가운을 걸친 조각 같은 남자를 흔들며 울부짖고 있었다. 여주의 입에서는 썩은 냄새가 풍겨왔다. 시체가 썩는 듯 역한 냄새였다. 좀비 같은 모습에 지독한 냄새까지 풍기며 고래고래 소리를 지르는 여주는 누가 봐도 미친 사람이었다. 가만 놔두면, 뭔가 지독한 일을 저지를 것처럼 아슬아슬한 분위기의 미친 여자.

　그러나 여주가 충분히 발광하기도 전에, 청옥 여사가 두 명의 건장한 남자 간호사들과 함께 들이닥쳤다. 남자 간호사들이 여주의 팔을 꺾고 진정제를 놓는 동안에도 여주의 발광은 계속되었다. 어찌나 힘을 쓰는지 주사 바늘이 부러질 정두였다. 짐승처럼 울부짖던 여주가 진정제에 축 늘어져 들것에 실려 갈 때까지, 현중은 비동도 하지 않았다. 조각 같은 미간을 찌푸린 채, 조각처럼 서 있을 뿐이었다. 소식을 듣고 달려온 선형이 데리고 나갈 때까지, 현중은 숨소리조차 내지 않은 채 창밖만 바라보고 있었다.

　한편, 특실에 입원한, 아니 좀 더 사실에 가깝게 얘기하자면, 특실에 감금된 여주의 병명은 "극심한 충격으로 인한 우울증과 그로 인한 환각"이었다. 여주를 진찰한 정신과 전문의는 십 년 넘는 의학 공부가 헛되지 않음을 길고 애매한 병명으로 증명했지만, 막상 여주의 정신 치료는 그가 제안한 방법 – 가족들이 지속적으로 사랑을 표현하여 환자의 불안을 감소시킬 것 – 과는 전혀 다른 방식으로 이루어지고 있었다. 청옥 여사가 선택한 치료법은 '감금'이었다. 처음에 진정제의 약효가 다하고 잠에서 깬 여주는 미친 듯 현중을 부르며 문을 두드렸다. 그러나 다가오는 것은 진정제를 높이 든 간호사뿐이었다. 현중과 이야기를 하기는커녕 현중의 이름조차 꺼낼 수 없었다. 그래도 여주는 눈을 뜨면 문으로 달려가 악을 썼고, 진정제를 맞고 잠에 빠졌다. 눈을 뜨면 악을 쓰고, 그러다 진정제를 맞고 잠이 들고, 다시 눈을 뜨면 악을 쓰고… 악몽 같은 시간이 끝없이 되풀이되고 나서야 여주는 소리치는 것을 멈추었다. 그녀의 성대가 상할 대로 상해 쉬쉬거리는 소리밖에는 나지 않게 되었던 것이다. 어쨌거나 그녀는 갇혀 있었고, 소리를 지를 수도 없었다. 그저 맥없이 앉아 의혹투성이인 현실을 잊을 수밖에.

　청옥 여사가 여주를 찾아온 것은 여주가 더 이상 소리를 지르지 않게 된 후였다. 그날부터 청옥 여사는 하루에 세 번 혹은 그 이상 면회를 왔고, 현중을 불러달라는 여주의 요구를 눈물로 거절하면서, 자신이 해야 할 말만을 정확히 하고 돌아갔다.

"현중이 지금 여기 없단다. 아무리 사고였대도 제 자식도 못 살린 놈이 무슨 의사냐며… 폐인이 다 됐어. … 갇혀 있자니 많이 답답하지? 그래도 아직은 밖에 나가면 안 된다. 잘못해서 지난번처럼 발작이라도 나면 수술 자리도 다시 터질 수 있고…"

"얼굴이 이게 뭐니. 밥도 거의 안 먹는다며? 친정어머니가 보면 뭐라 하시겠어? 이런 꼴을 보시라고 싱가포르에서 오시게 할 수도 없고… 얼른 몸부터 추슬러야지 이러다 정말 큰 일 난다. 이거 우리 여주 좋아하는 홍합죽이다. 직접 쑤어온 거야. 얼른 한술 뜨자, 어서."

"결혼 8년 만에 시험관 시술로 임신한 산모가 있었는데, 8개월 만에 애를 잃었단다. 거의 실성해서 돌아다니는데, 다들 저 여자 저러다 죽겠다고 했지. 근데 이 년 만에 다시 임신해서 아들 낳고 잘 만 산단다. 지금이야 힘들겠지만, 세월이 약이고 시간은 사람 편이야. 자연 임신이 어려우면 어떠니. 우리 여주 아이 갖는 건 내가 책임질 테니 아무 걱정 말렴. 아무렴 우리 딸 여주 임신 하나 못 시키겠니."

"현중이… 너무 원망 마라. 제 맘이 힘드니 네가 보이겠니? 실성한 사람처럼 하루 종일 술이야. 술만 마시면 니 이름을 부르면서 미안하다고 우는데 두고 볼 수가 없어… 넌 원망할 데라도 있지만 현중인 누굴 원망하겠니… 이게 다 내 탓이다."

청옥 여사의 방문은 한숨으로 시작해 호소로 끝이 났다. 그렇게 간절하게 여주를 설득하면서도, 청옥 여사는 쌍둥이 남매의 관계에 대해서는 한마디도 하지 않았다. 여주가 모든 것을 들었다는 사실을 모르는 것인지, 모르는 척하는 것인지 알 수는 없었지만, 그런 이야기 자체를 입에 담고 싶어 하지 않는 것만은 분명했다. 어쨌거나 표현의 차이만 있을 뿐, 청옥 여사가 하는 이야기는 매번 똑같았다. 현중의 수술 실패는 우연한 사고이며, 현중은 그로 인해 몹시 괴로워하고 있고, 현중이 사랑하는 아내를 찾지 못하는 것은 그때문이라는 이야기였다. 놀랍게도 청옥 여사의 이야기는 묘한 설득력을 갖고 있었고, 아주 조금씩이나마 여주의 귀를 열고 있었다. 그속도가 너무 느려 과연 여주가 청옥 여사의 말을 믿고 있는지 알 수는 없지만, 여주는 더 이상 악을 쓰며 문으로 달려가지 않았고, '살인자'라는 말도 더는 안 하게 되었다. 청옥 여사의 행동이 진심인지, 며느리를 달래기 위한 술수인지, 혹은 그 둘이 섞인 것인지 알 수는 없지만, 무리한 수술 일정으로 몸을 가누기 힘들 만큼 피곤한 날에도 그녀는 여주를 찾았고, 매번 똑같은 이야기를 되풀이했다. 그 정성이 통한 것일까? 감금 첫 주를 괴물처럼 울부짖으며 보내던 여주는 둘째 주가 지나면서 "어떻게 나한테 이럴 수가 있어."라고 혼잣말을 하며 울먹이게 되었고, 셋째 주가 되던 첫째 날에는 마침내 청옥여사에게 말을 걸었다.

"어머니… 이제 됐어요. 그만 나갈래요."

바닷가의 세 사람

선형의 일기 - 아빠가 죽던 날

그 이상한 이야기를 해줄 때만 해도 아빠는 아직 살아있었다. 별장도 사람처럼 돌잔치를 해줘야 하는 것인지, 별장 완공 1주년 파티는 성가실 정도로 떠들썩했다. 별장에 다락방이 있다는 게 얼마나 다행인지 몰랐다. 멍청하게 1층을 서성이던 현중인 엄마에게 붙잡혀 손님들에게 억지로 허리를 숙이고 있었다. 하지만 다락은 안전했다. 아빠는 평소처럼 뭔가를 적고, 지우고, 적고 지우기를 계속하면서, "열한 살짜리는 고등수학 푸는 거 아냐."라고 잔소리를 했다. "그냥 심심해서 푸는 거"라고 몇 번을 얘기해도 아빠는 벽창호처럼 "머리가 너무 좋으면 자꾸 불행해진다"는 얘기만 계속했다. 그렇짏 아도 너무 시시해서 그만 풀려고 하던 참인데.

그날 따라 아빠는 더 멍했다. 뭔가를 적다 말고, 바다를 바라보면서 '불쌍한 것', '운명', 뭐 그런 말을 연신 해댔다. 혼잣말 좀 그만

하라고 짜증을 내려는데, 아빠가 밑도 끝도 없이 그 이야기를 시작
했다.

"옛날에 세 명의 수행자가 있었어. 마침 그 셋한테 '운명의 돌'이
떨어졌는데…"

그 정도에서, 엄마가 나타났다. 이렇게 되면 다락도 안전하지 않
잖아, 라고 생각하고 있는데, 엄마는 못마땅한 기색으로 아빠를 보
면서도, 웬일로 아무 말 없이 의자에 앉았다.

이야기는 시시하기 짝이 없었다. 수행자 세 사람 앞에 붉은 돌,
푸른 돌, 노란 돌이 떨어졌고, 각각 돌 하나씩을 집어 들었는데, 붉
은 돌을 주운 사람은 세속적 명예에 길들여져 타락했고, 푸른 돌
을 주운 사람은 남들은 외면한 채 저만 알다 수행에 실패했고, 노란
돌을 주운 한 명은 겸손하게 남들과 어울려 살면서 행복했다는…
어디서 많이 본 듯한 우화였다.

이야기를 다 마치고도 아빠는 여느 때와 달리, 재미있는지 아닌
지 묻지 않았다. 역시 수학문제나 마저 풀 걸 그랬어, 라고 생각했지
만, 그래도 이렇게 물어줬다.

"세 개의 돌이라며, 왜 능력은 다 똑같아?"

"같은 돌에서 나왔으니까."

"그럼 색깔은 왜 다른데?"

"그래서, 재미없어?"

"시시해. 그리고 그런 사람들 만나면 정말 짜증 날 거 같아."

그때쯤이었던 것 같다, 아빠가 으스러져라 안아주었던 것이. 아빠에게 안겨서야 아빠가 술을 마셨다는 걸 알았다. 술 냄새에 코가 따가울 정도였는데, 왜 눈치채지 못했을까? 아빠의 행동에 엄마의 눈꼬리가 위로 올라갔지만, 그래도 엄마는 여전히 허리를 꼿꼿이 하고 앉아 있었다.

"선형아, 혼자라도 괜찮지?"

"아빠, 또 여행가?"

"… 혹시라도 돌을 발견하면, 선형인 어떤 돌을 집을 거니?"

어떤 돌이냐고? 선뜻 대답을 못하고 망설이는데, 아빠가 망설이다 뭔가를 얘기하려고 했다. 무슨 이야기인지는 몰라도 정말 중요한 이야기라는 것쯤은 충분히 느낄 수 있었다. 그런데, 바로 그때 엄마의 앙칼진 목소리가 아빠를 가로막았다.

"도대체 무슨 쓸데없는 얘기를 하는 거야? 사람들 초대해놓고 호스트라는 사람이 시답잖게. 시간이 아깝지도 않아?"

신랄한 말투였다. 아빠는 하려던 말을 멈추고 바다를 보는 척했다. 애써 외면하고 있었지만, 아빠의 얼굴에 드리운 절망감은 어린아이의 눈으로도 다 보였다. 엄마는 그걸 왜 못 보는 걸까? 엄마에게 불쑥 그런 질문을 했던 건, 역시 화가 나서였다. 기껏 다정한 부녀라고 칭찬해줄 수도 있는데, 늘 힐난만 하는 그 모습이 너무 화가 나서.

"엄마는 뭘 집을 거예요?"

“뭐?”

“돌말이에요.”

“무슨 소릴 하는 건지.”

“엄마도 다 들었잖아요. 세 가지 돌 중에 뭘 집을 거예요?”

“돌 같은 걸 잡을 리 없잖아.”

차가운 외모에 아주 잘 어울리는 날카로운 목소리였다, 엄마라기에는 너무 차가웠지만 ‘현중이 엄마’라면 제법 잘 어울리는 이상한 아줌마. 그냥 한 번쯤은 ‘아무거나’라도 괜찮으니까 순순히 대답해 줘도 좋잖아. 아빠가 애써 지은 이야기니까 그냥 재밌는 척 해줘도 좋잖아. 정말로 화가 나서, 왠지 눈물이 나올 것 같아서 입술을 꽉 깨물며, 다시 물었다.

“그래서, 엄마는 어떤 돌을 집을 건데요?”

엄마는 어린 딸을 물끄러미 바라보더니, 딸의 키 높이에 맞춰 키를 낮췄다. 드디어 엄마에게 뭔가 대답을, 그러니까 어떤 반응을 얻어낼 수 있으리라 기대하면서도, 그런 감정을 들키지 않으려 더 세게 입술을 깨물었다. 그런데 엄마는 혐오스러운 시선으로 나직이 말했다.

“적어도 네가 집는 돌은 집지 않을 거다.”

그날이었던 것 같다, 처음으로 엄마의 사진을 찢었던 것은.

‘하지만 내가 정말 화가 나는 건, 당신이 나한테 했던 말 때문이 아냐. 당신 냉대 같은 거 얼마든지 참을 수 있어. 늘 그랬으니까. 내가 정말 참을 수 없는 건, 당신이 모든 걸 망쳐버렸다는 거야. 아빠는 내게 유언을 하고 있었는데, 당신이 모든 걸 망쳐버렸어.'

별장이 보이는 바닷가에서, 선형은 고통스러운 눈으로 별장을 바라보았다. 만약 아빠가 살아있었다면, 그래도 결론은 같았을까? 현중이와 나, 별장에 있는 그 여자 여주 … 그리고 그 지독하기 짝이 없는 유청옥 여사까지.

'아빠, 현중이 아이가 죽었어요. 제가 죽게 했죠. 아직 모르겠어요, 어떤 돌을 집어야 하는 건지. 하지만 이건 분명해요. 엄마가 집는 돌은, 절대 집지 않겠다는 거, 그것만은.'

청옥 여사를 괴롭히는 가장 적절한 방법

"다 네 엄마 때문이야. 저 여자가 싫어서 아빠가 죽은 거야!"

청옥 여사는 선형의 외침을 떠올렸다. 겨우 열한 살밖에 안 된 것이, 그 독한 눈빛이라니. 선형을 처음 본 순간부터, 젊은 청옥은 선형이 마음에 들지 않았다. 청옥이 아기 선형을 한 번도 안아주지 않았던 것은 천성이 차가웠기 때문도, 선형을 자식으로 인정하기 싫었기 때문만도 아니었다. 눈도 못 뜬 빨간 핏덩이에게서, 청옥은 고집을 보았다. 그리고 자라면 자랄수록 선형이란 아이가 태생적으로 가진 그 고집이, 밟으면 밟을수록 더 고집스레 도전해오는 그 질김이 싫었다.

어떤 돌을 집을 거냐고? 선형은 몇 번이나 같은 질문을 했지만, 정말로 답이 궁금해서 그런 것이 아니라는 것쯤은 알고 있었다. 그저 자신을 괴롭히는 적절한 방법을 알고 있는 것일 뿐. 이선생과의 불화로 고통받고 있을 때면 젊은 청옥을 비웃듯 "아빠, 아빠가 나 말고 두 번째로 좋아하는 사람은 누구야?" 라는 질문을, 쌍둥이를 초등학교에 입학시키고 들뜬 마음으로 '첫 학부모 참관수업'을 간 자리에서는 "제 장래희망은 악마입니다. 엄마보다 훨씬 지독한 악마가 돼서, 나한테 용서를 빌게 만들겠습니다."라는 발표를, 선형의 고집을 미리 꺾어놓아야 한다고 이선생을 설득할 때면 바들바들 떨며 "아빠, 무서워. 자꾸 하얀 게…"라는 헛소리를, 시체도 없이 이선생을 장례 지내고 돌아온 날엔 보란 듯이 '가족사진을 찢어버리는' 도발을, 청옥 여사가 현중에게 모든 것을 걸었다는 것을 알게 되었을 때는 '쌍둥이 오빠에 대한 유혹'을, 선형은 아무렇지도 않게 해왔던 것이다.

그러나 그 어떤 일도 이번 일만큼 심한 것은 없었다. 청옥 여사의 손자를 무참하게 보낸 것, 그것만큼은 도저히 용서할 수 없는 일이었다.

'나보다 더 지독한 악마가 되겠다고? 아니, 넌 못할 거다. 네가 태어난 그때, 난 이미 악마가 되어 있었으니까.'

휴식

여주는 다시 바닷가로 향했다. 해변을 걷는 것은 지난 6주간 여주의 거의 유일한 일과였다. 2주 전부터는 현중과 함께 해변을 걷기도 했다. 현중에 대한 오해를 풀었느냐고 묻는다면 대답은 '글쎄'였지만, 현중을 여전히 사랑하느냐고 묻는다면 대답은 '그렇다'였다. 결혼 후, 현중은 줄곧 충실한 남편이었고, 여주의 사랑은 그것이 짝사랑인 줄도 모른 채 점점 더 커져 왔다. 그리고 여전히 어리석은 여주의 심장 때문에, 여주는 모든 것을 잊기로 결심했다.

6주 전, 퇴원을 한 후 여주가 머문 곳은 줄곧 별장이었다. 막상 퇴원할 때가 되자 여주에게는 갈 곳이 없었다. 신혼집은 아이가 그리워서, 청옥 여사의 집은 선형의 흔적이 싫어서, 남동생이 살고 있는 친정엔 걱정을 끼칠 수가 없어서, 여주는 그 많은 집을 두고도 갈 곳이 없었다. 그때 문득 별장이 떠올랐다. 좀 더 정확히 말하면, 여주가 처음 보았던 '멋진 폐가'와 같은 별장이 떠올랐다. 왠지 그곳이라면 여주는 지친 몸과 마음을 누일 수 있을 것 같았다.

청옥 여사는 만일을 대비해 자격을 갖춘 산부인과 전문의와 간호사, 간병인, 전용 기사까지 붙어주었지만, 비상사태 같은 건 일어나지 않았다. 손가락, 발가락까지 소시지처럼 부풀었던 부기가 갑작스레 빠지면서 몸무게가 너무 많이 줄었다는 것과 매일 복용하는 신경안정제의 양이 점차 위험수위에 다다르고 있다는 점 정도를 제외하면 여주의 몸은 빠르게 회복되고 있었다. 그러나 여주의 마음은 쉽게 회복되지 않았다. 예약환자만 받기에도 몸이 둘쯤은 되어야 하는데 병원 운영까지 맡고 있는 청옥 여사가 매주 여주를 찾는 것은 '황송하다 못해 성은이 망극할' 일인지는 몰라도 그다지 위로가 되지는 않았다.

청옥 여사가 올 때마다 여주는 눈으로 현중을 찾았지만 현중은 끝내 나타나지 않았다. 낮에는 바다를 보며 견뎠지만, 밤에는 견딜 수 없었다. 쌍둥이 남매, 아니 남매가 아니라고 했던가, 둘을 뭐라 부르든 두 남녀의 긴 포옹과 잃어버린 아이, 아이의 피묻은 시신, 그리고 그 절절한 목소리… 어느 것 하나 잊을 수 없었다. 여주는 아직 남편에게 어떤 해명도 듣지 못했다. 청옥 여사의 수많은 해명과 변호는 더 이상 위로가 되지 못했다. 그러나 여주는 현중에게 전화하지 않았다. 현중이 오지 않는 것, 그것은 여주의 오해가 단순한 오해가 아님을 의미한다고, 적어도 현중이 자신을 사랑하지 않는다는 것을 의미한다고, 여주의 이성은 그렇게 결론 내리고 있었다.

바닷가에서 유노인을 만난 것은 별장에서 4주를 보낸 후였다. 바닷물이 여주의 발을 적셨다. 차갑다고 느끼면서도 여주는 그대로 서 있었다. 그때 한 노인이 바닷가를 천천히 거닐고 있었다. 노인을 먼저 알아본 것은 여주였다. 유노인이 자신을 찾아온 것으로 오해한 여주가 말없이 고개를 숙이자 유노인은 "질부가 아닌가."라고 말하더니, 알겠다는 듯 고개를 끄덕였다. 유노인과 여주는 아무 말 없이 그대로 서 있었다. 둘 다 바다를 바라보고 있었다. 뭔가 위로를 한다면 견딜 수 없을 거야, 여주는 그렇게 생각했지만, 유노인은 회한이 가득한 목소리로 이야기를 시작했을 뿐이었다.

"이곳에서 내 어머님이 살았지. 저 별장 자리에 방 세 칸짜리 한옥이 있었는데, 거기서도 가장 작은 방에 사셨다네. 사람들은 그분을 은복 마님이라고 불렀지. 아주 부드러운 분이셨는데, 가슴에 몹쓸 병이 드셔서 이곳을 떠나지 못하셨어. 자네 시어머니가 어머니 품성을 반만이라도 닮았으면 좋았을걸. 하긴 그랬으면 그 애도 제 언니들처럼 백 일도 안 돼 세상을 떠났을지도 모르지."

유노인이 거기까지 말했을 때, 여전히 초점 없는 눈으로 여주가 불쑥 말했다.

"저도 그분을 닮았나 봐요. 가슴에 몹쓸 병이 들었다는…"

여주는 그렇게 대답도, 독백도 아닌 애매한 말로 말을 맺었다. 그런 여주를 바라보던 유노인의 그 깊고 날카로운 눈에 뭔가 촉촉한 아픔이 서렸다.

"세상에는 일어나지 않았어야 할 일 같은 건 없어. 그러고 보니, 참으로 공교롭군. 자네, 이 별장이 처음 어떻게 지어졌는지 아나? 현중이의 외증조모님, 그러니까 내 어머님의 외조모님 이씨 소저께서 머리에 큰 병환이 나셔서 민망한 행적을 보이시다 이곳으로 요양을 온 거라네. 말이 요양이지 쫓겨 온 거나 진배없지. 아무리 서녀라지만 왕가의 자손이 그런 몹쓸 병이 걸리셨으니. … 터가 그런가. 그때부터 여식들에게 병마가 끊이질 않는군."

왕가의 서녀라는 이씨 소저, 은복 마님의 어머니, 은복 마님, 청옥 여사, 그리고 나… 여주는 대를 걸러 별장에 머무른 여인들을 상상해 보았다. 그녀들은 어떤 마음으로 이곳에 머물렀을까? 지엄한 왕가에서 어떤 '민망한' 병에 걸렸기에 이런 바닷가로 쫓겨 온 것일까? 정신이상이라도 걸렸던 것일까? 핏덩이인 어머니를 놔두고 이곳에 머물렀다는 은복 할머니는 어떤 마음이었을까? 왜 바다를 떠나지 못한 걸까? 어쩌면 나도 이곳에서 죽게 될까? 하지만 내가 왜? 엄밀히 말해 나는 이 집 핏줄도 아닌데. 여주의 상념을 끊은 것은 유노인이었다.

"선형이와 현중이, 그 애들이 그렇게 된 건 다 우리 잘못이야. 어른이란 사람들이 그 애들에게 못 할 일을 한 거야."

쌍둥이 남매의 이야기에서 유노인은 말을 멈췄다. 그저 깊은 회한에 잠긴 눈으로 바다를 바라보았을 뿐. 문득 여주는 두 사람의 사연이 궁금하다고 느꼈다. 하지만 누구에게 물어볼 수 있을까?

왜 그런 심정이 되었는지는 여전히 알 수 없었다. 현중에게 데려다 달라는 여주의 부탁에 유노인은 아무것도 묻지 않았다. 한 때나마 행복했던 신혼집 앞, 여주는 떨리는 손으로 지문 키에 손가락을 가져다 댔다. 문이 열리고, 술에 취한 현중의 모습이 들어왔다. 머리며 수염이며 제멋대로 자란 데다 두 볼이 움푹 파인 그 초췌한 몰골이라니. 집안에는 온통 술병이 굴러다녔다. 양주가 놓여 있던 진열대는 텅 비어 있었고, 맥주 캔도 제멋대로 바닥을 굴렀다. 여주를 발견한 현중은 막 토사물을 뱉어낸 얼굴로 험악하게 외쳤다.

"여기 왜 왔어? 가, 가라고!"

여주는 꼼짝도 못한 채 그저 서 있었다. 현중은 몇 번인가 더 구역질을 했고, 갑자기 벌떡 일어서더니, 여주의 존재조차 참을 수 없다는 듯 성큼성큼 다가왔다. 여주는 여전히 장승처럼 서서 현중의 붉게 충혈된 눈을 바라보았다. 현중은 그런 여주의 어깨를 강하게 움켜쥐고는 고통스런 눈으로 한참을 바라보았다.

"넌 나라도 원망할 수 있지만, 나는 누구를 원망해야 하니?"

현중의 눈에서 눈물이 흘러내렸다. 어머니 말이 맞았네, 당신 정말 폐인이 다 됐구나. 여주는 문득 가슴 한편의 응어리가 조금은 풀어지는 것을 느꼈다. 그녀의 상상 속에서, 가장 못된 상상 속에서, 현중은 선형과 건배를 하고 있었다. 자신을 제거한 기쁨의 건배를. 그러나 어디에도 선형의 흔적은 없었다. 여주는 조심스레 손을 들어 현중의 초췌한 얼굴을 만졌다. 현중은 얼굴을 돌려 여주의 손길을 피했지만, 여주는 다시 현중의 얼굴을 어루만졌다. 현중의 고개가 툭 떨어지고, 현중은 고통에 짓이겨진 목소리로 쥐어짜듯 말했다.

"미안하다."

하지만 현중은 자신이 아이를 잃은 그날 이후로 온종일 여주만을 생각했다고는 말하지 않았다. 그것이 아내를 위로하는 가장 쉬운 방법인 것을 알면서도, 아내가 오해하게 될까 봐 두려웠다. 현중은 온종일 여주만을 생각하면서도 그것은 그저 미안함이라고 단정하고 있었다. 그것을 아내가 '사랑'이라고 오해할까 봐, 현중은 두려워하고 있었다. 언제나 문제는 현중이었다. 현중의 머릿속에서, 사랑은 여전히 '선형'과 관련된 고통스러운 것이었으므로, 현중은 사랑은 '가슴'이 하는 것이며, '보고 싶다'는 '사랑한다'의 다른 표현임을 인정할 수 없었다. 어쨌거나 그날 이후로, 현중은 여주와 함께 별장에 머물렀다. 청옥 여사도 현중의 휴직 신청에 이의를 제기하지 않았고, 그렇게 현중과 여주의 긴 휴식은 시작되었다.

별장이 보이는 바닷가에서, 여주는 막 불이 들어온 별장을 바라보았다. 멀리 테라스에 선 현중의 실루엣이 보였다.

'진실 같은 건 모르겠어. 지금은 그냥 좀 쉬고 싶을 뿐이야.'

바닷바람을 맞으며, 여주는 나직이 중얼거렸다.

청옥 여사의 반격

잊는 것과 묻는 것

별장에서 함께 지내면서 현중과 여주는 안정을 되찾아갔다. 멍하니 바다에 나가 있거나 침울한 표정으로 혼잣말을 하며 거실을 서성이는 시간이 잦아지기는 했지만, 현중은 더 이상 술을 마시지 않았다. 여주를 '사랑한다'고는 여전히 생각하지 않았지만, 현중은 여주를 가엽게 여겼고 또 많이 '좋아한다'고 생각했다. 여주 역시 여전히 신경안정제 없이는 잠을 이루지 못했지만, 현중을 더 이상 '살인자'라고 생각하지는 않았다. 마침내 아이를 잃은 것은 그저 가슴 아픈 사고였다고 생각하게 된 것이다.

새벽쯤 잠들어서 11시가 다 되어야 일어나는 여주를 위해 현중은 직접 늦은 아침을 챙겨주었다. 유학 중에도 메이드를 붙여준 청옥 여사 덕분에, 현중의 음식솜씨는 엉망이었다. 여주는 대체로 현중의 음식을 참아주었지만, 어머니가 일부러 내려보낸 제천댁 아줌마가 만들어준, 간이 딱 떨어지는 음식 대신 굳이 자신이 만든 국적 불명의 스파게티를 권했을 때는 진심으로 화를 냈다. 여주가 "자기는 혀가 없어? 이런 걸 사람이 어떻게 먹어?"라고 말하자, 현중은 "너 아직도 힘들구나."라고 말하며 여주의 손에 직접 포크를 쥐여주었다. 그 모습이 하도 진지해서 여주는 억지 춘향으로 다시 스파게티에 도전했지만 두 입도 채 못 먹고, 현중의 입에 스파게티를 쑤셔 넣었다. 현중은 난생처음 겪는 여자의 무례한 행동에 당황했지만 그래도 스파게티를 뱉지 않았고, 아주 열심히 맛을 음미하고 나서는 호텔 조리장 같은 태도로 이렇게 말했다.

"음. 소금, 후추, 파슬리가 너무 많이 들어갔고, 허니 소스가 부족했어."

"허니 소스? 해물 스파게티에 꿀을 넣었다고?"

"이거 해물 스파게티 아닌데."

"그럼 오징어랑 홍합, 새우는 왜 들어있어?"

"미트볼이 부족해서."

"미트볼? 그럼 꿀은 왜 넣은 건데?"

"엄마가 넣는 걸 봤으니까."

"어머니가 요리를 하셨다고?"

"응. 딱 한 번. 그래서 기억해."

"어땠는데?"

"끔찍했지."

“뭐?”

“먹을수록 화가 났어.”

“나도 그래. 차라리 라면을 끓여.”

“라면, 한 번도 안 끓여봤는데? 먹어본 적도 별로 없어.”

바로 그 순간, 여주는 자신이 결혼한 남자의 실체에 조금 더 다가섰다고 느꼈다. 현중은 왕자였다, 의료 재벌인 유청옥 여사가 일군 왕국에서 철저하게 보호되며 살아온 왕자. 아이를 잃고도 아내를 달래기보다는 자신의 고통에 더욱 민감하게 반응했던 것은, 어쩌면 이기적인 성품 때문이 아니라 남의 감정 따위 배려할 필요가 없는 삶을 살아왔기 때문인지도 모른다고, 여주는 처음으로 생각했다.

“… 어디 가서 그런 말 하지 마. 욕먹어.”

“라면 좋아해? 요리법이 어떻게 되지?”

“요리법? 라면 봉지에 ‘요리법’ 나와. 글은 읽을 줄 알아?”

여주는 짐짓 심술궂게 물었다. 잠시 침묵이 흘렀다. 현중은 기분이 상한 듯 팔짱을 끼더니, 불쑥 내뱉었다.

“너, 눈썹 옆에 점 있는 거 아니?”

“흥, 곱슬머리 주제에.”

“앞짱구”

“뾰족코”

젊은 부부는 서로를 노려보았다. 남편의 조각 같은 얼굴에서 더 이상 흠을 찾아내기 어려웠던 여주는 현중에게 스파게티 소스를 묻

혔다. 불의의 공격에 허를 찔린 현중도 여주의 얼굴에 스파게티 소
스를 묻혔다. 그렇게 육탄공격을 주고받으며, 현중과 여주는 얼굴이
며 머리에 온통 스파게티를 뒤집어쓰고는 숨을 헐떡였다. 스파게티
접시를 빼앗으려든 게 누군지, 면발을 먼저 던진 게 누군지, 스파게
티를 언제 머리 위에 뒤집어썼는지, 누가 먼저 웃음을 터뜨렸는지는
알 수 없었다. 한참의 격렬한 몸싸움 후에 현중과 여주는 바닥에
누워 서로를 바라보며 미친 듯이 웃었다. 한참을 그렇게 웃다가 현
중과 여주는 문득 서로를 서글프게 바라보았다. 현중의 얼굴이 여
주의 얼굴에 바짝 닿아 있었다. 입가에는 미소가 남아있었지만, 여
주의 눈에는 눈물이 고였다.

“…잊을 수 있을까?”

여주가 그렇게 물었을 때, 현중은 대답 대신 여주의 머리에서 스
파게티 면발을 떼어냈다.

“못 잊겠지? 나 어떡해야 해?”

“… 그냥 묻어버리자. 잊을 순 없겠지만, 묻을 순 있을 거 같아.”

여주는 말없이 고개를 끄덕였다. 현중과 여주는 한참을 그대로
누워 서로를 바라보았다. 그들의 마음속에는 여전히 수많은 감정들
이 들끓고 있었지만, 서로가 함께 살아가기 위해서는 그 모든 것을
묻어야 했다. 하지만 잊는 것과 묻는 것이 얼마나 다른지 그들은 정
확히 알지 못했다. 때로는 잊기 위해 묻지 말아야 한다는 것을, 그
들은 모른 척하고 있었다. 일테면 그들 중 누군가는 ‘선형’에 대해 애

기했어야 했음에도 그들은 애써 그것을 묻어버렸다. 불행의 그림자가 너무도 가까이 있다는 것도 모른 채.

한밤의 목소리

전화위복이로구나. 천천히 바다를 거닐며 청옥 여사는 미소를 지었다. 여주의 생일을 축하하기 위해 꽤 오랜만에 별장에 온 청옥 여사의 앞에서 젊은 부부는 나란히 앞치마를 두르고 점심을 준비하고 있었다.

"조개는 소금물에 담그랬잖아."

"그럼 짜지는 거 아냐?"

"그래야 해감을 토하지."

"그동안 바다에 살았으니까, 실컷 토하지 않았을까?"

"그런가…가 아니잖아! 그게 말이 돼?"

그런 식의 대화가 한동안 이어졌다. 그런 식이라면 모든 것은 전보다 훨씬 나아질 거라고, 청옥 여사는 확신했다. 그러나 여주가 다시 아이를 낳을 수 있을까? 못된 것, 수술을 그따위로 해놓다니. 청옥 여사는 새삼 선형에 대한 분노를 느꼈다. 여주가 영영 아이를 못 갖게 된다면 어떻게 될까? 그렇게 되면 무엇이 여주와 현중을 하나로 묶어줄 수 있을까?

별장에 들어서며, 청옥 여사는 새삼스레 '별장'을 바라보았다. 남편의 마음을 잡기 위해 지었던 별장… 처음부터 부부의 사랑을 위해 지었던 집이었다. 이제 '여자 청옥'에게 사랑을 되돌려 줄 남편은 없었다. 그렇다면, 현중과 여주는 어떨까? 두 사람이야말로, 이선생과 청옥 여사의, 별장에서의 불행했던 결혼기를 다시 쓸 수 있지 않을까? 청옥 여사는 지금까지 자신이 걸었던 밤바다를 돌아보며 낮게 중얼거렸다.

'여주는 나와는 다를 거야. 모든 것이 순조롭게 이뤄지고 있어. 당신 거기 있으면 잘 들어. 내 아들한테 당신 같은 아버지는 없어. 현중이가 빼닮을 아버지 같은 건 없다고. 그러니까 당신은 거기에서 한 발자국도 나오지 마. 철저히 저주받으면서, 영원히 망령으로 떠돌라구!'

바로 그때, 청옥 여사의 등 뒤로 '응'하는 듯한 소리가 들려왔다. 망자가 답변이라도 하는 듯, 낮고 음산한 소리였다. 흠칫 놀란 청옥 여사는 그 와중에도 자신의 감정을 들키지 않으려고 애쓰며 아주 천천히 소리 나는 쪽을 보았다. 전등조차 켜져 있지 않은 거실은 칠흑처럼 어두웠다. 청옥 여사는 날카로운 눈길을 어둠 위로 던지며, 음산한 목소리를 따라 조용히 발걸음을 옮겼다.

"아냐. 그런 게 아니야. 네가 오해하지 않았으면 좋겠어. 여주는 뭐랄까, 너와는 달라… 아니, 끊지 마. 제발… 제발 끊지 마. 제발 얘기해 줘. 너와 내가 어떤 관계인지. 우리가 정말 아무것도 아닌지! 선형아, 제발…"

현중이었다. 이 층으로 통하는 계단에 서서 현중은 그렇게 속삭이고 있었다. 핸드폰 액정에서 나오는 빛이 현중의 얼굴을 푸르게 만들고 있었다. 청옥 여사는 떨리는 가슴을 움켜쥔 채, 차라리 목소리의 주인이 망령이었기를 바랬다. 아직도 끝나지 않았다…! 쌍둥이 남매의 애정 행각은 질기게도 계속되고 있었다. 여주는 다르다고? 여전히 제 누이를 사랑한다고? 여주가 제 살을 뜯는 고통을 참아내는 동안 저것들이 상피가 붙어서… 청옥 여사는 현중을 매섭게 쏘아보았다. 선형도 아닌 현중에게 그토록 분노를 느낀 적은 없었다. 불쌍한 것, 불쌍한 것… 순간, 여주에 대한 감정은 한층 더 진한 애정으로 바뀌었다. 여주 역시 자신처럼 버려진 여자였던 것이다. 남편에게… 그리고 자식에게.

생일 파티

저녁 7시, 여주의 생일 파티는 정원에서 벌어졌다. 현중과 함께 조촐한 생일을 보내려고 생각했던 여주는 시외숙모인 양씨는 물론 병원 관계자, 여주의 친구들까지 별장에 도착하는 것을 보며 당황했다. 청옥 여사가 결혼 후 첫 생일은 시어머니가 챙겨 주는 것이라고 말했을 때도 여주는 그저 고급스런 선물 정도를 생각했다. 케이크 커팅에서 현중의 선물 전달식, 양씨의 덕담과 시어머니의 긴 화답으로 이어지는 생일 파티라니, 모든 것이 정도를 넘어서고 있었다. 왕실의 공식 행사를 연상케 하는 생일 파티 자체는 아무런 문제도 없었다. 3단 케이크도, 음식도, 음악도 훌륭했다. 현중은 매너 있게 행동했고, 청옥 여사는 우아했다. 아이에 대해 묻는 사람은 아무도 없었다. 비꼬기 좋아하는 한 친구의 말대로 여주는 이제 "명실상부한 상류사회의 일원"이 된 것인지도 몰랐다.

그러나 여주는 정말로 불편했다. 예정대로라면 여주는 지금 열흘이 못된 갓난아기를 품에 안고 산후조리 중이었을 것이다. 어느 누구도 여주의 아이에 대해 묻지 않았지만, 여주는 사람들의 입에서 혹시라도 아이 이야기가 나올까 봐 지레 상처받고 있었다. 여주의 불편함은 청옥 여사의 생일 선물에서 극에 달했다. 앙증맞은 분홍색 봉투 속의 내용물은 차 키였다. 그러고 보니 마당에는 임시 번호판을 탄 외제차가 광채를 내며 서 있었다. 하룻밤 새 자신이 잃은 것이 – 그것도 남편인 현중의 패륜으로 – 이 웅장한 별장이라는 사실을 알 리 없는 여주는 극심한 불편함에 고맙다는 인사조차 하지 못했다. 아이구나, 역시 어머닌 잊지 않으신 거야. 아이를 잃었으니까, 그걸 달래려고 이렇게까지 하시는 거야. 이건, 이건 말도 안 돼.

그러나 불편함의 절정은 역시 선형의 등장이었다. 어색한 미소로 간신히 대화를 이어가던 여주는 선형의 등장에 말 그대로 얼어붙어 버렸다. 영문을 모르는 친구들이 "너 왜 그래?"하고 소근 대며 여주의 옆구리를 몇 번이나 찌를 정도로 여주는 굳어 있었다. 선형은 한쪽 어깨선이 우아하게 드러난 기품 있는 원피스를 입고 있었고, 술이 많은 머리카락을 품위 있게 묶어 올리고 있었다. 기품의 카리스마를 마음껏 풍기며, 선형은 차에서 내려 여주에게 곧장 다가왔다. 두 사람의 만남은 아이가 죽은 후, 처음이었다. 여주는 선형을 뚫어져라, 아주 뚫어져라 쳐다보았다. 청옥 여사가 새로운 연주곡을 신청하며 시선을 분산시키려 애썼지만, 주변의 이목은 여주와 선형의 만남에 집중되었다. 저 여자가 왜 나한테 걸어오는 걸까? 여주는 강한 적의와 함께 몸이 움츠러드는 것을 느꼈다. 이상하게도 선형 앞에만 서면 여주는 주눅이 들었다. 체구는 가냘프지만 늘씬한 키에 하이힐까지 신은 여주는 선형보다 적어도 10cm는 컸다. 그러나 선형과 마주 선 지금, 한없이 작게 느껴지는 것은 자신이었다. 여주는 되도록 몸을 똑바로 세우려 애쓰며 선형을 바라보았다. 그 순간, 선형은 여주를 향해 아주 정중하게 고개를 숙였다. 전에 없이 깍듯한 인사였다.

“미안합니다.”

“… 뭐가 미안한가요?”

“의사로서, 도움을 주지 못해 미안합니다.”

선형은 다시 한 번 허리를 깊게 숙여 인사했다. 그 인사가 어찌나 정중한지 청옥 여사까지도 ‘저건 진심이구나.’ 생각할 정도였다.

“의사로서 미안하다고요? 의사로서…?”

거의 들리지 않게 간신히 입술을 달싹이던 여주는 손에 든 와인을 홀짝이며, 새삼스레 그때 일을 생각하며 온몸을 부들부들 떨었다. 역시 여주는 하나도 잊지 못하고 있었다, 그저 묻어두었던 그날의 일들이 '선형의 등장'을 계기로 조금씩 터져 나오고 있었다. 마치 그런 여주를 조롱하듯이, 선형은 여전히 고개를 숙인 채 서 있었다. 현중이 다가와 "선형아, 그만 해."를 속삭이며, 선형의 어깨를 안아 돌려세울 때까지 선형은 그렇게 서 있었고, 여주는 그렇게 술을 마시고 있었다.

청옥 여사의 선언

사실상 파티는 그걸로 끝이었다. 선형은 아주 깊게 고개를 숙인 후, 부들부들 떨고 있는 여주를 남겨둔 채 별장을 떠났다. 선형이 여주를 본 것은 고작 2분도 안 되는 지극히 짧은 시간이었다. 그러나 선형의 방문 이후 여주는 이성을 잃었고, 몸을 가눌 수 없을 만큼 많은 술을 마셨고 주정 ─ 어머니, 어머닌 다 아시죠? 현중씬 참 특별한 남자에요. 모든 면이 다 그렇죠. 아, 우리 선형 아가씨가 대단한 건가? ─ 을 늘어놓았다. 양씨를 시작으로 손님들은 어색한 표정을 지어 보이며 하나둘 자리를 떠났다. 결국 밤 10시가 되기도 전에 파티는 끝나버렸고, 별장에는 청옥 여사와 젊은 부부만이 남았다.

"현중이, 여주 데리고 이리 앉아라."

청옥 여사의 차가운 명령에 현중은 취기가 올라 웃다 울다를 반복하는 여주를 부축해 청옥 여사 앞에 앉혔다. 청옥 여사는 왠지 모를 싸늘한 시선을 아들에게 던지고는 단도직입적으로 이야기를 꺼낸다.

“1년쯤 미국에 다녀와야겠다. 병원도 기업인데, 그동안 너무 안일했어. 더 늦기 전에 체계적인 의료 교환 시스템을 구축해야겠다. 병원은 다시 외숙이 맡아 주실 거다. 현중이 넌 계획대로 일 년간 쉬도록 해. 쉬면서 어떻게 살아야 할지 생각도 해보고, 아내와 정도 쌓도록 해라. 여주야, 너만 두고 가려니 안타깝지만 어쩌겠니. 공연히 임신하는 걸로 스트레스받지 말고 일 년간은 일도 하고 공부도 하고 그래라. 다음 주 중으로 떠날 거다. 참, 선형이도 같이 데려갈 테니 그리 알아.”

그것으로 다였다. 병원의 발전을 위해 원장인 청옥 여사가 직접 미국으로 가겠다는 것, 미국행에 선형을 데려가겠다는 것이었다. 청옥 여사의 의도는 뻔했다. 선형을 현중과 떼어놓기 위해 직접 미국행을 자처한 것이었다. 잠시 멍해 있던 현중은 어머니의 눈을 피하며 겨우 물었다.

“선형이가 가려 할까요…?”

“안 갈 수 없을 거다.”

청옥 여사의 대답은 너무도 단호했다. 여주는 술이 확 깨는 깃을 느끼며 저도 모르게 시어머니의 손을 꽉 잡았다. 이것이야말로 신정한 생일 선물이었다. 선형을 보는 순간, 여주는 깨달았다. 선형이 있는 한, 현중을 믿을 수는 없다는 것을, 밀려드는 의심과 고통을 참아낼 수 없다는 것을. 청옥 여사와 선형 사이의 앙금을 알 리가

없는 여주로서는 시어머니가 자신을 위해 딸 – 친딸이든 아니든 –
을 내치려 한다는데 진심으로 감동했다. 청옥 여사는 따뜻한 눈길
로 여주의 손을 맞잡았다. 둘 사이에 감사와 애정의 눈빛이 교차하
는 사이, 현중은 더는 참을 수 없다는 듯 자리에서 벌떡 일어났다.
방금 전까지도 그저 어머니의 얘기에 복종하는 아들이었던 현중의
표정에는, 언젠가 여주가 보았던, 속 깊은 곳에서 올라오는 분노가
가득 담겨있었다.

"선형이를 또 쫓아낸다고요? 어머닌 정말 뭐든 맘대로군요. 대체
걘 어머니한테 뭐예요?"

"걔가 나한테 뭐냐고? 그래, 더는 피하지 않으마. 똑똑히 들어
두렴."

청옥 여사는 차갑게 내뱉으며, 현중과 여주가 보는 앞에서 선형
에게 전화를 걸었다. 신호음이 울리고, 전화기 너머로 '네'라는 선형
의 건조한 목소리가 들려왔다.

"나다. 너, 그날 병원에서 현중이와 피 한 방울 안 섞인 남이라고
얘기했었지?"

"도대체 무슨 말씀을 하시는 거예요. 엄마한테 우린 한날한시에
태어난 쌍둥이 남매 …아니었나요?"

"도대체 언제부터 알았던 거지? 그 사실을…"

"… 13년 전, 그러니까 엄마한테 쫓겨나기 두 달 전쯤, 아빠 기일
날 바닷가에서."

"그래. 네 말이 맞아. 너희 두 사람! 피 한 방울 안 섞인 남남이야."

"… 이제 와서 그게 다 무슨 의미인가요?"

"죽은 현중 아빠가 널 거두자고만 안 했어도, 널 받아들이는 일은 없었을 거다. 잘 들어! 넌 이제 가족이 아니야! 그러니까 더 이상은 현중이 옆에서 얼쩡거리지 마라."

그 말을 끝으로 청옥 여사는 사납게 전화를 끊었다. 두 사람이 남매인 것과 남매가 아닌 것, 뭐가 더 나쁜 걸까? 여주는 몽롱해지는 정신 속에서도 그것을 생각했다. 현중은 창백한 얼굴로 자리에서 일어섰다. 저, 싸늘한 눈빛. 선형이… 또 그 여자 때문이야. 대체 저 사람, 정체가 뭘까. 방금 전까지도 그렇게 다정하게 날 대했는데… 설마 정말로 그 여자를 사랑하는 거야? 여주는 배신감과 의구심으로 현중을 막아섰다.

"난 아이를 잃었어. 그 여자가 내 아일 죽였다구! 현중씬 최선을 다했겠지만, 그 여자도 그랬을까?"

"선형이는! 그런 애가 아냐!!"

현중은 버럭 소리를 지르며, 여주를 차갑게 밀쳐냈다. 이를 갈며 선형을 두둔하는 현중의 눈에는 여주에 대한 적의마저 감돌았다. 의자를 짚고 선 채 돌아서는 현중을 바라보는 여주의 눈에 눈물이 차올랐다. 그때, 청옥 여사가 자리에서 일어섰다. 할 말을 마쳤으니, 돌아가겠다는 분명한 의사 표시였다. '저 사람을 좀 잡아주세요.' 하는 눈길로 자신을 바라보는 여주에게 청옥 여사는 단호하게 내뱉었다. 언제나처럼 일고의 반론조차 용납하지 않는 단호한 말이었다.

"걱정 마라. 잠깐 저러다 말 테니. 현중인 독하지 못한 애야."

한밤의 살인

백사장의 두 남녀

"정말 있었네."

"응. 계속 여기 있었어."

현중과 선형은 아픈 눈으로 서로를 바라보았다.

"역시 그랬구나. 너도, 그날…"

"그래, 그랬지."

현중은 말없이 14년 전 아버지의 기일에 바닷가에서 본 것을 떠올렸다. "이선생의 기일이면, 청옥 여사의 눈을 피해 쌍둥이 남매가 별장으로 숨어든다"는 수문은 사실이었다. 청옥 여사는 남매의 별장 출입을 금지했지만, 이선생의 기일이면 바닷가에는 언제나 남매가 뿌려준 국화가 떠있었다. 그날도 그랬다. 현중이 바다에 도착했을 때, 바닷가에는 막 던져놓은 듯 백 송이도 넘는 국화가 떠있었다. 선형을 찾는 현중의 눈에 들어온 것은, 놀랍게도 청옥 여사였다. 청옥 여사는 흠뻑 젖어 있었다. 청옥 여사는 흡사 미친 사람처럼 머리카락도 하얀 블라우스도 완전히 젖은 채로, 바다로 걸어 들어가며 고래고래 고함을 지르고 있었다.

"겨우 이러려고 나한테 그 애를 키우게 했어? 겨우 이런 꼴을 보이려고?"

파도 소리에 잘 알아들을 수는 없었지만, 청옥 여사는 그런 이야기를 하고 있었다. 뛰어나가 엄마를 말려야 한다고 생각하면서도 현중은 사지가 붙어 버린 것처럼 꼼짝도 할 수 없었다. 더구나 아이를 키우게 했다고? 그렇다면 우리를? 현중은 극심한 혼란에 빠진 채 청옥 여사의 '발광'을 지켜만 보고 있었다. 그 앞을 유노인 내외가 지나쳐갔다. 내외는 청옥 여사를 쫓아왔는지 바로 앞의 현중조차 알아보지 못했다. 양씨는 애가 달아 청옥 여사에게 뛰어들려 했지만, 유노인은 고개를 저으며 그런 양씨를 제지했다.

"이서방 간지가 언젠데… 우리 애기씨 애가 터져 어떡하누."

"…마가 낀 건지, 집안이 번성을 못해. 우리도 간신히 얻은 아들놈을 그렇게 보내고. 청옥이도 겨우 하나를 건졌으니… 어머니가 남긴 혈육이래야 한 점뿐인 건가."

"당신은 또 무슨 소리유. 그래도 애기씬 남매를 봤는데…"

거기까지 말하다 양씨는 뭔가를 깨달은 듯 멍하니 서 있었다.

"그럼 애기씨가 그래서 그렇게 선형이를…"

"몰랐단 말인가. 헛살았구만."

현중이 들은 것은 거기까지였다. 그렇다면, 선형이는 역시? 순간적으로 모든 것을 간파한 현중은 제발 선형이 그곳에 없기만을 바랐다. 하지만 물 위에는 막 뿌려놓은 국화들이 출렁이고 있었다. 현중은 달리기 시작했다. 누군가 자신을 바라보는 시선을 느꼈지만, 더 이상은 그곳에 있을 수가 없었다. 선형을 찾아야 했으니까.

같은 기억을 떠올리며, 현중과 선형은 어두운 바다를 바라보았다.

"현중아. 처음부터 쓰레기로 태어나는 건 없어. 버려지면 그걸로 쓰레기인 거야. 생각해 봐. 쓰레기통에 던져진, 작은 아이를. 쭈글쭈글한 탯줄을 붙잡고 울고 있는 빨갛고 조그맣고 못생긴 계집애를."

현중은 문득 그날 밤에도 선형이 똑같은 이야기를 했다는 것을 깨달았다. 그러니까 현중이 선형을 처음으로 낯선 소녀로 느꼈던 그날도. 그날처럼, 현중은 선형을 껴안았다. 현중의 가슴에 얼굴을 묻은 채, 선형은 속삭였다.

"현중아, 우리는 말야…"

타다 만 일기장

새벽 1시, 별장에 혼자 남겨진 채 오만가지 생각으로 몸을 뒤척이던 여주는 결국 별장 밖으로 현중을 찾아 나섰다. 가로등이 있긴 하지만, 캄캄한 마당 밖으로 나오니 무서운 마음이 들었다. 현중이

갈 곳이라곤 바닷가뿐이었다. 차키며 핸드폰까지 놔둔 채 현중이 가면 어디를 갔겠는가. 여주의 이성은 차분히 현중을 기다려야 한다고 이야기하고 있었지만, 그 '이성'이란 것이 아주 조금밖에는 남아있지 않아서, 여주는 더 이상 참을 수가 없었다. 이제 더 이상 묻어둘 수 없었다. 현중에게 선형에 대해 물어야 했다. 피가 섞이지 않았다 해도 평생을 쌍둥이 남매로 살아온 두 사람이 서로 사랑한다는 게 말이 되느냐고 따져야 했다. 이 황량한 별장에 아내 혼자 놔둔 채 차가운 바닷가에 서서 무슨 생각을 하고 있는지 따져 물어야 했다. 견딜 수 없을 만큼 화가 치밀어 올랐다.

손전등을 켰는데도 바닷가는 지독히 어두웠다. 깎아지른 절벽 위에 자리 잡은 별장은 바다가 내려다보였지만, 다이빙이나 하면 모를까 바다로 통하는 길은 없었다. 바다를 워낙 좋아한 이선생이 별장에 머물며 바위를 가로질러 모래사장까지 계단을 놓은 것이 다였다. 계단이라고는 하지만 바위에 철사다리 같은 것을 걸쳐놓은 것이 다였고, 훤한 대낮에도 조금만 방심하면 3미터가 넘는 높이에서 바닥으로 내동댕이쳐질 위험이 도사리고 있었다. 그 위험한 곳을 여주는 지금 손전등 하나에 의존해 내려가고 있었다. 몇 번이나 휘청거리며 간신히 모래사장에 닿은 여주는 차가운 파도소리를 들으며 바닷가를 걷고 또 걸었다. 몽롱한 취기 속에서도 두꺼운 코트를 뚫고 들어오는 냉기가 느껴졌다. 너무 멀리 왔다는 것을 알았지만 멈출 수 없었다. 조금만 더, 조금만 더… 알 수 없는 목소리가 여주를 부채질하고 있었다. 여주는 묘한 광기로 어둠 속을 걸으며 현중을 향해 다가서고 있었다.

　얼마나 걸었을까. 이제 더는 갈 수 없겠다고 느낄 만큼 오랫동안 걸었을 때, 여주는 마침내 현중의 흔적을 찾아냈다. 아니, 알 수 없는 끌림에 현중의 흔적을 발견했다고 해야 할까? 모닥불이었다. 파도가 철썩이는 모래사장 안쪽에 희미한 모닥불이 타고 있었다. 막 불을 피우고 자리를 뜬 듯, 이제 막 타기 시작한 몇 권의 노트와 앨범 등이 그을음을 내며 조금씩 오그라들고 있었다. 모닥불의 주인이 누구든 간에 여주는 그대로 주저앉았다. 취기와 피로, 추위가 한꺼번에 몰려왔다. 거친 숨을 몰아쉬며 모닥불로 손을 뻗던 여주는 막 타기 시작한 한 장의 사진을 집어 들었다. 그것은 현중과 선형이었다! 아직 여학생티를 벗지 못한 어린 선형의 어깨에 다정하게 팔을 두른, 그때 이미 조각 같은 미남자였던 현중의 사진. 모닥불의 주인은 현중이었다. 여주는 불 속으로 손을 넣어 막 불이 붙기 시작한 한 권의 노트를 꺼내 들었다. 손이 쓰라릴 만큼 뜨거웠지만, 여주는 개의치 않았다. 뭔가에 홀린 듯 노트를 집어든 여주는 노트 위로 손전등을 비췄다. 그것은 현중과 선형의 교한 일기였다.

　99.12.5 미친 시간들
　신부를 잃었다.
　처음이자 마지막이었던 짧은 입맞춤…

너의 촉촉한 입술은 아직도 내게 남아있는데… 온기가 식기도 전에 넌 사라져버렸다.

신부를 잃었다, 내 삶은 끝났다, 내 기쁨도, 내 정열도, 이걸로 끝이다.

선형아, 어디 있니?

한마디 말도 없이 떠날 정도로 너한테 난 아무것도 아니었던 거야?

제발 대답 좀 해! 뭐라고 말 좀 하란 말야!

미치겠다, 미쳐버릴 것 같아…

……………

00.1.4 대답 없는 너

선형아… 너와 함께가 아니라면 이런 건 다 쓰레기야.

널 다시 볼 때까지 이따위 글들은 쓰지 않을 거다.

……………

10.12.5 쓰레기 같은 내 결혼식을 위하여!

꼭 10년 만에 일기를 다시 쓴다.

니 말대로 너와 난 그냥 '남매'일 뿐인지도 모르지.

그래, 그래, 모든 게 내 뜻과는 상관없이 흘러가고 있다.

내일이면 누군가의 남편이 된다지만, 그게 나랑 무슨 상관일까.

진심 따위 없는 쓰레기 같은 결혼식이 될 거야.

아니, 꼭 그래야 해. 내 결혼을 진심으로 저주한다, 선형아.

우리의 관계는 뭘까?

한 때는 널 위해서라면 뭐가 돼도 좋아도 생각했었지.

패륜아, 악마, 살인자…

넌 물었지, 지금도 똑같은 감정이냐고.

사실을 얘기한다면, 난, 난, 여전히 …

쓰레기 같은 결혼식, 패륜아, 악마, 살인자… 여주는 현중이 써 내려간 낯선 단어들을 뚫어져라 쳐다보았다. 자신이 행복한 설렘으로 잠 못 이루던 결혼 전야, 현중은 선형을 그리워하며 자신의 결혼을 저주하고 있었다. 그랬구나, 역시 그랬어. 내가 결혼한 남자는 쌍둥이 남매로 31년을 살아온 여자에게 집착하는 패륜아였어. 여주는 타다 만 쌍둥이 남매의 사진과 현중이 그렸음이 분명한 선형의 초상화들을 물끄러미 바라보았다. 결국 그 사람이 사랑하는 건 그 여자인 걸까? 어쩌면 내 아이가 죽은 것도 실수가 아니었는지 몰라. 그렇게 바라던 대로 그 여잘 위해 '살인'을 한 건지도… 난 살인자와 결혼했어. 제 새끼를 죽이는 살인자와… 아니야, 그럴 리가 없어! 이건 다 과거야, 다 과거라고! 이건 그저 결혼 전의 일이야, 지금 그이는 나를 사랑해! 미칠 듯한 충격 속에서 '의심'과 '믿음'이 격하게 충돌했다. 이건 아니야, 이건 아니잖아! 어쩔 줄 모르는 여주의 입안으로 눈물이 고였다. 이를 악물고 눈물을 뱉어내며 여주는 몸을 일으켰다. 손에 쥔 전등을 아프도록 쥐었지만 몸이 휘청거리는 것은

어쩌지 못했고, 두어 발자국쯤 내딛다 말고 여주는 전등을 놓치며 그대로 땅바닥에 널브러졌다. 전등은 제멋대로 굴러가 모래사장 어딘가를 비췄다. 한참을 그대로 쓰러져 모래사장에 얼굴을 파묻고 울던 여주는 문득 파도소리에 섞여 들려오는 기이한 신음소리에 천천히 고개를 들었다. 아주 가까이, 모닥불에서 10m도 되지 않은 곳에서 들려오는 소리였다. 여주는 쓰러진 채 힘없이 전등을 들어 소리 나는 쪽을 비춰보았다. 어렴풋이 한 덩어리로 얽혀있는 남녀의 실루엣이 보였다. 언뜻 보기에도 서로를 격하게 탐하는 젊은 남녀였다. 천천히 고개를 돌려 외면하던 여주는 퍼뜩 드는 끔찍한 느낌에 벌떡 일어나 남녀에게로 달려갔다. 떨리는 손으로 전등을 들어 남녀를 비추던 여주는 아! 비명을 지르며 전등을 떨어뜨렸다.

한밤의 살인

어두운 바닷가, 짐승처럼 으르렁대며 서로를 탐하는 것은 바로 쌍둥이 남매였다. 여주는 미친 듯 소리를 지르며 어디론가 달려갔다. 모든 것이 명백했다. 쌍둥이 남매는 과거에 서로의 연인이었듯이 현재에도 서로의 연인이었다. 내 아인 살해된 거야! 저 짐승 같은 것들이 내 아이를 죽였어! 여주는 미친 듯 달려갔다. 여주의 존재를 알아챈 현중이 여주를 쫓아오고 있었다. 여주의 행방을 찾아 비추는 전등 불빛에 얼핏 모래사장 옆에 아무렇게나 서 있는 승용차 한 대가 보였다. 막 차에서 내린 듯 아직 시동이 걸려 있는 것이,

현중을 만나러 온 선형의 차임이 분명했다. 별장의 반대쪽에서 해안선을 따라 내려왔겠지. 그때, 현중의 다급한 목소리가 들려왔다. 여주야! 여주야! 전등을 든 현중이 여주를 향해 달려오고 있었다.

"날 그렇게 부르지 마! 살인자, 이 더러운 살인자!"

짐승처럼 울부짖는 여주의 눈이 점차 광기로 번뜩이는가 싶더니, 뭔가에 씐 듯 선형의 차에 올랐다. 어느새 차 앞까지 달려온 현중이 차 문을 열기 위해 왼쪽으로 몸을 꺾었다. 바로 그 순간, 여주의 발이 가속 페달을 사정없이 밟았다. 쿵! 쿵! 쿵! 현중의 몸이 붕 뜨는가 싶더니 경사진 모래사장 아래를 굴러 철퍼덕 바닷물로 떨어졌다. 어둠 속이라 확인할 수는 없지만, 즉사했을 게 분명한 현중의 몸은 반 이상 물에 잠겨있을 터였다.

"죽어, 죽어, 죽어! 이 나쁜 새끼야!"

간신히 차를 세운 후, 여주는 자신이 저지른 끔찍한 행위를 비로소 깨달았다. 떠들썩한 생일 파티가 끝나고, 청옥 여사의 배려에 환호한 것도 잠시, 현중을 찾아 바닷가로 나와, 현중의 일기장을 읽고, 쌍둥이 남매의 패륜 행각을 목격하고, 급기야 남편을 살해했다. 모든 일이 꿈결 같았다. 너무 생생해서 깨고 싶은 지독한 악몽 같았다. 하얗게 질려 어쩔 줄 모르던 여주는 떨리는 손으로 핸들의 방향을 틀었다. 여주의 발이 저절로 가속 페달을 밟으며 차는 육지 쪽으로 미친 듯 달렸다. 누군가 도망치는 차를 향해 미친 듯 소리를 질러댔지만, 여주는 멈추지 않았다. 말도 안 돼. 이건 정말 최악의 생일이야. 여주는 다만 그렇게 중얼거렸다. 내일이면 발각될 현중, 아니 현중의 시체도 당장은 생각하고 싶지 않았다. 몇 시간 후에 어떤 일이 일어나든 여주는 그저 자고 싶었다. 아닌 게 아니라 여주에게는 너무도 피곤한 하루였던 것이다.

선형의 두 번째 방문

얼마나 잤을까. 누군가 문을 두드리는 소리에 여주는 퍼뜩 눈을 떴다. 지독한 숙취가 밀려왔다. 현중씨가 왔나? 무심코 그렇게 생각하던 여주는 자신이 현중을 살해했다는 사실을 깨달았다. 잠시 모른 척 덮어두었던 공포와 혼란이 물밀 듯이 몰려왔다. 누군가를 내 손으로 죽인다는 것, 단 한 번도 겪어 보지 못한 경험에 여주는 어찌할 바 모르는 절망 속으로 빠져들었다. 쿵! 쿵! 쿵! 문 두드리는 소리는 점점 위협적으로 변했다. 벌써 경찰이 온 걸까? 여주는 어린 애처럼 소파 옆에 쭈그리고 앉아 몸을 오그렸다. 쥐며느리가 몸을 웅크린 것 같은 자세였다. 문이 벌컥 열리고 들어선 것은, 선형이었다! 칠흑같이 검은 머리를 하나로 묶고 검은 트렌치코트를 대충 풀어헤치고 모래바람이 묻은 채 집안으로 들어서는 것은. 화장기 없는 얼굴에 머리를 뒤로 묶었을 뿐인데도 선형의 얼굴에서는 압도적인 빛이 품어져 나오고 있었다. 여주는 형언할 수 없는 공포 속에서도 극심한 혐오감과 분노를 느꼈다. 아니, 선형을 향한 격렬한 분노

속에서 여주는 점점 공포를 잊어갔다. 선형은 신도 벗지 않은 채 성큼성큼 들어섰다. 위협적인 자세였다. 여주 역시 지지 않았다. 꼿꼿하게 허리를 세우며 전 같으면 도저히 짓지 못할 도전적 눈빛으로 선형을 노려보았다.

"현중인 어딨죠? 현중이, 어디 있어요?"

"그걸 왜 나한테 묻죠? 같이 있었던 사람이 알아야 하는 거 아닌가?"

"내가 현중이랑 같이 있었다고…? 지금 무슨 말을 하는 거죠?"

"뭐, 무슨 말을 하느냐고? 파렴치한 것들… 니들이 어떤 관계든 난 상관없어! 그치만 내 아이, 니들이 죽인 내 아인… 난 죗값을 치르게 한 거야, 죗값을, 죗값을!"

여주의 온몸이 부들부들 떨려왔다. 두려움이 아니라, 분노였다. 눈 하나 깜빡 않고 여주를 바라보던 선형은 '죗값' 운운하는 여주의 말에 처음으로 낯빛이 변했다. 선형은 여주의 어깨를 양손으로 꽉 잡으며, 간절하게 물었다.

"… 현중이한테 무슨 짓을 한 거죠? 현중인 지금 어디 있어요? 혹시…"

"나가! 나가! 당장 나가!"

고함을 지르며, 여주는 벌컥 현관문을 열었다. 열린 문틈으로 차가운 바닷바람이 몰려들었다. 여주의 고함소리는 위협을 느낀 선형이 뒷걸음치며 별장을 빠져나갈 때까지 계속되었다.

두 번째 아이

사라진 흔적들

아침 일곱 시, 위경사와 함께 바닷가를 걸으며 여주는 시어머니를 떠올렸다. 살인은 우발적이었지만, 후회는 없었다. 패륜적 사랑으로 자신의 아이를 살해한 쌍둥이 남매라니… 자신의 손으로 현중을 죽였다는 사실은 여전히 실감이 되지 않았지만, 죗값은 치를 생각이었다. 어쩌면 사형이나 무기징역을 선고받을지도 모르지만, 당장은 미래에 대한 두려움이 느껴지지 않았다. 다만 청옥 여사에게 미안할 뿐이었다. 여주는 시어머니인 청옥 여사를 진심으로 좋아하고 있었다. 청옥 여사는, 적어도 여주에게 있어서는 너무도 좋은 어머니였다. 그녀의 배려가 설령 100% 현중을 위한 것이었다 해도, 여주는 그 따뜻함을 잊을 수 없었다. 아들인 현중까지도 청옥 여사가 냉정하다고 말했지만, 여주가 볼 때 청옥 여사는 가슴에 큰 상처가 있는 '아주 좋은 어머니'였다.

‘내가 현중씰 죽인 걸 알면 어머닌 정신을 놓으시겠지… 어머니한 텐 그 사람이 전분데… 어머니, 어머니한텐 너무 미안해요. 저한테 그렇게 잘 해주셨는데… 이제 어머니와 전처럼 지낼 순 없겠지…’

여주의 눈에서 긴 눈물이 흘러내렸다. 시어머니가 살인의 이유를 묻는다면 뭐라고 대답해야 할까? 현중과 선형이 바닷가에서 나눈 진한 애정 행각을 과연 입 밖으로 꺼낼 수 있을까? 차가운 바닷바 람을 맞으며, 여주의 정신은 오히려 또렷해졌다. 내가 그 사람을 조 금 덜 사랑했다면 이런 일은 일어나지 않았을 거야. 그게 실수든 아 니든 아이가 현중의 손에서 죽었는데도 현중을 믿고 새로운 시작을 꿈꿀 만큼 현중을 사랑하지 않았다면…

“대체 어디에 뭐가 있단 겁니까? 차로 뭘 어쨌다고요?”

위경사의 날카로운 질문에 여주의 긴 상념은 깨어졌다. 선형이 돌아간 후, 밤새 지옥 같은 감정 속에서 헤매던 여주가 전화로 살인 을 자백했을 때 경찰은 단잠을 방해받은 듯 “이거 장난전화면 공무 집행 방해죄로 걸리는 거 알죠?”라는 위협적인 말로 투덜거림을 대 신했다. 30분이 지나지 않아 엄청난 경부음과 함께 경찰치가 들이닥 쳤다. 위경사라고 스스로를 밝힌 경찰은 증기부디 확보해야 한다며 여주를 차가운 바닷가로 몰아세웠고, 여주와 위경사는 몇 시간 전 일어난 살인 사건의 현장을 찾아 바닷가를 한 시간 째 뱅뱅 돌고 있 었다.

"이것 보세요. 별장에서 이어진 해변이래야 여기서 저기가 전분데, 뭐가 있단 겁니까? 모닥불은커녕 불 피운 흔적도 없구만! 여기 맞아요?"

"몇 번을 말해야 해요. 계단에서 내려와 이십 분쯤 걸었다고. 어둠 속이라 잘은 모르지만, 건너편 가로등이 바로 근처에 있었으니까… 여기쯤 일 거예요. 모래사장을 달리다 시동 걸린 차가 있어 올라탔는데 그때 남편이…"

"이것 보세요. 여기 차가 어떻게 들어와요?"

위경사는 기도 안차다는 듯 여주의 말을 잘랐다. 뭔가 항의를 하려던 여주는 앞에 펼쳐진 말도 안 되는 풍경에 말문이 막혔다. 위경사의 말대로, 그곳은 차가 들어올 수 없는 해변이었다. 모래사장 위로는 콘크리트 도로가 펼쳐져 있었고, 마치 '바다는 여기부터'라는 식의 안내라도 하듯이 모래사장과 콘크리트 도로 사이에는 족히 80cm는 되어 보이는 높이차가 있었다. 위쪽은 콘크리트고 아래쪽은 모래사장인, 계단 같기도 했다. 무리를 해서 차가 모래사장 아래로 들어올 수는 있다 해도, 그 차를 타고 모래사장 밖으로 나갈 수는 없었다. 그뿐인가, 어디에도 사고의 흔적이나 차량이 지나간 길은 없었다. 모닥불도, 현중의 시체마저도 없었다. 위경사는 잔뜩 열이 받은 목소리로 무전기에 대고 "상황종료, 지금 돌아간다!"라는 메시지를 남겼다. 여주는 믿을 수 없다는 표정으로 주변을 둘러보았다. 그렇다면, 여주가 보았던 것은 다 무엇이란 말인가.

“이럴 수는, 이럴 수는 없어요. 분명 포드 자동차가 여기 있었는데… 포드가…”

“어두워서 아무것도 안 보였다면서? 포드는 또 뭔 소립니까?”

“그래요, 어두웠지만… 나도 어떻게 그게 포든지 아는지는 모르겠지만, 분명 포드였어요. 분명히 포드라고 느껴졌다고요.“

“느껴요…? 아가씨, 어제 술을 얼마나 마신 거요? 아직도 취중이신가?”

“난 분명 차를 몰았고, 여기서 그 사람을! 죽였어요.”

“이봐, 내가 이 바닥 18년 짼 데 아가씨 같은 사람은 살인 못해. 살인잔 눈빛부터 달라.”

수사는 그걸로 끝이었다. 단 한 가지도 여주의 말과 일치되는 것이 없었다. 여주가 범인이라면, 범인 말고 누가 그토록 치밀하게 범행 흔적을 지운단 말인가. 현중의 시체가 바닷가에 떠내려갔다 해도 차량의 흔적이나 불탄 자국까지 사라진 것은 범행을 누군가 은폐하기 위해 증거를 인멸했다는 이야기밖에 되지 않았다. 위경사는 사고의 흔적은커녕 몇 달 내 인적 하나 없는 조용한 바닷가에서 살인 사건이 일어난다고 믿기보다는, 아직도 술 냄새를 풀풀 풍기는 여주가 악몽을 꾸었다는 쪽을 믿기로 결신한 듯했디. 위경사는 ‘공무집행 방해’를 운운하며 참고 있던 화풀이를 시작했다. 그때, 퍼뜩 뭔가를 떠올린 듯 여주가 외쳤다.

“별장! 그래요, 별장에 차가 있을 거야. 포드를 보면 내 말을 믿을 거예요!"

선형이 저지른 일들

"그래, 이게 바로 그 날아다니는 포드요? 모래사장에 흔적 하나 안 남기고 사람을 치고, 콘크리트벽을 점프해 별장까지 달려왔다는 그 포드?"

포드는 없었다. 위경사는 현중의 세단과 어제 여주가 생일 선물로 받은 해치백, 그리고 그 옆에 나란히 주차된 낯선 지프를 가리키며 노골적으로 조롱을 퍼부어댔다. 여주는 혼란스럽다 못해 창백한 표정으로 자신 앞에 서 있는 낯선 지프를 바라보았다. 이건 아니야, 그건 분명 포드였어. 어두워서 잘 보이진 않았지만 분명 포드였다고! 낡을 대로 낡아빠진 포드였어. 여주가 거기까지 생각했을 때, 낯선 지프의 문이 열렸다. 선형이었다. 선형은 창백하긴 하지만 여전히 압도적인 모습으로, 아주 천천히 차에서 내렸다. 아침부터 두 시간이나 허탕을 쳤다는 불쾌감으로 잔소리를 시작하던 위경사는 선형의 등장에 움찔 놀라며 입을 다물었다.

"위경복 경사님…? 잠깐 저랑 얘기 좀 하시겠어요? 이 황당한 사건에 대해, 뭔가 설명을 듣고 싶으실 것 같은데…"

마치 그곳에 서 있는 여주가 안 보이기라도 하는 듯 여주 쪽에는 시선조차 주지 않으며, 선형은 위경사를 마당 위 테이블로 데려갔다. 불과 5m도 되지 않는 거리에서, 여주는 선형의 입에서 나오는 낯선 말들을 한마디도 놓치지 않고 듣고 있었다.

"전 송여주씨 남편 되는 이현중씨의 여동생 이선형이라고 해요. 단도직입적으로 얘기할게요. 새언니한테 정신적으로 약간 문제가 있어요. 몇 달 전 아이를 사고로 잃었는데, 그게 오빠 잘못이라고 오해하는 것 같아요. 어제는 생일 파티가 있었는데 술이 과했고, 현실과 환상을 구분 못 하고 있습니다."

"그럼 이현중이라는 사람은 지금 어디 있답니까? 그 사람을 죽였다고 저렇게 우기는데! 시체가 없으니 살인사건 접수는 불가능하지만, 실종 사건 접수는 가능합니다만."

"흠… 경사님이 새언니와 바닷가를 도실 그때까지, 오빤 저와 함께 있었어요. 언니의 정신 상태를 걱정하면서."

위경사와 선형의 대화는 그리 오래가지 않았다. 선형의 명함을 받아 든 위경사는 눈에 띄게 부드러워진 태도로 선형의 말을 경청했고, "아, 별장댁 따님이군요."를 시작으로 "어쩐지…", "젊은 사람이, 저런…" 등의 간투사를 남발하는 것도 잊지 않았다. 15분 후, 위경사는 안 됐다는 표정으로 여주 쪽을 바라보며 별장을 떠났다. "젊은 사람이 얼마나 충격을 받았으면, 쯧… 이렇게 좋은 집에 실면서."라는 말과 함께 별장에 감탄의 눈길을 보내는 깃도 잊시 않았다.

"경찰이 다시 올 일은 없을 거예요. 증거 하나 없는 자백 같은 건 무의미해요. 게다가 자백한 사람이 정신적으로 문제가 있다면 더욱."

선형은 그 말을 내뱉고는, 아주 냉정하게 돌아섰다. 그 모습이 뱀처럼 차갑다고 느끼며, 여주는 도대체 왜 선형이 별장까지 찾아와 여주의 살인 혐의를 벗기기 위해 애쓰는지를 골똘히 생각했다. 시체, 모닥불, 일기장, 차 바퀴 자국… 명백한 살인의 흔적은 사라졌고, 불과 몇 시간 전까지도 현중의 행방을 찾던 선형은 별장에 서 있다. 도대체 이게 어찌 된 일일까? 정말로 나는 취해 있기라도 했던 걸까? 사고의 흔적은 어떻게, 왜 사라진 것일까? 모든 증거를 인멸하면서까지 살인 사건을 감추어야 했던 사람은 또 누구일까, 그 모든 흔적들을 철저히 감출 만큼 용의주도한 사람이…? 거기까지 생각하던 여주는 문득 머릿속이 환해지는 것을 느꼈다. 답은 하나였다. 여기, 자기 앞에 서 있는 사람, 선형이었다! 현중의 죽음이 알려진다면 가장 피해를 볼 사람이 누구일까? 재판 과정에서 쌍둥이 남매의 패륜적 애정 행각이 알려진다면? 설령 그들이 피가 섞인 남매가 아니라고 밝혀진들 달라지는 것은 하나도 없었다, 유노인에게마저 후계 자격을 박탈당하는 것이 이익이라면 몰라도. 선형이 여전히 현중과 쌍둥이 남매인 한 선형은 가진 것이 너무 많은, 다시 말해 잃어버릴 것이 너무 많은 여자였다. 이로써 모든 것이 명쾌해졌다. 현중의 시체도, 사라진 모닥불도, 일기장도, 차량의 흔적을 지우는 것도 선형에게는 어려운 일이 아니었을 것이다. 그저 바닷물 속에 쓸어 넣기만 하면 모든 것은 파도가 알아서 정리해 주었을 테니까. 포드 자동차 역시 그랬다. 포드 자동차가 서 있던 곳은 모래사장이었다. 차가 들어올 수 없는 해변이란 위경사의 말은, 말 그대로 '아침에 본 바닷가 풍경'에서만 맞는 말이었다. 콘크리트와 모래사장 사이에는 80cm 정도의 높이 차이가 있었지만, 자동차가 내려오고 올라갈 수 있도록 어떤 장치가 되어 있었다면, 일테면 모래가 쌓여있었다거나, 발판이 비스듬히 놓여 있었다면 어떨까? 아마도 선형은 경찰이 사건을 조사하게 될 때를 충분히 예상하고 있었음에 틀림없었다. 참을 수 없는 구토감이 몰려들었다. 여주는 혐오스레 선형을 보며 날카롭게 야유를 보냈다.

"모닥불, 일기장, 바퀴 자국… 그걸 다 혼자서 했나요? 그 이른 시간에?"

선형이 걸음을 멈췄다. 뭔가를 잠시 생각하는 듯하더니, 뒤돌아선 채 아주 짧게 응답했다.

"내가 뭘 했다고 생각하고 싶은가요?"

"그래요? 그렇겠죠. 모든 건 파도가 했겠죠. 그래, 현중씬 지금 어딨죠?

현중씨를 꼭 닮았다는 아버님 곁으로 보내드렸나요?"

"아버님…?"

선형이 아주 천천히 – 선형은 언제든 빨리 움시이는 법이 없었다, 언제나 아주 천천히 움직였다 – 몸을 돌렸다. 선형의 눈에는 냉담함 대신 분노가 가볍게 타오르고 있었다.

"두 사람 사이에 무슨 일이 있었든, 내 아빠를 입에 올리지 말아요.”

“효녀네요. 어머님한테는 하고 싶은 대로 하면서, 돌아가신 아버님은 소중해요? 하긴 피 한 방울 안 섞인 남남이니까, 아버님과도 연인처럼 지냈나요? 당신이 시체까지 치워준 그 잘난 쌍둥이 오빠처럼?”

쾅! 선형의 꽉 쥔 주먹이 보닛을 강타했다. 선형의 칠흑같이 검은 눈동자가 분노로 불타올랐다.

“당신이 뭐라고 해도 난 현중이 시체 같은 건 못 봤어. 어젯밤, 당신이 뭘 봤던, 당신이 무슨 짓을 했던 그건 사실이 아니야! 당신은 별장에 취해 있었고, 현중인 나와 함께 당신을 걱정했어! 당신의 그 썩어가는 정신을 걱정했다고!”

선형의 두 손이 여주의 양어깨를 잡고 흔들었다. 얼마나 힘을 주었는지 어깨가 아파왔다. 여주는 앞뒤로 몸을 휘청대면서도 “그렇게 믿고 싶겠지! 증거를 없앨 순 있지만 진실을 없앨 순 없어!”라고 악을 쓰며 선형을 노려보았다. 선형은 더 이상 참을 수 없는 듯 여주의 어깨를 확 밀어냈고, 여주는 그대로 흙바닥에 내동댕이쳐졌다. 쾅! 소리와 함께 차 문이 닫히고, 선형은 별장을 떠났다.

“다시는 내 눈앞에 나타나지 마!”

여주는 바닥에 쓰러진 채로 미친 사람처럼 악을 써댔다. 이걸로 끝이었다, 그 지독한 쌍둥이 남매와의 관계는. 선형도, 여주도 세상에서 가장 사랑하는 남자를 잃어버렸다. 여주는 문득 선형의 처지가 자신보다 나을 게 없다는 생각을 했다. 자신의 오빠이자 연인인 현중을 죽인 여주를 감싸줄 때, 선형의 마음은 어땠을까? 거기까지 생각하던 여주는 갑자기 킥킥대며 웃기 시작했다. 속에서부터 나오는 통쾌한, 동시에 너무도 서글픈 웃음이었다. 선형의 차가 별장을 완전히 빠져나간 후에도 여주의 웃음은 계속되었다. 흡사 발작처럼 계속되던 여주의 웃음은 음산한 통곡으로 끝이 났다. 여주 홀로 남겨진 별장에는, 마지막 별장지기 장씨가 들었던 '한 맺힌 원혼의 울음소리'가 가득했다.

자살 시도

두 주일이 흘렀다. 별장 밖으로 한 발자국도 나오지 않은 채, 창고 안의 저장 식품들로 죽지 않을 만큼 연명하던 여주는 마침내 별장 밖으로 나왔다. 그동안 겪은 마음의 고통에 여주는 산송장이 다 되어 있었다. 현중과 선형의 애정 행각을 목도하고, 현중을 살해하고, 위경사와 함께 살인의 현장을 다시 찾고, 선형과 한 판 다툼을 벌이고… 여주는 그 모든 일을 떠올리지 않기 위해 온 힘을 쥐어짜야 했다. 7개월 된 아이가 죽고, 그 아이를 죽인 게 현중의 고의가 아닐까 하는 의심 속에서 두 달을 보낼 때보다 여주의 고통은 극심했다. 고통을 잊기 위해 온종일 케이블 방송을 틀어놓은 채, 두 주일 동안 먹은 거라곤 옥수수 두 캔과 육포 네 줄 뿐이었다.

현중이 없는 집안은 너무도 적막했다. 제천댁을 올려보낸 후, 별장에 가끔 들르는 것은 별장 관리인뿐이었는데, 그나마 아침에 잠깐 출근해서 형식적으로 정원을 관리하고 건물 안으로는 들어서지도 않고 휙 가버리면 그만이었다. 여주는 밤이고 낮이고 온 집안의 불이란 불은 다 켜놓고도, 정작 침실 밖으로는 거의 나오지 않은 채 며칠을 보냈다.

"걱정했다. 너도 현중이도 통 전화를 안 받으니… 제천댁 말로는 별장에 있는 것 같다고 하던데, 무슨 일이 있니? 난 이틀 전에 미국에 잘 도착했다. 그리고 그 애도 곧 이곳으로 올 거다. 그 애는 이제 신경 쓰지 않아도 돼. …… 듣고 있니? 기계에 대고 말하려니 원… 어쨌거나 이 메시지 들으면 전화하렴. 여기 번호가…"

여주를 별장 밖으로 끌어낸 것은 자동응답기에 남겨진 청옥 여사의 메시지였다. 어떻게든 참아보려 했지만, 더는 참을 수 없었다. 당장이라도 전화를 잡아채, "어머니, 사실은 제가 현중씨를 죽였어요!"라고 말하고 싶은 것을 간신히 참아내며, 여주는 집안을 뛰쳐나왔다.

이렇게는 안 돼, 더는 견딜 수 없어. 여주는 이를 악물며, 맨발로 바다가 보이는 바위 위까지 걸어나갔다. 시푸른 바닷물이 절벽 아래로 부딪히고 있었다. 자살… 현중과의 결혼이 이런 식의 결말을 맺게 되리라고는 결코 생각하지 않았다. 하지만 결국은 모든 것이 끝나버렸지. 바위에 선 여주는 맨살에 닿는 바위의 차가움에 움찔 놀랐다. 저기 어디쯤에 시아버지가 묻혀있겠지? 이젠 현중씨도 저기 있을 거고… 현중씨 시체는 어디로 갔을까? 파도에 휩쓸려 중국이나 태평양까지 흘러갔을지도 몰라. 그래도 현중씨 넋은 떠나지 못했을 거야. 어딘가에서 날 지켜보고 있을까… 아니면 그 여자한 테 가버렸는지도 몰라. 그 여자… 선형에게 생각이 미친 여주는 속을 확 긁어내는 듯한 격한 감정에 휩싸였다. 질투심이었다. 웃겨, 현중씨가 죽은 마당에 그 여잘 질투하다니… 여주는 힘없이 중얼대며 바다를 바라보았다. 문득 현중이 보고 싶었다, 자신이 죽여 버린 그 못된 남자가.

'현중씨… 미안해. 내가 잘못했어. 근데 자기도 나한테 너무 잘못한 거야. 그래서 그랬어. 내가 주체가 안 돼서, 견딜 수 없어서… 죽이려고 한 건 아니지만… 그래도 미안해, 그렇게까지 하지는 말았어야 했는데… 현중씨, 거기 있을 거지? 제발 거기 있어 주면 안 돼? 그 여자한테 가지 말고 그냥 거기 있어줘. 내가 지금 갈게.'

그렇게 속삭이며 여주는 양발을 바위 위로 올려놓았다. 바위의 차가운 감촉에 온몸에 소름이 돋았다. 여주는 살짝 발뒤꿈치를 들어 올렸다. 이제 몸을 허공으로 던지기만 하면, 여주는 현중과 이선생이 묻힌 바닷속에서 생을 마감하리라. 그러나 여주가 몸을 던지려는 그 순간, 여주는 그대로 바위 위에 주저앉고 말았다. 내장을 뒤흔드는 심한 구토감이 몰려오며, 온몸에 한기가 돌았다. 한참을 정신없이 토하던 여주는 자신이 입덧을 하고 있음을 깨달았다. 두 번째 아이를 가진 것이다.

두 번째 아이

선명하게 두 줄이 그어진 임신진단 시약을 보며 여주는 정신이 아득해왔다. 이주 전에 이 사실을 알았다면 여주는 이 기적 같은 일을 기뻐했을 것이다. 자신의 생일 파티 때 임신 사실을 알았다면 어땠을까? 청옥 여사는 선형을 미국으로 보내려 하지 않았을 것이고, 현중은 그 밤에 바다에 나가지 않았을 것이다. 현중이 바다에 나가지 않았다면, 쌍둥이의 불륜 사실도 보지 못했을 것이고, 자신은 두 번째 임신을 축하하며 첫 아이를 잃은 아픔을 점차 잊어갔을 것이다. 불의의 사고로 아이를 잃고 자연 임신이 거의 불가능하다는 사실에 얼마나 절망했었는데, 현중을 죽인 마당에 새로운 아이라니! 이 무슨 지독한 운명일까. 여주는 속을 진정시키기 위해 주스한 잔을 꺼내 마시다 이내 뱉어냈다. 이주일 새 냉장고 안의 주스란 주스는 죄다 상해 있었다. 이 아이를 어떻게 해야 할까? 낳아야 할까? 아이가 자라서 아빠에 대해 물어보면? 내가 아이 아빠를 죽였어… 아이에게 그걸 어떻게 설명해야 할까? 여주의 마음은 새로운 고통으로 타들어 갔다. 이건 지독한 악몽이야, 차라리 현실이 아니라고 말해줘… 그때, 전화벨이 울렸다. 청옥 여사였다. 자동응답기에 "여주야…"로 시작하는 자애로운 목소리가 이어지고, 여주는 저도 모르게 전화기를 잡아챘다.

"저 임신했어요! 아일 가졌다구요! 어머니, 제가, 제가 아일 가졌어요."

전화기 너머로 침묵이 이어졌다. 한참 후에야 청옥 여사는 다시 입을 열었다.

"임신이라고 했니? 그러니까 여주 네가 다시 애를 가졌단 말이냐?"

"네, 어머니! 6개월쯤 후엔 아이가 태어날 거예요!"

"…장하구나, 우리 여주. 그래, 그래야지… 미안하다. 다시 전화하마."

청옥 여사는 말을 잇지 못하며 서둘러 전화를 끊었다. 여주와 전혀 다른 감정이겠지만, 평정을 잃은 것은 청옥 여사도 마찬가지였다. 시어머니에게 임신을 선언해버린 것과 동시에 여주의 마음에는 새로운 희망이 불타올랐다.

'아이를 낳을 거야. 이 아이가 어떤 아인데, 기적처럼 온 새 생명을 지워버릴 순 없어. 난 살 거야. 악착같이 살아서 이 아이를 낳을 거고, 건강하게 키울 거야. 이젠 다 잊을 거야, 아이 아빠도, 그 여자도, 끔찍한 기억들도… 아가야, 미안해. 이런 엄마 밑에서 태어나게 해서 미안해. 그렇지만 이제부턴 엄마가 잘할게. 너한텐 엄마가 있고, 할머니가 있어. 꼭 엄마 아이로 태어나줘, 응?'

새로운 희망

여주의 임신은 별장에 새로운 활기를 불러왔다. 출산까지 남은 아홉 달을 별장에서 보내기로 결심한 여주는 별장의 커튼과 블라인드부터 손보기 시작했다. 무엇이든 칙칙하거나 우울한 것은 하나도 용납하지 않을 작정이었다. 화장대에 즐비하던 신경안정제와 의미도 없고 바보 같기만 한 비디오테이프들은 모두 버려졌다. 서울에서 청옥 여사도 없는 빈집을 지키는 제천댁에게 일주일에 하루만 나와 달라는 부탁을 했고, 일주일에 두 번쯤 나와 정원 관리며 막일을 해 주던 마을 주민 정씨도 다시 나오게 했다. 사람의 손길이 닿은 별장은 금세 생기가 돌았다. 거실에는 언제나 우아하고 즐거운 태교 음악이 흘러나왔다. 청옥과는 하루에 두 번 정도 통화했으며, 주말이면 사람들을 초대해 즐거운 시간을 보냈다. 손을 놓고 있던 일도 새로 시작했고, 여덟 시간 이상 자고 아침저녁이면 산책을 하는 것도 잊지 않았다. 임신 사실을 알게 된 후 단 한 번도 병원에 가지 않았다는 것을 제외하면, 모범적인 임부의 표본 같은 삶이었다.

여주는 행복했다. 결혼 후, 칠 개월 정도 느꼈던 불안정한 행복에 비한다면 너무도 안정된 행복이었다. 이번 아이는 첫아이와 달리 너무도 건강했다. 조금씩 배가 불러오면서, 여주는 아이의 생생한 움직임을 또렷하게 느낄 수 있었다. 병원에는 가지 않을 작정이었다. 병원의 어떤 시술도 첫아이의 죽음을 막지는 못했다. 아니, 멀쩡하던 아이가 병원의 수술대에서 죽어버렸다. 이번 아이만큼은 스스로 지켜내고 싶었다. 어떤 일이 있어도, 여주는 아이를 잃어버리지 않을 거라며 매일 밤 다짐하고 또 다짐했다.

여주의 계산대로라면, 여주는 지금 임신 3개월째를 맞이하고 있었다. 아마도 이 아이는 현중이 별장으로 돌아온 첫날, 잉태되었을 것이다. 첫아이의 조산으로 속이 텅 비어버린 자궁은 허기진 위장처럼 새로운 생명을 빨아들였을 것이다. 자연임신이 어려울 수 있다는 가능성을 '불임 확정'으로 받아들이지만 않았다면, 임신 사실을 좀 더 빨리 알아챘을 것이다. 이를테면 아직 아이의 아빠가 살아있을 때…

그러나 여주는 진심으로 행복했다. 그토록 지독한 사건을 겪었다는 것이 믿어지지 않을 정도로 여주는 빠르게 일상으로 복귀했다. 심지어 배속 아이와의 끝없는 교감을 통해, 다시는 생각하고 싶지 않았던 현중을 조금씩 용서하기 시작했다. 태아를 너무도 사랑하는 엄마의 느낌이랄까? 여주는 아이가 현중을 그대로 닮은 사내아이라고 느꼈다. 아직 몸의 형태도 제대로 갖추지 못한 상태였지만, 그 느낌은 거의 틀림이 없을 거라고 여주는 확신했다. 아이를 그토록 사랑하면서, 아이 아빠를 계속 미워한다는 것은 불가능했다. 더구나 자신이 아이 아빠를 죽였을 때는 더더욱. 시간이 흐를수록 여주는 점점 현중을 용서해갔고, 자신이 한 행동에 대해 미안함을 느꼈으며, 조금씩 현중을 그리워하기 시작했다. 아이는 그렇게 현중과 여주 사이의 아주 큰 디딤돌 역할을 하고 있었다. 아이가 살아있음

을 생생하게 느낄수록, 여주는 점점 더 현중에 대한 애틋함을 되살
리고 있었다. 어찌 보면 아이는 현중이 남긴 너무도 큰 선물이었다.
배 속에 든 작은 생명 하나가 여주의 삶을 행복하게 바꾸어 가고 있
었다.

13

낡은 포드 자동차

찾지 않는 기억

청옥 여사가 슬슬 한국으로 돌아가야겠다고 마음을 먹은 것은 여주의 출산이 임박한 때였다. 지난 5개월간, 청옥 여사와 선형은 의료 교환 시스템 구축을 이유로 미국에 머물렀다. 선형을 가족에서 축출하겠다고 선언한 이후, 그들 모녀는 사적인 대화는 단 한 마디도 나누지 않았다. 청옥 여사가 여주의 임신 소식을 전했을 때도 선형은 "그런 소식, 듣고 싶지 않아요."라는 싸늘한 반응을 보였다. 현중과 통화할 수 없다는 것을 제외하면, 청옥 여사는 모든 것에 대체로 만족했다. 어쨌거나 현중도 이 주에 한 번쯤은 이메일을 보내왔고, 그 아이피 주소가 '별장'으로 추적되는 걸 볼 때 별장에 미무는 것이 분명한 듯했다. 이메일 주소와 말투가 전과 달라진 것이 이상하기는 했지만, 자신과의 통화를 피하는 아들의 불안정한 심리를 고려할 때 당연한 것이라고 청옥 여사는 애써 생각했다.

이제 40일도 안 남았군. 좀 따뜻할 때 아이를 낳았으면 좋았을걸, 겨울이 다 되어 가는데. 그러고 보니, 그날도 겨울이었지. 청옥여사는 32년 전, 그 춥던 새벽을 떠올렸다. 모든 것이 긴 꿈같았다. 누군가 내지르던 고통에 찬 비명 소리, 비릿한 피비린내, 살려달라고 애원하며 길바닥을 기어가던 기억. 모든 것이 남의 일처럼 어렴풋했다. 겨우 스물두 살이었어. 지금 여주보다도 여섯 살이나 어렸지. 끔찍한 고통 속에 기절했다 깨어나니, 머리맡에 한 젊은 남자가 앉아 있었다. 남자는 아이를 보여주었지만, 아무것도 기억이 나지 않았다. 자신이 왜 이런 허름한 산부인과에 누워 있는지, 저 남자는 누구인지, 그리고 누구의 아이를 낳았는지도.

청옥이 기억하는 것은, 일 년 전 한 병원에 들어서던 기억이었다. 유노인, 아니 당시의 유원장은 청옥을 바라보지 못했고, 양씨는 울면서 청옥의 손을 놓지 않았다. 그런 올케의 손을 뿌리치며, 청옥은 스스로 정신병원으로 걸어 들어갔다. 벽이 정말로 하얗던 그 병원, 그 전형적인 줄무늬 환자복, 언젠가는 꼭 걸어서 그곳을 나가겠다고 다짐했었는데… 한숨 자고 일어나 보니, 청옥은 한 낯설고 허름한 산부인과에서 아이에게 젖을 물리고 있었다. 청옥을 보고 희미하게 미소 짓는, 난생처음 보는 낯선 남자와 함께.

기억의 일부는 아주 천천히 돌아왔지만, 성품은 되돌아오지 않았다. 결벽증은 있었지만, 절대로 남의 어려움을 두고 보지 못했던, 그래서 의사가 되고 싶어 했던 청옥은 영영 돌아오지 않았다. 청옥은 그때 이미 약한 모습을 보이기보다는 악마가 되겠다고 결심했으므로…

청옥이 현중에게 젖을 물리는 동안, 이선생은 선형에게 우유를 먹였다. 이선생은 더 이상 선형에게도 젖을 좀 물려주지 않겠느냐고 간청하지 않았다. 청옥은 한 번 먹은 마음을 좀처럼 바꾸지 않는 사람이었다. 청옥은 처음부터 선형이 싫었다. 그것은 선형에게 불행한 일이었지만, 청옥에게는 더욱 불행한 일이었다. 이선생의 설득으로 선형을 받아들인 후에도, 청옥은 젖만은 물리지 않았다. 청옥은 젖이 풍부한 편이었고, 현중은 입이 짧았으므로 조금쯤은 어린 선형에게 나눠줄 법도 한데, 청옥은 마치 선형의 더러움이 옮겨 올까 봐 두려워하는 사람처럼 선형을 멀리했다. 하지만 이선생은 선형을 포기하지 않았다. 소위 누구 핏줄인지도 모르는, 말 그대로 쓰레기통에 버려진 아이를 단지 '현중과 한날한시에 태어났다는' 이유만으로 운명처럼 받아들이고 사랑했다. 마치 심청이를 끼고 젖동냥을 나서는 심 봉사처럼 이선생은 선형을 이끌었고, 실제로 주변 산모들에게 젖을 얻어 먹이기도 했다. 친자식인 현중보다 선형을 더 사랑하다니, 청옥은 도무지 이선생을 이해할 수 없었다. 이선생은 선형과 현중을 쌍둥이로 호적에 올렸고, 그렇게 하여 현중과 선형은 한날한시에 태어난, 쌍둥이 남매가 되었다.

　이선생이 집안의 종손인 현중이를 안고 종가에 방문한 것은 딱 한 번뿐이었다. 이미 몰락할 대로 몰락해, 종가에 남은 것은 그래도 안채와 사랑채, 행랑채가 구분되는 방 9칸짜리 한옥 한 채뿐이었다. 징용을 피해 도미한 후, 좀처럼 돌아오지 않던 이선생의 아버지는 한국전쟁이 끝나고도 한참을 더 머물다 귀국했는데, 두 손에 핏덩이를 안고 있었다. 이선생의 아버지는 10년을 하루같이 자신을 기다린 아내에게 외도의 씨인 핏덩이를 맡기면서도, '대를 이었으니 앞으로는 발 뻗고 자라'며 기세등등했다. 당시 벌써 오십에 가까웠던 현씨 부인은 그런 남편에게 고개를 조아리며 '감사합니더.'라고 했다지만, 이선생을 그런 감사의 마음으로 키운 것은 아니었다. 현씨 부인은 왠지 현숙할 것 같은 성씨의 이미지와 달리 위선적인 여인이었고, 툭하면 '어느 속으로 빠졌는지도 모르는 비첩의 자식'이라는 말로 이선생을 모욕했다. 이선생이 현중이를 데리고 종가를 찾았을 때, 이미 현씨 부인은 눈이 멀고 수족을 못 쓰는 늙은이가 되어 있었지만, 목소리만은 여전히 카랑카랑했고, 텅 빈 사랑채를 놔두고 이선생 부자에게 내준 방은 '행랑채'였다.

　이선생과 청옥은 대전에서 일 년쯤 살았다. 당시 대전의 어느 대학교에서 몇 타임을 맡아 강의를 하고 있던 이선생의 벌이는 그야말로 몇 푼 되지 않았고, 쌍둥이들은 하루가 다르게 커갔지만, 부부의 금슬은 다른 사람의 놀림거리가 될 만큼 좋았다. 이선생은 "내가 당신보다 밥도 9년이나 더 먹었으니, 날 믿어. 내가 굶는 한이 있어도 우리 쌍둥인 잘 키울 테니."라고 말하곤 했는데, 그것은 이선생의 진심이었다. 변변찮은 강사료로는 턱없는 생활비를 메우기 위해 이선생은 고서적을 번역하기도 하고, 고등학생을 몇 명 맡아 가르치기도 했지만, 생활비는 턱없이 부족했다. 그런데도 청옥이 버틸 수 있었던 것은 가정교사를 하러 간 집에서 준 '떡' 한 조각까지 청옥을 주려고 가져오는 이선생의 사랑이 있었기 때문이었다.

이선생이 변하기 시작한 것은 청옥이 '의료 재벌의 영애'라는 본래의 신분을 되찾은 뒤였다. 청옥이 이선생을 설득해 집으로 들어간 것은 "오빠가 보고 싶어"서도, "더 편하게 살고 싶어"서도 아니었다. 청옥은 다만 이선생을 돕고 싶었을 뿐이었다. 청옥이 "집에 가면 잃어버린 기억을 찾을 수 있을 것"이라고 남편을 설득했던 것은 그런 이유였다. 결국 이선생은 뜻을 굽혔고, 그들 부부의 불행은 그렇게 시작되었다.

유원장과 양씨, 은복 마님은 소식이 완전히 끊겼던 청옥이 2년 6개월 만에 돌아오면서 남편에 쌍둥이 남매까지 데리고 들어온 것을 보고 매우 당황했지만, 성대한 결혼식을 올려 줌으로써 청옥과 이선생을 유씨 가문에 받아들였다는 사실을 공표했다. 아이를 낳은 후, 청옥은 정신적 질환에서 완전히 벗어났고, 이제 남편과 아들딸까지 두었으므로 그녀에게는 행복한 인생만이 펼쳐질 듯 보였다.

그러나 청옥이 신분을 되찾은 후, 이선생은 이상한 무력감에 빠져들었다. 친척도, 직업도, 심지어 기억조차 없는 '모자란' 청옥을 돌봐줄 때는 그토록 자상하고 애정이 넘쳤던 이선생은, 청옥이 '진짜 신분'을 되찾고 청옥에게 오히려 돌봄을 받는 처지가 되면서 극도로 신경질적이고 침울한 남자로 변해갔다. 친자식인 현중은 거의 거들떠도 보지 않고, 청옥이 냉대하는 선형만을 싸고돈 것도 그즈음부터였고, 그토록 좋아하던 책을 손에서 놓은 채 이상한 고서적을 뒤지기 시작한 것도 그즈음부터였다. 이선생에게 처가의 넘치는 돈은 그저 부담스러운 것일 뿐이었고, 자신감을 되찾은 청옥은 '내가 알던 청옥과는 다른 여자'일 뿐이었다. 그리고 청옥의 오빠인 유원장이 "유씨 집안의 사위에 걸맞은 정식 교수 자리"를 마련했을 때, 이선생의 감정은 폭발하고 말았다. 그는 "교수를 돈으로 산단 말인가? 신성한 아카데미를 모독하다니!", "내가 바보 등신으로 보이나? 내가 처자식이나 굶기고 직장 하나 못 구하는 바보로 보여?" 뭐 그런 말을 해가며 불같이 화를 냈고, "기억을 찾기 위해 돌아가자고? 그래서 기억을 찾았나? 아니, 당신은 가난을 참을 수 없었던 거야. 당신이 우리 행복을 깨버렸어." 라는 말로 '불화'를 노골화했다.

기억을 찾았느냐고? 이선생의 생각은 어떨지 몰라도, 청옥으로서는 사라진 그 일 년은 조금도 찾고 싶은 기억이 아니었다. 아니, 오히려 되돌아오는 것을 억지로 막고 있는 '찾지 않는 기억'이었다. "집으로 가서 기억을 찾겠다."고 한 것은 집으로 돌아오기 위한 명분에 지나지 않았다. 이선생을 위해 무엇이든 해줄 수 있는 집으로 돌아오기 위한 명분.

그러나 청옥의 사랑은 결과적으로 이선생의 사랑을 끝내버렸고, 청옥의 짧은 행복도 그렇게 같이 끝나버렸다. 일생 동안, 청옥이 여자로서 행복했던 것은 쌍둥이를 낳고 집으로 돌아올 때까지의 1년 반, 딱 그만큼이었다. 그러나 그때의 그 기억이 얼마나 달콤했던지, 청옥 여사는 이선생이 죽음으로 배신의 종지부를 찍을 때까지도 이선생을 포기하지 못했다. 어쩌면 그 충만한 사랑의 기억이야말로 청옥 여사가 이선생이 죽은 지금까지도 이선생을 증오하는 이유이기도 했다. 요컨대, 그녀는 아직까지도 이선생을 잊지 못했던 것이다.

선형의 아빠

바닷가. 선형이 별장에 나타난 것은 여주의 출산이 임박한 때였다. 여주의 예정일은 두 달 후였고, 청옥 여사는 선형을 미국에 남겨 둔 채 2주 후쯤 영구 귀국할 예정이었다. 그러나 어떤 이유에선지 선형은 한국으로 돌아왔다. 'seoul, irony'라는 알 수 없는 메모만을 남긴 채. 무언가 불길한 예감이 선형을 감싸고 있었다. 선형의 느낌은 무언가 예기치 않은 일들이 벌어지고 있다는 사실을 생생하게 전달하고 있었다.

어린 시절부터 청옥 여사와는 말이 되지 않았다. 선형은 자신과 너무도 닮았지만, 단 한 번도 마음을 열 수 없었던 청옥 여사를 사랑하고, 또 증오했다. 선형이 청옥 여사에게 받은 것은 냉대와 무관심, 질투와 증오가 전부였다. 이선생은 모든 면에서 자신보다 나은 청옥 여사를, 적어도 겉으로는, '능력 있는 속물'이라고 경멸했다. 그렇다고 자신이 특별히 고고한 행적을 남겼느냐 하면 그것도 아니었다. 늘 우수에 젖은 눈으로 생활과는 상관없는 고문서와 족보에 파고들며 아내를 외롭게 하는 것이 고고한 행동이라면 모를까. 불행하게도 청옥 여사는 그런 남편을 끝까지 사랑했다. 남편이 쫓아다니는, 손에 잡히지도 않고 가치도 알 수 없는 영역 - 일테면 케케묵은 고문서나 얽히고설킨 족보 같은 것들 - 을 존경하는 마음은 전혀 없었지만, 이선생이 자신을 사랑하지 않게 된 이후로도, 청옥은 이선생이 태생적으로 가지고 있는 고고함을 사랑했다. 이선생은 잡히지 않는 그림자와 같았고, 청옥 여사는 그 그림자를 절절히 짝사랑하는 여인이었다.

그들의 감정이 무엇이든, 부모의 비정상적 관계로 인한 최대 피해자는 선형이었다. 이선생은 분명 어떤 이유에서인지 선형을 더 사랑했지만, 현중을 사랑하지 않았던 것은 아니다. 그러나 남편에 있어서라면 편집증에 가까운 집착을 보이던 청옥 여사는 가뜩이나 싫은 선형이 남편의 마음을 앗아갔다고 생각했고, 급기야는 현중과 자신을 한데 묶어 '버려졌다'고 생각하게 되었다. 청옥 여사의 사랑은 자연스레 현중에게로 모아졌다. 이선생을 그대로 닮았으면서도 오로지 청옥 여사에게만 매달리는 존재, 그것이 현중이었다. 현중이 청옥 여사의 전부가 되는 데는 불과 2년이 걸리지 않았다. 현중이야말로 청옥 여사의 미래이며, 사랑이며, 희망이었다. 겨우 네 식구가 살면서 가정은 '선형−이선생', '현중−청옥 여사'라는 소집단으로 양분되어 있었고, 그것이야말로 이 불안정한 가정을 지탱하는 힘의 균형이었다.

그러나 현중이 자라면서 그 불안정한 균형은 깨어지기 시작했다. 온종일 엄마 치마폭에 쌓여 툭하면 징징대고 심한 잠투정을 하던 울보 현중은 서너 살이 지나면서 선형에게로 눈을 돌렸다. 처음에는 사이좋은 남매라는 생각이 들 정도였지만, 시간이 갈수록 현중은 선형의 뒤를 졸졸 따라다녔다. 심지어 유아용 변기에까지 같이 앉으려는 통에 선형이 짜증을 내며 슬리퍼로 얼굴을 때리면, 울면서도 기어이 선형이 앉은 변기에 엉덩이를 걸쳤다. 급기야는 엄마가 퇴근해도 전처럼 울면서 엄마에게 달려가지 않게 되었다. 청옥 여사의 소외감은 상상 이상이었다. 언제나 사리분별이 정확한 그녀였지만, 가족과 관련된 부분만큼은 감정이 앞서있었다.

'처음에는 남편이더니, 이젠 현중이까지… 못된 계집애.'

청옥 여사는 남편과 현중을 선형에게 빼앗겼다고 생각했다. 아직 말도 제대로 못 하는 어린 것을 두고 말도 안 되는 억지를 부리는 것이었지만, 그녀의 생각은 점차 극단적인 곳으로 흘러갔고, 선형은 그저 '가족을 위협하는 독거미'에 지나지 않았다.

쌍둥이 남매를 두고 청옥 여사를 돌보면서, 평생을 따라다니던 권태에서 잠시나마 벗어난 듯 보이던 이선생은 '청옥이 가정의 행복을 깼다'고 분노했지만, 청옥 여사의 넘치는 돈으로 가장 여유로운 삶을 살았던 것은 이선생 본인이었다. 아이들이 유아원에 입학할 무렵부터, 이선생은 일 년이면 열 달 이상을 여행에 소진했다. 명분은 단순했다. 아이들이 더 크기 전에, 자신의 모계 혈통을 바르게 찾아 족보에 남기겠다는 것이었다. 이선생은 현씨 부인이 준 모멸감을 평생 잊지 않았고, 호적은 물론 족보에도 흔적을 남기지 못한 생모의 가계를 찾겠다며 잦은 해외여행을 떠나기 시작했다.

그것이 진정으로 아이들을 위한 것이었는지는 모르지만, 적어도 이선생의 잦은 여행은 선형에게는 치명적인 것이었다. 아빠가 없는 집안에서, 선형은 말 그대로 엄마의 냉대에 무방비로 노출되어 있었다. 선형은 태생적으로 기가 센 계집애였지만, 그만큼 영리하기도 했다. 아이는 유치원도 들어가기 전에 이미 엄마가 자신을 싫어한다는 사실을 알아챘고, 처음 몇 번은 청옥 여사의 마음에 들기 위해 노력했지만, 이내 헛된 노력을 포기했다. 대신 자신만의 세계에 골몰했고, 그 나이에 벌써 뭔가를 골똘히 생각하기 시작했으며, 쌍둥이 오빠와 엄마를 지그시 바라보며 알 듯 모를 듯 묘한 표정을 짓기도 했다. 어쩌다 한 번 집에 오는 이선생이었지만, 집에 흐르는 묘한 기류를 눈치채지 못할 리는 없었다. 이선생은 엄마의 노골적인 냉대로 상처받는 선형을 감싸고돌았고, 그것이 또 청옥 여사의 감정을 상하게 했으며, 이선생이 다시 여행을 떠나면 그것이 선형의 탓인 양 선형을 냉대했다. 시간이 흐르고 선형이 자랄수록, 이선생이 아내에게 염증을 느낄수록, 청옥 여사의 냉대는 심해져 갔다. 선형이 가정에서 받은 온기란 어쩌다 한 번 집에 머무는 아빠의 동정과 친구라곤 선형뿐인 쌍둥이 오빠의 집착뿐이었다. 그 세월이 십여 년이었으니, 쌍둥이 남매의 대형 스캔들이 터졌을 때, 청옥 여사가 보인 행동은 어찌 보면 지극히 당연한 것이었다.

일방적인 선형의 제거. 그것이 언제나 청옥 여사의 방식이었다. 자라면서 숱한 상처를 받아왔음에도, 열일곱의 선형은 막상 청옥 여사의 행동에 그동안 받아온 것보다 더 큰 상처를 받았다. 그때 이미 선형은 '현중과 자신이 피 한 방울 섞이지 않은 남'이라는 것을 알고 있었으므로 더욱. 조금만 선형의 입장에서 생각해줬다면, 겨우 열일곱의 선형이 '현중과 결혼한다면, 나도 엄마, 아빠와 가족이 될 수 있을까? 진짜 가족이?'라거나 '적어도 현중이는 내 피붙이가 아니네. 난 누구 핏줄인지도 모르니까, 아무하고도 결혼할 수 없잖아. 그렇다면 내가 결혼할 수 있는 건… 이현중, 결국 오빠뿐인 걸까.'라는 식으로 생각했던 것은 충분히 이해할 만한 일이었다. 어쨌거나 선형은 겨우 열일곱 살이었으므로.

바로 거기까지 생각했을 때, 선형은 주먹을 꼭 쥔 채 바다를 바라보았다.

"아빠, 아빠가 돌아가신 후부터 저한텐 가족이 없어요. 하지만 괜찮아요. 아빤 늘 선형이 아빠였으니까. … 별장에, 아직 그 애가 있어요. 현중인 어딘가를 떠도는데… 난 어떻게 해야 할까요? 아빠, 너무 보고 싶어요. 별장도, 현중이도… 모든 게 너무 불리해요. 하긴 언제나 그랬죠. 좋은 건 다 임자가 있었으니까. 하지만 이번에 지지 않을래요. 그래선 안 되니까, 그런 거 더는 참을 수 없으니까…!"

낡은 포드 자동차

바닷가를 향해 선 선형의 두 주먹이 꼭 쥐어졌다. 얼마나 힘을 주었는지 관절이 하얗게 드러났다. 잠시 바다를 바라보던 선형은 눈빛을 이상하게 번뜩이며, 모래사장에 서 있는 낡은 포드 자동차를 뚫어져라 바라보았다. 모래 속에 바퀴를 묻고 서 있는 포드 자동차는 비라도 맞은 듯 위부터 아래까지 흠뻑 젖어있었다.

포드 자동차. 생전의 이선생이 너무도 좋아해 죽음마저 함께 했던 자동차였다. 죽은 생모를 닮았다며 – 대체 어떤 면이 닮았는지에 대해서는 죽을 때까지 답하지 못했지만 – 포드를, 그것도 어느 정도의 손때가 묻은 포드를 좋아했던 이선생은 쌍둥이가 초등학교에 들어가던 날, 연식이며 색깔까지 똑같은 두 대의 중고 포드 자동차를 구입했고, 두 대의 차에 "쌍둥이 포드"라는 이름을 붙이며 지극히 사랑했다. 청옥 여사의 눈에는 그저 '낡을 대로 낡아빠진 고물 자동차'일 뿐이었는데. 두 대의 포드 중 이선생이 더 사랑했던 쪽은 선형이 '포드'라고 부르던 여동생 포드였고, 결국 이선생과 함께 바다에 수장되고 말았다.

남편의 자살 이후, 청옥 여사는 이를 악물며 남은 한 대의 포드를 팔아치웠다. 아빠의 유품이니 안 된다는 선형의 애걸 따위는 처음부터 안중에도 없었다. 이선생의 책들이 대부분 불태워지거나 헌책방으로 실려 간 것처럼, 이선생의 포드도 같은 운명에 처해졌던 것이다. 남은 포드 위를 가로막으며 울부짖는 선형을 보다 못한 현중이 포드를 팔지 말라고 부탁했지만, 청옥 여사는 냉정히 기사를 시켜 포드를 폐차시키라는 지시를 내렸다. 포드의 처분을 맡은 천 기사는 청옥 여사에게는 충직한 개처럼 굴었지만, 실상은 음흉하고 정직하지 못한 사람이었고, 정상적인 포드 가의 몇 배나 되는 용돈 통장을 내놓는 선형의 제안을 거절하지 않았다. "원장님 아시면 잘립니다, 아가씨."란 말을 몇 번이나 하며, 천 기사는 선형에게 돈을 더 옭아냈고, 현중의 지갑까지 털고 나서야 이선생의 먼 친척집에 포드를 숨겨주는데 동의했다.

"아빠 모르죠? 그때, 포드를 못 찾게 될까 봐 얼마나 마음 졸였는지… 만약 천 기사가 끝까지 거절하면 그 남잘 죽이라고 현중이한테 말했어요. 그치만 그럴 일은 없었죠. 어쨌거나 그 사람도 마음이 모질지는 못했으니까…"

선형은 문득 음산하게 중얼거렸다. 그 모습이 어찌나 피로해 보이는지, 선형에게서 강하게 품어져 나오던 특유의 아우라마저 사라진 듯했다. 선형은 다크 서클이 진하게 어린 눈으로 포드 자동차를 바라보다, 문득 고개를 저으며 포드 자동차를 그저 스쳐 지나갔다. 물기에 젖은 포드 자동차는 바닷가에 버려진 채 바닷가를 향해 있었다. 선형은 아주 쓸쓸히, 그러나 결연한 표정으로 육지를 향해 걷기 시작했다.

죽은 자의 귀환

별장의 혈투

선형이 별장에 들이닥친 것은 그날 밤 열두 시가 넘어서였다. 쿵
하는 소리에 잠에서 깬 여주는 디지털 도어를 열고 들어서는 선형을
보며 그대로 굳어졌다. 성큼성큼 걸음을 옮기던 선형은 여주가 매달
아 놓은 아가용 모빌에 이마를 부딪치며 입속말로 욕을 내뱉었다.

"당신이… 여긴 웬일이죠?"

여주는 만삭의 배를 두 손으로 감싸며, 쉰 목소리로 간신히 내뱉
었다. 여주는 선형의 등장에 아이가 긴장하고 있다는 사실을 본능
적으로 알아챘다. 여주의 느낌대로라면, 아이는 지금 엄마 자궁 속
에 납작 엎드려 저 무시무시한 여자가 사라지기만을 바라고 있었다.
여주의 배를 관찰이라도 하듯 찬찬히 바라보던 선형은 담담하게 말
을 꺼냈다.

"오랜만이에요. 6개월쯤 된 건가."

“여긴 웬일이냐고 물었는데요.”

“글쎄… 별장이 날 불렀달까. 음, 저 방을 쓸게요.”

“저 방을 쓴다고요…?”

여주는 멍하게 선형의 말을 되풀이했다. 선형은 성가시다는 듯 고개를 짧게 까딱이고는 두 개의 여행 가방을 밀며 현중이 서재로 쓰던 방 쪽으로 다가갔다. 그제야 선형의 말뜻을 알아차린 여주가 선형을 가로막았다.

“아니, 그럴 순 없어요. 당신은 여기 못 있어. 당장 나가요, 당장!”

“…여긴 가족 별장이에요. 혼자서 독차지할 순 없어요.”

“어머니가 말씀하셨던 거 기억 못 해요? 당신은 이미 우리 가족이 아니야. 당신이 내 아일 죽였을 때, 그 관겐 이미 끝났어.”

“그건 사고였어요. 내가 왜 조카를 죽였을 거라 생각하죠?”

“어쩌면, 현중씰 차지하려고…?

바로 그때, 선형의 손에서 두 개의 가방이 떨어졌다. 선형은 거센 분노를 참아내기 위해 이를 악물며, 여주의 두 어깨를 잡았다. 불길이 타는 듯 맹렬한 눈빛이었다.

“내가 현중일 차지하려 했다면, 당신은 이 집에 들어올 수도 없었어! 현중일 두고 나랑 경쟁하려 하지 마. 어차피 우린 경쟁 상대가 아니니까.”

“과연 그럴까? 당신이 내 아일 죽였지만, 난 또 임신했어! 현중씨의 아일 가졌고 곧 출산이야!”

여주는 바로 그 순간을 기다려온 것처럼, 득의만면하게 외쳤다. 여주의 외침에 잠시 주춤하던 선형은 이내 입술을 일그러뜨리며, 차갑게 내뱉었다.

"출산? 임신했다는 허무맹랑한 얘긴 어머니한테 들었지만."

"그래, 당신은 날 불임으로 만들었지만, 운명은 내 편이었어. 난 또 임신했고, 곧 아이를 낳을 거야. 그러니까 당신은 나가줘야겠어. 당신은 여기서 하룻밤도 머물 수 없어!"

"그래요. 내가 여기 온 것도 사실은 그 아이 때문이죠. 올케가 현중이 아이라고 주장하는 그 아이 때문에…!"

뒷말에 힘을 주며, 선형은 여주를 차갑게 노려보며 말을 이었다.

"난 그 아이가 우리 조카라고 생각하지 않아. 그 아이가 태어나서, 글쎄, 그게 가능하다면 말이지만, 그 애가 온 집안을 휘젓도록 두고 보지 않을 거야."

아이가 태어나서 온 집안을 휘젓도록 두고 보지 않는다고…? 잠시 선형의 말을 곱씹던 여주는 그 말이 의미하는 것을 깨닫고 하얗게 질렸다. 어느새 선형은 여주의 배를 골똘히 쳐다보며, 곧이라도 여주의 다리를 벌려 아이를 꺼내기라도 할 듯, 무시무시한 기세로 다가왔다. 그 순간, 아이 역시 불안을 느끼는 듯, 여주의 뱃속에서 심한 발길질을 해댔다.

"당신은 악마야…!"

뒷걸음치는 여주의 목소리에는 어느새 두려움이 묻어있었다. 선형은 차가운 표정으로 아주 태연히 작은 가방을 열었다. 메스며 핀셋, 주사기가 가지런히 배열된 진찰 가방이었다. 선형의 손이 메스 쪽으로 가까이 다가간다고 느끼며, 여주는 저도 모르게 골프채를 집어 들어 선형의 손을 내리쳤다.

"나가! 나가! 나가! 제발 내 눈앞에서 사라지라고!"

여주는 미친 듯이 고함을 지르며, 골프채를 이리저리 휘둘렀다. 아슬아슬하게 공격을 피한 선형이 부러질 뻔한 손목을 움켜쥐었다. 메스며 핀셋, 주사기가 이리저리 튀어 마룻바닥 위로 흩어지고, 애써 달아놓은 아기 모빌은 정신없이 흔들렸다. 잠시 주춤하던 선형이 여주의 손목을 확! 낚아챘다. 몸이 중심을 잃고 바닥으로 쓰러지며, 여주의 손에서 골프채가 떨어졌다. 미끄러운 마룻바닥 위로 심하게 엉덩방아를 찧으며 여주는 짧은 비명을 질렀다. 선형은 여주의 골프채를 발로 차 멀리 밀어놓으며, 여주의 배를 뚫어져라 바라보았다. 선형의 진찰 가방에서 튀어나온 '날이 잘 선 메스'가 선형의 발밑에 있었다. 선형이 손만 내밀면 당장이라도 쥘 수 있는 가까운 자리에… 하릴없이 바닥에 넘어진 채 여주는 배에 손을 얹고 사정했다.

"제발… 살려 줘… 이번 아이만은, 이번 아이만은… 제발 살려 줘…"

"난 이 문젤 해결해야 해."

"제발… 제발…"

"이 골칫거리를 두고 보진 않을 거야!"

선형은 여주가 쓰러진 코앞에 무릎을 꿇고 앉았다. 여주의 아랫배에서 싸한 통증이 느껴졌다. 선형은 여주의 양팔을 강하게 움켜잡고, 번들거리는 두 눈으로 여주를 노려보았다. 여주의 눈에 공포의 빛이 어렸다.

"아인 안 돼… 아인, 아인 절대 안 돼!"

여주는 하얗게 질린 채 간신히 입술을 달싹였다. 선형의 오른손이 마룻바닥을 더듬었다. 한 뼘만 더 손을 뻗으면, 날이 잘 선 메스였다. 선형의 손이 마침내 메스에 닿는 것을 보며, 여주는 질끈 눈을 감았다. 바로 그 순간!

"이제 됐어, 그만 해! 이렇겐 안 돼!"

남자의 거친 목소리였다. 방금까지도 무시무시한 기세로 자신을 위협하던 선형은 뺨이라도 얻어맞은 듯 멍한 얼굴로 마루에 우뚝 선 시커먼 형체를 바라보았다. 침입자가 있는 걸까? 여주는 선형의 눈길이 과녁처럼 꽂힌 곳을 바라보았다. 누굴까? 마치 잘 짜인 각본처럼, 때맞춰 나타나 여주를 구한 목소리의 주인공은? 여주는 천천히 모자를 벗는 시커먼 형체를 뚫어져라 바라보았다. 모자를 벗는 시커먼 형체는 놀랍게도 현중이었다…!!

"현중씨…? 어떻게 이런 수가…"

여주의 공포 가득한 신음 소리가 고요한 별장으로 퍼져 나갔다. 여주는 유령인 듯, 사람인 듯, 시커먼 파카 차림으로 물을 뚝뚝 흘리며, 거실 한가운데 서 있는 현중을 바라보며 숨이 넘어갈 듯 신음을 토해냈다. 대체 어떻게 된 일일까? 여주는 6개월 전 자신이 살해한 현중의 귀환에 터질 듯 두려움을 느꼈다. 사람일까, 귀신일까? 여주는 비명을 지르기 시작했다. 동시에 자신의 비명에 놀라 귀를 막으며 계속 비명을 질렀다. 눈도 뗄 수 없었다, 저 사람인지 귀신인지 모를 존재에게서…!

현중의 귀환

"현중아! 너…!"

"나가… 지금은 여주랑 할 말이 아주 많아."

"… 돌아왔구나. 정말 보고 싶었어. 현중아…"

"그런 말, 이젠 늦었어. 나가, 여주한테서 당장 떨어져!"

"… 네가 원한다면 오늘은 나가줄게. 곧 돌아오게 되겠지만."

쌍둥이 남매의 실랑이는 짧게 끝났다. 놀랄 만큼 차분히 현중을 바라보며, 수수께끼 같은 말을 늘어놓던 선형은 예의 우아함을 잃지 않은 채 유유히 별장을 떠났다. 아주 천천히 흐트러진 물건을 주어 들고, 아주 천천히 들고 왔던 가방을 챙겨 들고, 여주에게 "본의 아니게 미안해요."라는 인사까지 하며, 역시 아주 천천히. 침까지 흘리며 한쪽 귀퉁이에 쭈그리고 앉아 벌벌 떠는 여주와는 대조적인 모습이었다.

현중이 살아왔다! 현중이 살아 돌아왔다…! 귀신일까, 사람일까? 별장 바닥에 물을 뚝뚝 흘리며, 목숨만큼 사랑한다던 선형을 고래고래 소리쳐 쫓아내는 저 시커먼 남자는… 사람이라기엔 너무도 현실감이 없었고, 유령이라기엔 너무나 생생했다. 어둠 속에서, 여주는 과거의 현중과 너무도 흡사한 한 사내를 바라보았다. 하수구라도 뒹굴었는지 머리부터 발끝까지 더러운 물이 줄줄 흐르고, 얼굴마저 새까만 검댕이 잔뜩 묻은 한 사내. 별장 밖으로 선형의 차가 빠져나가는 소리가 들려왔다. 잠시 머뭇거리다 악수라도 청하듯 손을 내밀던 현중은 소스라치게 놀라는 여주의 반응에 엉거주춤 손을 움츠렸다. 그러고 보니 현중의 손톱마저 까만 때로 얼룩져 있었다. 선형이 나가자마자 여주를 빠르게 훑어보던 현중은 여주의 불룩한 배를 바라보며, 머리를 움켜잡고 짐승처럼 낮게 으르렁거렸다.

"아아악… 여주 네가 어떻게, 나 때문에 이렇게…"

현중이 한참이나 신음을 토해내더니, 갑자기 여주를 와락 끌어안았다.

"싫어! 놔, 떨어져!"

현중에게서 시체가 썩는 듯 지독한 냄새가 풍겨왔다. 여주는 몸부림을 치며 현중에게서 빠져나가려고 애썼다. 그 순간, 현중은 갑자기 몸에서 힘이 쭉 빠져나간 사람처럼 여주를 잡고 있던 팔을 풀더니, 미끄러지듯 스르르 소파에 주저앉았다. 여주는 손을 더듬어 무기가 될 만한 것을 찾으며, 그런 현중을 바라보았다.

"커피 좀 줄래? 너무 피곤하다."

긴 침묵을 깨뜨리며 현중은 겨우 그렇게 말했다. 현중이 앉은 1인용 소파 밑으로 더러운 물이 뚝뚝 떨어졌다. 얼굴에는 부스럼이라도 옮은 듯 온통 붉은 반점이 돋아 있고, 검댕이라도 묻은 듯 더러워진 피부로 울먹이는 남자… 그런 남자가 현중일 리는 없었다. 여주는 골프채를 움켜쥔 채, 눈을 부릅뜨고 현중을 노려보았다.

"뭐지? 당신, 뭐야?"

"…여주 남편이잖아."

"당신… 도대체 정체가 뭐지?"

"… 여준 언제부터 그 꼴이 된 거니? 배… 말야."

"딴소리하지 마! 당신 정체부터 말해!"

"……그냥 좀 떠돌았어. 폐인처럼, 잠도 길거리에서 자고… 그냥 그런 시간이 필요해서. 뭔가 결론을 내야 할 것 같아서…"

"그러니까 당신이 현중씨라는 거야?"

"그걸 지금 질문이라고 하는 거야?"

"어떻게 살아난 거지? 당신은 분명 물에 빠졌어. 내 앞에서 죽었다고!"

"그래… 그랬을지도 모르지. 그렇지만 난 이렇게 살아있어. 바닷물이 차갑긴 했지만, 죽을 정돈 아니더라."

"그럼, 당신이 정말 현중씨라는 거야?"

현중은 어색하게 웃으며 여주를 바라보았다. 목을 조여오던 극심한 공포는 사라졌지만 여주의 두 눈은 여전히 의심으로 가득했다.

사내의 말대로, 그 시커먼 사내는 현중임이 분명했다. 비록 몸에서 찌르는 듯 악취가 풍기고, 더러운 땟물이 흐르고는 있지만, 세상의 어떤 사람도 그토록 현중을 닮을 수는 없었다. 여주는 믿을 수 없다는 듯, 돌아온 현중을 바라보았다. 이 남자가 현중씨라고 해도, 난 이 남잘 받아들일 수 없어. 이 남잔 내 아일 죽였고, 난 이 남잘 죽였으니까, 아니 죽이려 했으니까… 하지만 배속에 있는 아이는? 곧 태어날 아이는? 어쨌든 아빠가 살아있다는 건 아이에겐 좋은 일이잖아. 여주의 마음속에서 두 마음이 맹렬하게 다투고 있었다. 여주는 현중의 갑작스런 귀환에 충격을 받았으면서도, 마음 한편에서 현중이 살아 돌아온 것이 너무 다행스럽다고 느끼고 있음을 알아채고 경악했다. 그토록 엄청난 사건들을 연달아 겪었으면서도, 나는 여전히 현중을 그리워했던 것일까?

두 번째 프러포즈

바로 그때, 현중이 갑자기 한쪽 무릎을 꿇었다. 몸에서 악취를 풍기는 그대로, 굳어있는 여주의 손목을 잡아당겨 여주의 손가락에 작은 실반지 하나를 끼워주었다. 미처 손을 뺄 틈도 없이, 현중은 아주 빠르게 움직였다.

"사랑해."

"…… 미친 새끼. 꺼져버려."

"입이 험해졌구나."

"뭐?"

"반년 만에 나타나 이러는 거 우습지만, 진심이야."

"진심? 당신들한테 진심이라는 게 있어?"

"어떻게 하면 네 마음이 풀릴까. 내가 이렇게 사랑한다고 말하는데도 역시 안 되겠니?"

"날 사랑한다고? 그래, 전 같으면 그 말 한마디에 모든 걸 용서했겠지. 어쩌다 네가 흘리는 감정 부스러기에 감지덕지하면서, 개처럼! 근데, 지금은 아냐! 네가 백만 번쯤 사랑한다고 말해도, 나 속지 않아."

"… 내가 사랑한다고 말해주길 바랬니?"

"그런 얘기가 아니잖아!"

"미안하다, 한 번도 사랑한다고 말해주지 못해서. 그런데… 나도 몰랐어. 바보라서 널 얼마나 사랑하는지도 몰랐고, 널 소중하게 여기지도 못했어. 널 처음 본 순간부터 널 사랑하게 됐으면서도, 바보처럼 아니라고 부인했어. 내가 사랑하는 건 선형이라고 날 속이면서 … 그런데 그날 바닷가에서 완전히 깨달았어. 내가 사랑하는 건 너라는 걸. 선형이에 대한 감정은 이미 식은 지 오래라는 걸. 아니, 어쩌면 그 감정은 처음부터 내 머릿속에서만 존재했던, 연기 같은 거였는지도 모르겠어. 폐인처럼 거리를 떠돌면서 내내 네 생각만 했어. 네가 나한테 무슨 짓을 했든, 난 상관하고 싶지 않아. 그냥 사고였을 뿐이니까, 우리가 첫 아이를 잃은 것처럼 그건 그냥 사고였을 뿐이니까.”

아이의 얘기에, 입가를 비틀며 현중을 외면하던 여주가 현중을 똑바로 바라보았다. 현중은 그런 여주를 보며, 더욱 힘 있게 말을 이었다.

“우리 아이, 나도 살리고 싶었어. 그런데 능력이 안됐어. 나도 너만큼 마음이 아파. 내 손에서 내 아이가 죽어간 걸 생각하면 미쳐버릴 것 같았어.”

“그만, 그만해! 이런 말이 이제 와서 다 무슨 소용이야? 내가 사랑받길 원할 때 사랑한다고 말하고, 내가 위로받고 싶을 때 미안하다고 말했어야지. 이제 와서, 나더러 뭘 어떡하라는 거야!”

“미안해. 그리고 사랑해. 다 잊자, 잊고 다시 시작하자.”

“… 다 잊고 있었어. 두 사람이 이렇게 갑자기 나타나기 전엔 다 잊고 있었다고! 정말 왜 이래. 살아났음 그 여자한테나 갈 것이지, 왜 나한테 와서, 도대체 왜 이래…?”

“바보야, 내가 지금 네 곁에 있잖아. 선형이가 아니라 너한테 용서를 빌고 있잖아!”

여주는 얼굴을 감싼 채 바닥에 주저앉았다. 현중은 그런 여주의 두 손을 힘껏 잡았다. 지금껏 단 한 번도 보어준 적이 없는 강인한 모습이었다. 여주는 마음에 이물질이라도 긴 듯 거부감을 느끼면서도 냉정하게 현중을 내칠 수는 없었다.

“이런 꼴로 이런 얘길 하게 돼서 정말 미안하지만, 더는 기다릴 수 없어. 집에 돌아오겠다고 결심한 순간부터 미친 듯이 달리고 또 달렸어. 집을 떠난 순간부터 돌아오고 싶었지만, 너무 오래 널 버려 뒀고, 네가 날 영영 떠난 게 아닐까 두려웠어."

여주는 얼굴을 감싼 채 바닥에 주저앉았다. 그 순간, 여주의 뱃속에서 아이의 태동이 느껴졌다. 그래, 이 아이… 어쨌거나 이 사람은 아이의 아빠잖아. 현중은 여주를 애절하게 바라보았다. 마침내 여주가 두 손을 얼굴에서 떼고, 현중을 바라보았다. 여전히 혼란스러운 표정으로, 그러나 희망을 담아. 현중의 얼굴에 환희의 빛이 떠올랐다. 언젠가 쌍둥이 누이인 선형을 사랑한다고 말할 때 떠오르던, 환희와 정열의 빛이었다. 여주에게 생각할 틈조차 주지 않고, 현중은 여주를 와락 껴안았다. 여주의 촉촉한 입술이 닿고, 여주의 두 손은 현중의 어깨를 잡지도 밀어내지도 못한 채 머뭇거리고 있었다. 갑작스레 현중이 그런 여주를 밀어냈다.

"미안… 밖에선 몰랐는데, 냄새가 좀 그렇지?"

현중은 희미한 미소를 지으며 샤워실로 향했다. 여주는 여전히 복잡하지만, 한결 나아진 표정으로 현중을 바라보았다. 소리를 지른 탓일까. 여주의 마음은 한결 가벼웠다. 그래, 그이가 돌아왔어. 난 사람을 죽인 게 아냐…! 현중씬 저렇게 멀쩡하게 살아있고, 곧 아이가 태어날 거야. 어쩌면 우리 두 사람 다시 시작할 수 있을까. 아이가 태어나고, 우리 두 사람 다시 시작하면… 어쩌면 이제 겨우 가족이 다 만난 건지도 몰라. 이제야 겨우 모든 게 정상으로 돌아

온 건지도. 하지만 과연 내가 저 사람을 받아들일 수 있을까? 여주
는 혼란스러운 표정으로 입술을 깨물었다.

'왕'과의 하룻밤

첫날밤, 다시

몸에 걸친 걸레 같은 옷들을 벗어 버리고 몸에 밴 냄새까지 말끔히 씻어낸 현중은 금세 예전의 모습에 가까워졌다. 더러운 노숙자 모습을 벗자마자, 현중은 뒤로 물러서는 여주를 꽉 붙들고 정열적인 키스를 퍼부었다. 일 년 반 전, 별장의 첫날밤처럼 현중은 뜨거웠다. 조심스럽게 단추를 풀어가던 현중의 손길은 만삭이 된 여주의 배에서 멈추어졌다. 현중은 괴로운 표정으로 여주의 부푼 배를 바라보며, 잊고 있던 것이 떠오르기라도 한 듯 그대로 굳어졌다. 동시에, 현중의 손길을 따라 몇 번인가 열락의 신음을 토해 내던 여주는 문득 자신이 벌이고 있는 해괴한 놀음을 깨닫고 소스라쳤다. 첫 아이의 죽음, 서로를 끌어안던 쌍둥이 남매, 현중을 향해 달려들던 낡은 포드 자동차… 잊고 있던 기억의 조각들이 영화 화면처럼 한 순간에 몰려왔다. 순간, 여주는 자신의 배에 닿은 현중의 손을 거칠게 걷어내며, 현중을 확 밀쳐냈다. 현중은 여주의 돌변에 당황하며 몸을 뗐다. 여주는 현중의 눈을 피하며 들릴 듯 말 듯 '미안해'라고 중얼대며, 알몸 그대로 욕실로 뛰어들었다.

'이런 거 정말 싫어… 도대체 난 왜 이렇게 사는 거야. 그냥 행복하길 바랐어. 내 인생은 왜 이렇게 복잡한 거야. 미치겠어, 미치겠다구!'

욕실 바닥에 주저앉아 여주는 한참을 흐느꼈다. 딸깍. 문이 열리고, 현중은 착잡한 표정으로 여주를 바라보았다. 30분쯤 흘렀을까. 여주는 퉁퉁 부은 눈으로 현중을 흘겨보며, 울음 반 말 반으로 이렇게 말했다.

"우린 안 돼. 가망 없어. 백만 번쯤 사랑한다고 말해도 용서 못하는 게 있는 거야."

새로운 점괘

얼마나 잤을까. 여주는 코를 간질이는 꽃향기에 눈을 떴다. 현중이 꽃다발을 든 채 잠자는 여주를 들여다보고 있었다. 정원에서 꺾은 여러 종류의 꽃들이 한데 묶여 제법 그럴듯한 다발을 이루고 있었다. 얼떨결에 꽃을 받아든 여주는 서늘한 느낌에 몸을 떨다 밤새 현중이 돌아왔다는 사실을 깨달았다. 현중은 제법 두툼한 책을 한 권 들고 있었다.

"자, 숫자 하나만 말해봐."

“지금 뭐하자는 거야?”

“말했잖아. 다시 시작하자고. 우리의 미래가 궁금하지 않아?”

“… 치워.”

여주는 현중을 차갑게 외면하며 몸을 일으켰다. 현중이 그런 여주의 팔을 부드럽게 잡고, 언젠가 점괘에 대해 이야기하던 여주의 말을 흉내 내며 짐짓 심술궂게 말했다.

“너무 그러지 마. 평생 오늘의 운세 한 번 안 보는 사람처럼.”

이 남자, 내가 했던 말 기억하고 있는 거야? 그게 뭐? 그 정도로 감동이라도 받으라고? 여주는 마음을 다잡으며 애써 현중을 외면했다. 현중은 여주의 팔을 잡은 손에 조금씩 힘을 주며 아주 조용히 속삭였다.

“우린 모두 위안이 필요한 사람들이잖아. 아냐?”

이것도 내가 했던 말. 어쩌면 이 남자, 정말로 처음부터 나를? 하지만… 여주는 좀 더 복잡해진 눈빛으로 현중을 바라보았고, 귀찮은 듯 뱉어냈다, 언젠가 현중이 불렀던 그 숫자를.

“4로 할게.”

“좋아. 넷째 줄. 읽는다, 음, 이현중?”

“뭐?”

“이현중!”

“지금 무슨 소리를 하는 거야?”

현중은 웃지도 않으며 자신이 펼쳐 든 페이지를 여주 앞에 내밀

있나. 현승의 책은 〈전화번호부〉였다. 다른 이름은 모두 검은 펜으로 지워진, 첫째 줄에도, 둘째 줄에도, 마지막 줄에도 현중의 이름만 남은 운명의 〈전화번호부〉.

"볼래? 여기 송여주도 있어."

현중은 미리 접어놓은 곳을 펼쳤다. 역시 다른 이름은 전부 검은 펜으로 지워져 있었다. 이렇게 감정의 골이 깊어지기 전에, 아니 적어도 내가 그를 죽이려 하기 전에, 이런 노력을 했다면 어땠을까. 이제 와서 이런 이벤트가 의미가 있는 것일까.

"봤지? 너한테 점괘는 이현중뿐이라는 거. 나한테 너뿐인 것처럼."

"당신은 정말 이기적인 남자야. 내가 원할 때는 거들떠보지도 않다가, 기껏 마음을 정리하고 나니까, 자기를 봐달라고?"

"알아. 나 이기적인 거. 니 말대로 나 이기적이고, 참을성도 많지 않아. 그러니까 너무 지치기 전에 용서해주면 안 되겠니?"

현중은 웃지도 않고 그렇게 말했다. 이 남자, 여전히 왕이로구나. 유청옥 여사의 세계에서 완벽하게 보호받고 자라, 남의 감정을 헤아릴 필요가 없었고, 이제는 자기만의 세계에 더욱 견고하게 갇힌 왕. 어쩌면 저 정도가 이 남자의 최대치인지도 모르지, 그러니까 자기 나름대로는 정말로 최선을 다하고 있는 건지도. 하지만!

"현중씨, 잘 들어. 우리 관계, 몇 마디 말로 해결될 수 있는 게 아냐. 지금으로선 어떤 대답도 못해. 시간이 필요해."

"여주야, 난 시간이 없어. 이렇게 서로를 미워하며 지낼 만큼 시간이 넉넉하지 않아!"

시간이 없다고? 당신, 병이라도 걸린 거야? 여주는 문득 현중의 핏기없는 얼굴을 바라보았다. 그러고 보니, 현중의 얼굴은 '흙빛'이었다. 30대 초반의 젊은 남자가 가져야 할 건강한 기운은 어디에도 없는, 병마에 쓰인 흙빛 얼굴.

"시간이 없다는 게 무슨 말이야?"

그러나 현중은 여주의 의혹 섞인 눈길을 피하며, 한층 어두워진 얼굴로 말을 돌렸다.

"…아이 말인데, 어떻게 된 건지 얘기 좀 해줄래?"

"보는 그대로야. 나도 당신 그렇게 하고… 알았어."

"…하지만, 여준 불임이었잖아."

여주는 말없이 자신의 배를 가볍게 두드렸다. 만삭으로 부풀어 오른 여주의 배. '불임'이 임신할 수 없다는 뜻이라면, 적어도 여주와는 아무 상관 없는 단어인 듯 보였다. 현중은 완전히 일그러진 얼굴로 머리를 움켜쥐었다. 꽃다발도 점괘도 완전히 잊은 듯, 현중은 괴로운 숨을 토해냈다. 이번에도 좋아하지 않아. 아이를 가졌다는데도 전혀 좋아하지 않아. 여주는 가슴 속에 치미는 뭔가를 참으며, 현중의 다음 말을 기다렸다. 그러나 현중은 끝내 여주가 원하는 말을 해주지 않았다. 대신 수심이 가득해서 생각에 잠긴 채, 침대에서 벌떡 일어났다. 그 바람에 '이현중'과 '송여주'로만 이루어진 〈전화번호부〉 책은 바닥을 나뒹굴었다.

"미안, 잠깐 다녀올게."

현중은 거의 들리지 않게 중얼대며, 문밖으로 나갔다. 그래, 역시 그랬구나. 새로 시작하자고? 도대체 뭘? 어떻게? 여주는 현중의 뒷모습을 노려보며, 커튼을 확 젖혔다. 창밖으로 현관을 막 나서는 현중의 모습이 보였다. 음습한 창고 쪽으로 방향을 잡는 듯하더니, 현중은 정말 놀랍게도 순식간에 사라져 버렸다. 여주가 잠시 고개를 돌렸다 다시 바라보는 그 짧은 시간에 이미 모습을 감춘 것이다. 여주는 짜증스레 고개를 돌리며 침대에서 일어섰다. 이제는 혼자 일어나기에는 몸이 많이 무거웠다. 발밑으로 그들의 운명이, 아니 〈전화번호부〉 책이 밟혔다. 여주는 허리를 굽혀 책을 주웠다. '송여주'가 적힌 페이지와 '이현중'이 적힌 페이지, 그리고 다른 한 페이지를 제외하고 모든 페이지들은 테이프로 봉쇄되어 있었다. 현중은 역시 현중이었다. 여주를 위해 기껏 준비한 이벤트조차 마무리하지 못하고, 약간의 냉대에 금세 나가떨어져 버리다니. 여주는 쓴웃음을 지으며, 〈전화번호부〉를 바라보았다. 별생각 없이 '송여주'와 '이현중' 사이의 페이지를 열어본 여주는 입으로 손을 가져갔다. 가슴에 덩어리 같은 것이 올라오며, 눈물이 떨어졌다. '송여주'와 '이현중' 사이의 페이지에는 '이처음'이라는 이름이 적혀 있었다. '처음이', 그것은 첫 아기의 태명이었다. "첫 날밤에 생긴 아기고, 우리한텐 첫 아이니까 '처음이' 어때?" 여주가 그렇게 물었을 때, 현중은 무뚝뚝하게도 "그럼 이처음인가?"라고 말했을 뿐이었다. 현중은 그 이름을 기억하고 있을 거라고 생각해본 적조차 없었다.

'이게 만약에 쇼라고 해도, 난 당신을 용서할 수밖에 없을 거 같아.'

여주는 울었다. 잃어버린 아이의 태명을 기억하는 남자라면 결코 살인자일 리가 없다고 생각하면서, 어쩌면 두 번째 아이에게는 좋은 아빠가 될지도 모른다고 생각하면서.

화해

어두운 창고 안. 더러운 바닥에 앉아, 우울한 표정으로 선반 위의 갖가지 연장을 바라보던 현중은 인기척에 흠칫 놀라 뒤를 돌아보았다. 여주였다. 더러운 바닥에 주저앉아 한 번 써본 적도 없는 연장을 만지작거리던 현중은 어정쩡하게 몸을 일으키려다 재킷을 벗어 바닥에 깔아주었다. 여주는 잠깐 그 모습을 바라보다 이내 재킷을 잘 개어 현중에게 돌려주며, 맨바닥에 그냥 앉았다.

"한참 찾았어. 이런 데서 뭐해?"

"… 그러게. 내가 뭘 하고 있는 걸까."

어색한 침묵이 이어졌다. 현중은 문득 창고 구석에 보이는 철제 계단을 가리키며, 약간은 무뚝뚝하게 말했다.

"그거 알아? 저 계단 통하면 3층 다락으로 바로 갈 수 있어."

"…어."

"3층 다락이 막혔으니까 올라가도 들어갈 순 없겠지만…"

그때, 여주가 현중의 말을 자르며 나직하게 속삭였다.

"곧 애가 나올 거야. 길면 3주?"

"응…"

"응…? 그게 다야? 좋은 거야, 아닌 거야?"

"애가 곧 나온다며. 알았어."

"… 알았다고? 무슨 그런 말이 있어? 나랑 잘해보자면서, 아이 일 좋아하지 않네? 이번에도 애가 싫은 거야? 내가 애 엄마라서?"

"그런 거 아냐… 솔직히 어떻게 해야 할지 모르겠어. 집에 돌아오겠다고 결심할 땐 우리 둘만 생각했어. 그런데 아이라니."

"… 아이가 없었다면, 나도 여기 없어."

"들어봐. 아이 문제 당황스럽지만, 여주가 좋으면 상관하지 않을 거야. 아니, 나도 좋아. 그 아이 받아들일게."

"그 말 믿어도 되는 거야?"

현중은 왠지 어두운 표정으로 고개를 끄덕였다. 여주는 한결 나아진 표정으로 현중의 손을 끌어당겨 자신의 배를 만지게 했다.

"느껴 봐. 우리 둘째야. 첫 애랑은 달라. 정말 건강해."

"어… 그런데 혹시…"

현중은 손을 움츠리며 말끝을 흐렸다.

"근데 뭐…?"

"아니야… 그러니까 이게 우리 아가란 말이지?"

현중은 갑작스레 표정을 바꾸며 여주를 번쩍 안아 올렸다. 여주는 짧은 비명을 지르며 현중의 어깨를 꽉 붙잡았다. 현중은 여주의 배에 입을 맞추며, 만삭의 아내를 안은 채 창고를 나서기 시작했다. 조심해. 내려놔. 그만해. 어둠 속에서 현중의 발이 휘청거릴 때마다 여주는 속삭였지만, 현중은 여주를 안은 손에 더욱 힘을 주었다. 지하 창고에서 벗어나 식료품 창고를 지나 식당에 도착하고서야 현중은 여주를 식탁 의자에 내려놓았다. 현중의 이마에서 땀이 번질거렸다. 현중은 숨을 헐떡이며 여주의 배에 입을 가져다 댔다.

"우리 아들… 잘 있는 거지? 엄마 너무 힘들게 하지 말고… 부탁할게!"

"뭐야, 딸이면 서운하겠네."

그렇게 말하면서도 여주는 아이가 아들일 거라고 확신했다. 그것은 바람이라기보다는 느낌이었다. 어려서부터 유난히 잘 맞아떨어지던 그런 '느낌'. 그런데 현중의 눈에서 눈물이 한 방울 떨어졌다. 아이에게 말을 걸다 우는 현중이라니, 어쩌면 이 남자 진심인 걸까? 가슴 한편에서 기대감이 살며시 일어나고, 여주는 다시 한 번 감정이 격해 옴을 느꼈다. 그래, 이 남자는 그런 사람이었지, 언제나 표현이 서툰 사람, 제 감정도 제대로 모르는 바보. 여주는 현중의 팔을 조금은 부드럽게 어루만졌다. 젊은 부부의 눈이 마주치고, 두 눈에 눈물이 맺힌 채로 부부는 서로를 바라보며 미소를 지었다.

그날 밤, 젊은 부부는 팔베개를 나눈 채 잠자리에 들었다. *6개월*

을 어떻게 보냈는지 모르겠어. 어머니가 가끔 전화하셨는데, 마음이 너무 불편했어. 현중씨 그렇게 만들어 놓고, 임신했다고 칭찬받는 그 기분… 끔찍해. 아이만 낳으면 싱가포르로 가려 했어. 근데, 왜 어머니께 전화 안 했어? 현중씨한테 전화 한 통 없다고 몇 번이나 물으셨는데. 내가 현중씨인 것처럼 이메일은 가끔 보냈는데, 어머니 아실지도 몰라. 워낙 머리 좋으시잖아. 이렇게 돌아온 거… 정말 믿어지지가 않아. 그런데 우리 잊을 수 있을까? 현중씬, 내가 한 일 생각하지 않을 수 있어? 난 자신이 없어, 너무 두렵고…… 여주의 이야기는 긴 밤 내내 이어졌다. 현중은 가끔 여주의 손을 잡아 끌어 손등에 입을 맞추거나, 어깨를 다독여주었지만, 그의 텅 빈 눈동자는 그가 한마디도 듣고 있지 않음을 알려주었다. 어디에도 감정 같은 것은 실려 있지 않았다, 그저 무거운 표정으로 여주의 배를 쓰다듬을 뿐,

여주는 현중의 손길을 느끼며 기분 좋게 잠이 들었다. 어쩌면 현중이 사라졌던 이후로, 아니 아이를 잃은 이후로 처음 맞는 기분 좋은 잠이었는지도 모른다. 여주가 잠든 후에야 현중은 여주를 똑바로 바라보았다. 무언가를 탐색하는 듯 묘한 눈길로, 여주의 배를 뚫어져라 바라보는 현중의 입가에는 뭐랄까 선형의 냄새를 꼭 닮은 일그러진 미소 같은 것이 떠올랐다.

"아이라고? 어떻게 이럴 수가 있지?"

현중은 아주 낮은 목소리로 그렇게 속삭였다. 순간, 깊은 잠에

빠진 여주가 몸을 뒤척였다. 흠칫, 몸을 떨며 현중은 차가운 시선을 여주의 배 위로 던지며, 급하게 스탠드 불을 껐다. 침실이 온통 어둠에 휩싸이고, 그렇게 젊은 부부의 밤은 깊어가고 있었다.

비밀

지독한 악몽

개나리색 벽지로 꾸며진 아기방, 문 앞. 여주, 설레는 표정으로 방문을 연다. 이때, 여주의 앞에 펼쳐지는 하얀 병실. 예쁜 아기방은 사라지고, 차가운 하얀 병실로 변해있다. 수술복을 입은 선형, 차가운 웃음을 흘리며 여주 앞에 메스를 들이댄다. 악! 여주의 비명과 함께, 여주의 부푼 배 위로 확 흩뿌리는 붉은 핏줄기. 선형, 뱀처럼 차갑게 여주를 노려본다. 창가에 선 한 남자, 아주 천천히 뒤를 돌아보는데! 현중이다. 여주, 배를 움켜쥔 채 현중의 다리를 붙잡고 쓰러진다. 그런 여주의 손을 차갑게 떼어내는 현중, 선형을 향해 고개를 끄덕인다. 현중의 신호에 맞춰 여주를 공격하는 선형. 여주, 기디시 끼 간신히 방 밖으로 나온다. 어두운 복도에 홀로 선 여주, 안도하며 배를 내려다보는데, 그새 너무도 홀쭉해진 배! 선형, 여주의 배에서 꺼낸 태아의 시체를 거꾸로 든 채 악마처럼 미소를 짓는다.

온몸을 버둥대며 간신히 눈을 뜬 여주는 본능적으로 배를 감쌌다. 탄탄하게 부른 배가 양손 가득 만져졌다. 꿈이었구나, 지독한 악몽이야. 여주는 온몸을 떨며, 스탠드로 손을 뻗었다. 웬일인지 불이 켜지지 않았고, 방안은 여전히 숨이 막힐 정도의 어두움으로 가득했다. 지독한 공포와 불쾌감으로 숨이 쉬어지지 않았다. 여주는 숨을 헐떡이며 등을 일으켰다. 아이를 잃었던 끔찍한 분노가 되살아났다. 여주는 베개를 들어 현중을 내려치며, 증오심에 가득한 목소리로 외쳤다.

"살인마, 살인마, 살인마!"

팔 힘이 다 빠질 정도로 현중을 내리치고서야 여주는 베개를 집어 던졌다. 이게 무슨 짓이야. 이건 그냥 지독한 꿈일 뿐인데. 여주는 두 손으로 얼굴을 감싸며, 간신히 목소리를 쥐어짰다.

"…미안해. 잠깐 이성을 잃었어."

여주의 눈에서 주르륵 눈물이 흘렀다. 꿈이라는 걸 알면서도 아이를 잃었던 슬픔이, 쌍둥이 남매에 대한 증오심이 폭포처럼 되살아났다. 왜 하필 이 시점에 이런 꿈을, 왜, 왜, 무엇 때문에. 제발 사라져버려! 여주는 대상도 없이 저주를 퍼부으며, 죽은 듯이 누워 있는 현중의 등을 노려보았다. 현중은 놀랍지도, 혹은 아프지도 않은 듯, 이불을 둥그렇게 말아 머리까지 뒤집어쓴 채 미동도 없이 누워 있을 뿐이었다.

"뭐야, 자는 거야?"

여주는 이를 악물며 이불을 확 걷어냈다. 현중은 없었다. 지독한 베개 세례를 당한 것은 현중의 몸이 빠져나간 빈자리였다. 이 새벽에 어디를 간 걸까? 여주는 불길한 느낌에 전등 스위치에 손을 뻗었지만, 역시 켜지지 않았다. 당황한 여주는 창문의 커튼을 힘껏 당겼다. 창을 통해 엷은 새벽빛이 부옇게 들어오고, 방안의 사물들이 희미하게 모습을 드러냈다.

"닫아!"

현중이었다, 방바닥에 웅크리고 앉아 있다 부신 듯 손을 내저으며 고함을 지르는 것은. 이 사람 뭐지? 방 안에 있으면서도 못 들은 척, 못 본 척하고 있었던 거야? 그 소란을 다 보고 들으면서? 기가 막힌다기보다는 약간의 서늘함을 느끼며, 여주는 현중 쪽으로 다가갔다. 현중은 그런 여주를 밀치듯 부딪치며 거칠게 커튼을 닫았다. 방안은 이내 어둠에 묻히고, 여주는 다시 악몽이 남긴 두려움을 온몸으로 참아내야 했다.

"도대체 거기서 뭐 하는 거야? 밤새 그러고 있었어?"

더한 의문과 더한 의혹을 담아, 여주는 단지 그렇게 물었다. 현중은 대답하지 않았다. 어젯밤까지 지신을 안고 사랑을 속삭이던 현중은, 마치 화가 잔뜩 난 사람처럼 행동하고 있었다. 종잡을 수 없어, 당신이란 남자는. 그래서 믿을 수도 없지, 그렇게 생각하며 여주는 커튼을 다시 걷었다. 새벽빛이 다시 한 번 방안으로 쏟아졌다. 현중은 영어 욕을 내뱉으며, 방 밖으로 나가버렸다. 문이 닫혔다,

현중을 따라나서는 여주의 눈앞에서, 아주 차갑게도.

"어딜 가는 거야?"

여주는 방문을 확 열어젖혔다. 하지만 현중은 이미 어둠 속으로 사라지고 없었다. 동트기 직전의 별장은 여전히 어두웠다. 멀리서 원혼이 울부짖는 듯한 파도 소리만이 들려올 뿐. 왠지 모를 두려움을 참으며, 여주는 복도 불을 하나둘 켜기 시작했다. 그러나 여주가 지나는 곳 어디에도 불빛은 쏟아지지 않았다. 마치 누군가 집안의 빛을 다 없애버리기로 작정이라도 한 것처럼, 집안의 전등은 모두 고장 나 있었다.

이 층 서재. 지그시 열린 문틈으로, 불안하게 서재 안을 서성이는 현중의 모습이 보였다. 여주는 심호흡을 하며, 서재 앞으로 다가갔다. 그때였다, 쿵 소리가 들려온 것은!

다락의 발자국 소리

서재 안으로 들어서던 여주는 천정을 울리는 쿵 소리에 몸을 움츠렸다. 쿵! 쿵! 쿵! 쿵! 천장 위는 다락이었다. 그러니까 청옥 여사가 남편의 망령을 저주하며, 폐쇄해버렸던 그 다락에서 뭔가 소리가 나고 있었다. 도대체 저게 무슨 소리지? 쥐라도 든 것일까? 아니면 침입자가 있는 걸까? 소리는 점점 규칙적이 되어갔다. 마치 쇠사슬에 묶인 한 사람이 두 걸음 내딛고 한 걸음 물러서는 것처럼, 규칙적인 소리였다.

“뭐야, 저 소리… 안 들려?”

현중은 어둠 속에서 등을 돌린 채 창가를 바라보며 서 있을 뿐이었다. 다락 위에서 들려오는 소리는 점점 더 빠르고, 점점 더 거세지고 있었다. 지금은 악몽이나 이 남자의 태도를 문제 삼을 때가 아니야. 저 소리, 저 소리의 정체를 찾아야 해.

“누가 있는 것 같아… 경찰에 연락해야 하지 않아?”

현중은 여전히 등을 보인 채 대답 대신 깊은 한숨을 내쉬었다. 열린 창으로 차가운 바닷바람이 들어와 커튼 자락이 휘날렸다. 여주는 신경질적으로 커튼을 걷어내며, 날카롭게 소리쳤다.

“저 소리 말야! 당신은 귀가 없어?”

“커튼 걷지 말랬잖아!”

현중은 몸을 확 돌리며 소리를 버럭 질렀다. 순간, 현중의 얼굴에 물기가 번질대는 것이 보였다. 아니, 현중의 얼굴에서 물이 뚝뚝 떨어지고 있었다.

“현중씨… 우는 거야?”

여주는 현중의 눈가로 손을 뻗었다. 여주의 손끝에 차가운 물기가 닿고, 현중은 여주를 뿌리치며 그대로 방을 뛰어나갔다. 난 그냥… 당황한 여주는 현중을 쫓아나가려다, 어디선가 풍기는 비릿한 냄새에 멈춰 섰다. 그것은 여주의 손끝에서 나는 냄새였다, 속을 뒤집는 그 역한 비린내는. 그것을 뭐랄까, 냄새에도 색이 있다면 창백한 잿빛 혹은 흙빛이라고 표현할 만한 그런 냄새였다. 마치 무덤 속에서 튀어나온 듯한 창백함. 내가 뭘 만졌지? 커튼을 빨아야 하는 건가?
하지만, 난…

그러나 여주의 생각은 그리 오래가지 않았다. 천정에서 들려오는
발자국 소리가 어느새 멎었다는 것을 깨달았던 것이다. 늙은 죄수
가 쇠사슬이라도 끌고 다니는 듯 신경을 거슬리던 그 소리는, 어느
새 사라지고, 별장 안에는 정적만이 가득했다. 그래 봐야 쥐였겠지.
여주는 작게 중얼대며, 비릿한 냄새가 풍기는 축축한 손끝을 뚫어져
라 바라보았다, 눈물에서는 이런 냄새가 날 수 없다고 생각하면서.

비밀

온종일 바다를 내다보며, 여주는 현중을 기다렸다. 도대체 어디
를 간 걸까? 저녁이 되도록 현중은 돌아오지 않았다. 집안에도 바
닷가에도 어디에도 현중은 없었다. 마당에는 주인을 잃은 차만이
덩그러니 남아 있었다. 증발이라도 해버린 사람처럼 현중은 어딘가
로 사라지고 없었다.

저녁 해가 질 무렵, 바다가 보이는 창가에 서서 여주는 뭔가를
골똘히 생각했다. 일테면, 온종일 생각하고 또 생각한 현중에 대해.
그때였다, 현중이 거짓말처럼 나타난 것은. 창 너머 멀리 바다 위
로, 마치 스크린 속 배우처럼 현중이 나타났고, 이내 선형이 따라왔
다. 두 사람은 해변을 따라 걸으며, 서로 삿대질을 하기도 하고 돌
아서는 상대를 격렬하게 붙잡기도 했다. 흥분해 있는 것은 주로 현

중이었다. 선형의 어깨를 강하게 움켜잡으며 뭔가 소리를 지르던 현중은, 그러나 이내 모래사장에 무릎을 꿇은 채 얼굴을 움켜쥐었다. 선형은 그런 현중을 등 뒤에서 가볍게 안았고, 현중은 무릎을 꿇은 채 저항하지 않았다. 여주가 본 것은 거기까지였다. 어제 아침, 어젯밤, 오늘 새벽, 오늘 저녁. 순간순간 달라지는 현중의 행동에 도저히 정신을 차릴 수 없었다. 도대체 무엇이 진실일까? 이 남자는 과연 사랑을 위해 돌아온 것일까? 저 여잔 또 뭘까? 끊어진 패륜의 끈을 다시 이으려는 노력일까?

30분 후, 현중은 진한 바다 냄새와 그보다 더 진한 선형의 향기를 풍기며 식당으로 들어섰다. 그 냄새를 온몸으로 느끼며, 여주는 보란 듯 꾸역꾸역 국을 넘겼다. 현중은 혼자였다. 어떤 얘기도 먼저 꺼내지는 않을 거야. 특히 그 여자 얘기라면, 이라고 여주는 결심하고 있었다. 현중은 식탁 의자에 걸터앉아 물끄러미 여주를 바라보았다.

"할 얘기가 있어."

현중이 말을 꺼낼 때를 기다리기라도 한 듯, 여주는 반 넘게 남은 국을 싱크대에 쏟아 붓고는 수돗물을 세게 틀었다.

"아이 말인데…"

수돗물 소리가 멈췄다. 여주는 그제야 현중을 똑바로 바라보았다.

"할 수 있을 거라고 생각했어. 그런데… 그런데 역시 안 되겠어."

"무슨 소리야… 그게?"

여주의 목소리는 긴장감에 탁하게 갈라졌다. 현중은 여주의 눈을 피하면서도, 아주 단호하고 냉정하게 말했다.

"병원에 가자."

"뭐?"

"나, 아이 원치 않아. 그런 생각 단 한 번도 한 적 없어."

"…어제까진 좋다고 했잖아."

"거짓말이었어."

"그래서? 그래서 뭘 어쩌자는 거야?"

"병원에 가면, 다 알아서 해줄 거야. 넌 아무것도 신경 쓰지 않아도 돼, 그저 병원에만 가면…"

"그딴 덴 절대 안 가!"

여주는 배를 움켜쥔 채, 핏발 선 눈으로 현중의 말을 잘랐다.

"내 아인 내가 지켜. 두 번 다신 내 아이 잃지 않아!"

"잘 들어. 난 아이 원치 않아. 그러니까 넌 병원에 가서,"

현중의 마지막 말은 여주의 고함 소리에 묻혀 버렸다. 여주는 귀를 틀어막고 계속해서 비명을 질렀다. 엄마에게 반항하는 어린애처럼 여주는 필사적으로 소리를 질렀다, 아이를 죽이라는 아이 아빠의 말소린 아예 듣지 않겠다는 듯이.

"송여주!"

"갑자기 왜 이러는지 내가 설명해줘? 그 여자 때문이지? 그 악마한테 다시 넘어간 거야?"

"아무것도 모르면서 막말하지 마!"

"아니, 알아. 네가 하고 싶은 말이 뭔지, 뭘 원하는지. 하지만 나는 듣지 않을 거야. 내가 들어버리면, 우리 아기도, 아니, 내 아기도 들을 테니까. 병원에 가자고? 가면, 알아서 해준다고? 뭘? 병원에서 뭘 해주기를 바라는 건데? 이제 알겠어. 왜 그런 꿈을 꿨는지. 아기는 알았던 거야, '처음이'처럼 자기도 죽을 수 있다는 걸. 네 정체를, 네가 새끼도 몰라보는 살인마라는 걸!"

'살인마'라는 말에서, 현중은 여주의 팔을 붙잡았다. 현중은 핏발선 눈으로, 곧이라도 두 손을 들어 목이라도 조를 듯이 여주를 노려보았다. 팔에 심한 통증을 느끼며, 여주는 더욱 사납게 외쳤다.

"말해! 니들이 꾸미는 게 뭐야? 니들이 원하는 게 뭐냐고?"

순간, 터질 듯한 분노로 흔들리던 현중의 표정에 슬픔 같은 것이 떠올랐다. 세상의 모든 피로를 다 짊어진 듯 일그러진 표정으로, 현중은 억지로 쥐어짠 듯한 쉰 목소리를 뱉어냈다.

"나랑 살고 싶으면, 아무것도 묻지 마."

뭐라 표현할 수 없는 위압감에 여주는 말문이 막혀 현중을 바라보았다. 그것으로 '로맨틱 쇼'는 끝이었다. '사랑'이니 '위로', '용서' 같은 단어는 허공 속으로 흩어졌다. 처음부터 존재하지 않았기에 아주 빠르게. 현중은 더 이상 어떤 변명도 하지 않았다. 그저 격한 표정으로 여주를 바라보더니, 갑자기 여주의 치맛자락을 걷어 올렸다. 아내가 임신 중이라는 사실을 완전히 잊은 듯 거칠기 짝이 없는 동작이었다. 여주는 본능적으로 배를 감싸며 현중을 밀어냈다. 그러나 현중은 막무가내였다. 뭔가에 쫓기는 듯, 악다문 이 사이로 신음소리를 흘리며 거칠게 여주의 팬티를 끌어 내렸다. 뱃속에서 싸한 통증이 느껴졌다. 힘껏 밀어내던 여주는 더 이상의 저항은 아기에게 더 해롭다는 결론을 내리며 조용히 눈을 감았다. 이내 현중이 여주 안으로 들어왔고, 여주는 현중의 어깨를 찍듯이 내리눌렀다.

'이 남자랑 살면서 명확한 건 단 하나도 없어. 불확실하고 기막힌 거 투성이지. 도대체 당신, 정체가 뭐야? 나는 도대체 누구랑 결혼할 걸까?'

아이, 태어나다

출산

새벽 두 시, 자궁을 조여 오는 극심한 통증에 여주는 눈을 떴다. 아직 출산 예정일이 3주일 넘게 남아있었다. 이를 악물며, 여주는 현중과의 섹스 아니, 현중의 강간을 떠올렸다. 현중의 갑작스런 행동에 자궁 안이 뒤집히기라도 한 걸까? 여주는 준비되지 않은 출산에 대한 공포와 통증으로 하얗게 질렸다. 병원에 가야 했다. '병원에 가면 아이를 잃을지도 모른다'는 어리석은 확신으로 임신을 확인한 후에도 번번이 병원 문 앞에서 돌아왔지만, 이렇게 준비 없는 출산을 할 수는 없었다. 허리가 빠질 듯한 통증을 억지로 참아내며, 여주는 통증이 멈추기를 기다렸다. 잠시 진통이 멈췄을 때, 여주는 밖으로 나왔다. 현중의 서재는 텅 비어있었다. 잠시 후면 다시 진통이 시작될 것이다. 진통이 시작되기 전에 현중을 찾아야 한다! 여주는 얼얼한 통증이 남아있는 허리와 배를 움켜쥔 채 1층과 2층을 온

통 헤집고 다녔다. 간신히 찾아낸 현중은 3층 다락으로 통하는 계단 위에 페인처럼 널브러져 있었다. 계단에는 온갖 종류의 술병이 널브러져 있었다. 여주는 현중의 귀에 보기 흉하게 달라붙은 헤드폰을 잡아채며 거의 비명을 질렀다.

"아기가 나오려나 봐!"

그사이 다시 진통이 시작된 것이다. 현중은 사태를 전혀 알아차리지 못한 듯 멍한 표정으로 여주를 바라보았다. 현중에게서 역한 술 냄새가 풍겨왔다. 현중은 배를 움켜쥐고 신음을 토해내는 여주를 보고서야 그 의미를 이해한 듯 휘청거리며 계단을 내려오기 시작하더니, 갑자기 헤드폰을 집어던졌다. 헤드폰 밖으로, 언뜻 듣기만 해도 기분이 나빠지는 음악 소리가 흘러나왔다. 현중은 이를 악물며, 여주의 말을 되풀이했다.

"아기…? 아기가 나온다고…?"

"아기가, 너무 아파…"

"난 누구의 아빠도 될 수 없어… 아이 같은 건 가질 수 없다고."

그 순간, 여주는 지독한 진통을 느끼며 바닥에 주저앉았다. 여주는 진통 주기가 의학 서적의 설명보다 훨씬 빠르다고 생각하며, 이를 악물었다. 현중은 여주의 고통을 전혀 이해하지 못하는 사람처럼 술 냄새를 풀풀 풍기며 거칠게 말을 뱉었다.

"우리 애가 나온단 말이지? 너랑 내 애가, 그 빌어먹을 애새끼가!"

"방으로 데려다 줘. 애가, 애가 곧 나올 거 같아…"

"애 같은 건 필요 없다고 말했잖아!"

여주를 확 밀치며, 현중은 자리에서 벌떡 일어섰다. 몽롱한, 그러면서도 분노에 가득한 눈빛이었다. 여주는 배를 움켜쥐며 필사적으로 현중에게 손을 내밀었다. 순간, 현중은 흠칫 놀라며 뒤로 물러섰다. 여주의 손길이 닿는 것조차 싫은 듯 뒤로 물러서더니, 비틀거리며 계단을 뛰어 내려갔다. 현중을 부르는 여주의 애타는 목소리는 쾅! 닫치는 현관문 소리에 묻혀 버리고 말았다. 출산은 예상보다 훨씬 어렵고 고통스러웠다. 힘겹게 계단 아래로 발을 옮기는 순간, 균형을 잃은 여주의 몸은 계단 아래로 그대로 굴러떨어졌다. 쿵. 쿵. 쿵. 쿵쿵쿵. 둔탁한 소리와 함께 바닥으로 떨어졌을 때, 여주는 내장이 터지는 듯한 통증에 그대로 정신을 잃었다. 어느새 여주의 다리 사이로 양수가 흘러나오고 있었다.

얼마나 지났을까. 막 동이 터오는 어두운 방 안. 여주는 극심한 통증에 눈을 떴다. 침대 위였다. 계단에서 굴러떨어진 후, 어떻게 방안으로 들어왔는지 도무지 기억이 나지 않았다. 그도 그럴 것이 벌써 네 시간째 까무러치고 고통에 눈을 뜨기를 반복했던 것이다. 여주는 침대 모서리를 양손으로 움켜잡으며, 본능적으로 온몸에 힘을 주었다. 시트는 이미 양수와 피, 땀으로 범벅이 되어 있었다. 하나, 둘, 셋…! 이세 정말 죽을 것 같다고 느끼는 순간, 여주의 다리 사이로 피가 솟구쳤다. 아이였다, 마침내 아이가 태어난 것이다! 아이는 여주의 피를 머리에 덮어쓰고, 탯줄이 목에 감긴 채 온몸을 찡그리며 신경질적으로 울어댔다. 순간, 극심한 통증이 사라지며 탈진하여 쓰러진 여주는 퍼뜩 눈을 뜨며 떨리는 손으로 아이를 안아들었다.

'낳았어… 내가 이 아이를 낳았어… 내가, 내가… 아이를 낳았어…!'

현중의 말처럼, 그리고 여주의 확신대로 아이는 사내였다. 믿을 수 없게도, 아이는 첫아이와 너무 닮아있었다. 현중을 빼닮은 이목구비에 여주를 닮아 구부러진 귀까지, 쌍둥이라 해도 그렇게 닮을 수는 없었다. 비록 7개월 만에 조산된 아이였지만, 여주는 첫아이 '처음이'의 얼굴을 기억하고 있었다. 여주는 놀랄 만큼 첫아이를 닮은 둘째 아이를 안으며, 피에 젖은 아이의 머리 위에 입을 맞추었다.

이제 다 끝났어. 난 아이를 낳았고, 이걸로 된 거야. 그동안 겪었던 고통 같은 건 깨끗이 잊을 거야. 눈물이 흘러내렸다. 여주는 피로 범벅된 아이를 안은 채 한참을 느껴 울었다. 이걸로 된 거야, 이걸로 다 된 거야. 아가야, 태어나 줘서 너무너무 고마워… 여주는 아이를 꼭 안은 채 복받치는 감정에 한없이 흐느껴 울었다. 서러움과 아픔, 기쁨이 뒤섞인 질척한 울음이었다.

메시지

핏덩어리. 아기를 낳고 나서야, 여주는 아이를 왜 '핏덩어리'라고 부르는지 이해할 수 있었다. 여주는 한 번도 사용하지 않은 부엌용

가위를 소독해 손수 탯줄을 자르고, 아이를 목욕시켜 깨끗한 배냇저고리로 감쌌다. 부엌 바닥에는 붉은 핏방울들이 여주의 동선을 따라 떨어져 있었다. 참을 수 없을 만큼 두통이 심하다는 것을 제외하면, 여주의 회복 속도는 아주 빨랐다. 여주는 아이를 조심스레 감싸들고 안방의 요람에 눕혔다. 아이는 안방에서 키울 생각이었다. 어쨌거나 아이는 사랑의 결실이었고, 엄마 아빠의 사랑을 받으며 자라야 했다. 여주는 이제 막 세상에 나온 핏덩어리가 주는 무한한 위안과 용기에 놀랐다. 이제 어떤 것도 겁나지 않았다. 선형이라 해도 이미 태어나버린 아이를 어쩌지는 못할 거라는 생각에, 아이를 낳는 자신을 버려두고 도망친 현중에 대한 원망마저도 들지 않았다. 가슴 밑바닥에서부터 무한한 행복이 차오르고 있었다. 아이는 새근새근 잘도 잤다. 그토록 사연 많은 엄마 아빠 사이에서 태어난 것이 믿기지 않을 만큼 너무도 평화로운 모습이었다.

현중이 돌아온 것은 만 24시간이 지난 새벽이었다. 현중은 더 이상 취해 있지 않았다. 그저 퀭한 눈으로 여주를 물끄러미 들여다볼 뿐, 갓 태어난 아기가 요람에서 새근새근 자고 있었지만, 눈길조차 주지 않았다. 현중은 죄책감이 가득한 얼굴로 여주를 바라보며, 땀에 젖은 머리칼을 귀 뒤로 넘겨주었다. 그 바람에 눈을 뜬 여주는 자신을 어루만지는 현중의 손을 꽉 붙잡았다. 현중은 그런 여주를 괴로운 듯 바라보며, 나직이 속삭였다.

"미안하다, 널 이렇게 만들어서… 정말 미안해."

여주는 잠시 그런 현중을 바라보았다. 아이를 원치 않는다며 분노를 터뜨리던 현중과 곧 울 것처럼 자신을 바라보는 현중. 도대체 어떤 게 현중의 진짜 모습일까? 미안하단 말로 모든 게 용서된다고 생각해? 진통하는 아내를 두고 어떻게 혼자 나가버릴 수 있어? 당신은 아이 아빠잖아, 우리에게 새로운 가족이 생겼잖아. 그 여자, 그만 잊어주면 안 될까? 아이에겐 아빠가 필요해. …… 많은 말들이 떠올랐지만, 여주는 아무 말도 하지 않았다. 그저 현중의 손을 끌어다 요람에서 자고 있는 아기에게로 가져갔을 뿐. 현중은 그제야 부부 침대 옆에 놓은 작은 요람에 눈길을 주었다.

"이게 뭐지?"

"… 자기 아들이잖아…"

"이게… 내 아들이라고…?"

"응… 예쁘지?"

현중은 요람을 뚫어져라 바라보았다. 여주는 행복한 표정으로 요람 위의 아이를 홀린 듯 바라보고 있었다. 현중은 천천히 요람에서 시선을 떼며 그런 여주를 바라보더니, 너무도 괴로운 표정으로 힘들게 말을 꺼냈다.

"…할 말이 있어. 선형이 봤다고 했지? 사실 걔가 왔던 거…"

"현중씨… 하지 마."

"여주야, 난!"

"다 잊었어. 이렇게 예쁜 애기 낳았잖아. 나쁜 거, 슬픈 거 하나

도 생각 안 나. 그러니까 하기 싫은 얘기 억지로 하지 마. 나, 지금
행복해.”

여주는 현중의 손을 살며시 끌어다 아기의 손을 쥐여주었다. 아
기의 작은 손이 현중의 손안에서 꿈틀대고 있었다. 현중은 갈등 섞
인 눈으로 여주의 행복한 미소를 바라보다, 자신 없는 소리로 중얼
거렸다.

“… 행복하다고? … 그래, 네가 행복하면 된 건지도 모르지… 하
지만!”

그때, 전화벨이 요란하게 울렸다. 요람 속의 아기가 몸을 부르르
떠는 것을 보며, 여주는 아기가 깨기 전에 전화를 받으라는 신호를
보냈다. 여전히 뭔가를 말해야겠다는 표정으로 굳어 있던 현중은
여주가 두 번 세 번 재촉을 하고서야 전화기로 손을 뻗었다. 현중이
전화기를 막 집어 드는 순간, 전화는 자동 응답기로 전환되었다.

“다들 자니? 귀국 일정이 잡혔구나. 현중인 일정 체크해서 전화
하도록 해라. 현중이랑 통화한 게 반년은 되는 거 같구나. 그리고…
음… 꿈이 좀 흉하더구나. 여주가 아길 업었는데, 아기 목이 툭 떨
어지는 게… 흠… 꿈이란 게 믿을 건 못 되지만, 조심해서 나쁠 건
없겠지. 며칠 내로 닥터 하나를 보내마.”

청옥 여사였다. 당당하지만 지친 목소리였다. 잔뜩 일그러진 얼
굴로 메시지를 듣고 있던 현중은 갑자기 코드를 뽑아버렸다.

“따지고 보면 모든 게 어머니 탓이야… 엄마 욕심이 모든 걸 망쳤

어… 이젠 정말 지겨워… 선형이도, 엄마도, 너도… 저것도!"

한 단어 한 단어를 씹듯이 뱉어내며, 현중은 사나운 눈길로 전화기를 집어 던졌다. 전화기는 요람 다리에 부딪혀 배터리와 본체가 분리된 채 이리저리 튕겨 나갔다. 순간, 갓난아기는 얼굴을 찡그리며 앓는 소리를 냈다. 여주는 숨을 죽인 채 현중이 눈치채지 않도록 아이를 다독였다. 결국 여주의 출산은 남편에게 환영받지 못했다. 부모자식 간의 위태로운 갈등은, 현중에 이르러 한결 끔찍한 형태로 되풀이되고 있었다. 요람을 노려보는 현중의 눈빛에는 분노가 담겨 있었다. 여주는 현중의 눈을 피해 요람 속의 아기를 감싸 안았다. 뭔지 모를 불길한 기운이 새 식구가 태어난 별장 안에 스멀스멀 피어나고 있었다.

18

보이지 않는 남자

사라지는 아기

따뜻한 물에 몸을 적시며 여주는 긴 한숨을 내쉬었다. 현중은
또 나가고 없었다. 그제도, 어제도 밤이면 어두운 서재에 박혀 있다
날이 밝으면 바다에 간다며 사라져 늦은 저녁이 될 때까지 나타나
지 않았다. 도대체 어떻게 해야 현중의 마음을 아기에게로 돌릴 수
있을까? 아이를 아빠 없는 아이로 만들고 싶지는 않지만, 도저히
답이 나오지 않았다. 신경과민 탓인지, 출산 후 시작된 두통은 좀처
럼 나아지지 않고 있었다. 아기에게 젖을 물릴 때면, 현기증으로 역
한 구토가 밀려왔다.

별장에는 뭔가 이상한 기운이 흐르고 있었다. 증거를 댈 수는 없
지만, 여주가 자리를 비울 때마다 아기의 위치는 조금씩 달라져 있
었다. 침대 한가운데서 자고 있던 아기가 왼쪽으로 쏠려 있다거나,
오른쪽으로 기울어진 아기 머리가 왼쪽을 향해 있다거나 하는 식의

사소한 변화였다. 안방 화장실에서 샤워를 하는 잠깐 사이, 여주는 열린 문 쪽으로 몇 번이나 고개를 돌려 요람을 확인했다. 아기는 편안하게 잠들어 있었다. 여주는 안도의 숨을 쉬며 샤워 가운으로 손을 내밀었다.

'역시, 모든 게 착각인가 봐. 마음을 편안히 하자, 제발, 송여주…'

머리칼을 툭툭 두드리며, 여주는 욕실에서 나왔다. 당연하게도, 아기는 무사했다. 여주는 당연한 일에 새삼 안도하며, 사이드 테이블에 놓인 카메라를 집어 들었다. 하루가 다르게 아기는 자라고 있었다. 그 모습을 사진으로 남겨야 했다.

"아가야, 마음으로 웃는 거야, 하나, 둘, 셋, 악!"

들고 있던 카메라를 침대에 팽개치며, 여주는 요람으로 달려갔다. 아기가, 요람 속에서 자고 있어야 할 아기가 없었다. 뱀이 허물이라도 벗듯 아기 옷만을 요람 속에 남긴 채, 아기는 사라지고 없었다. 디지털카메라에 찍힌 영상을 보지 못했다면, 여주는 아기가 사라진 것도 알아채지 못했을 것이다. 두툼한 아기 옷이 아기라고 믿으며.

"아줌마! 아줌마!"

여주는 제천댁을 부르며 미친 여자처럼 안방에서 튀어나왔다. 머리카락에서 떨어진 물 때문에 발이 미끄러졌다. 가구 모서리마다 무릎을 부딪쳐가며 여주는 닥치는 대로 방문을 열어젖혔다. 거실, 식당, 다용도실, 세탁실, 현중의 서재… 어디에도 아기는 없었다. 맨발로 현관을 뛰어나가며, 여주는 목이 쉬도록 아기를 불렀다. 제발, 아줌마가 아기를 업고 나간 것이라면, 그럼 우리 아긴 무사할 텐데…
마당 한켠에 제천댁의 모습이 보였다. 제천댁은 양손 가득 쓰레기봉투를 든 채, 지난달부터 일주일에 두 번 정원을 손질하러 오는 떠버리 노씨와 실랑이를 하고 있었다. "아, 있긴 뭐가 있다고 그려!" 제천댁의 뚱한 목소리가 멀리까지 들려왔다.

"아줌마! 우리 애기, 우리 애기, 애기, 애기가…"

여주는 숨을 헐떡이며 말을 잇지 못했다. 샤워 가운이 느슨하게 풀어져 젖몸살로 부푼 가슴이 반쯤 흘러 나와 있었다. 노씨는 정원 가위를 든 채, 흐릿한 눈길로 여주의 가슴을 탐욕스레 훑어보았다. 아줌마는 들고 있던 쓰레기봉투를 노씨 품에 툭 안겨 주며, 여주를 돌려세웠다.

"애기가, 방금까지 요람에 있던 애가…"

"이러고 다니믄 써요, 젊은 사모님이. 또 뭔 일이길래."

바로 그때, 희미하게 아기 울음소리가 들려왔다. 아기야, 내 아기야! 여주는 눈을 번뜩이며, 소리 나는 쪽으로 뛰어갔다. 울음소리는 집안에서 흘러나왔다. 그렇다면, 아기는 계속 집안에 있었단 말인가?

여주는 이 층 계단 끝에 구겨지듯 박혀있는 아기를 안아 올리며, 울음을 터뜨렸다. 아기는 발가벗겨진 채, 폐쇄된 다락으로 통하는 이 층 계단의 끝에 아슬아슬하게 걸쳐져 있었다. 만일 아기가 팔이라도 한 번 움직였거나, 여주가 조금만 늦었다면 아기는 계단에 그대로 굴러떨어져 산산조각이 났을 것이다. 여주는 아기의 목이 부러졌다는 청옥 여사의 꿈을 떠올리며 몸서리를 쳤다. 도대체 누가, 누가 이런 짓을 한단 말인가! 도대체 누가, 내 아기에게. 여주는 샤워가운을 벌려 아기를 안아주었다. 아기의 맨살이 여주의 맨살에 닿았다. 그곳에 얼마나 있었는지 아기의 몸은 차디찼다. 여주는 온몸에 소름이 돋는 것을 느끼며, 계단 아래로 내려오기 시작했다.

바로 그때, 벽 하나를 사이에 두고 누군가 으르렁대는 소리가 들려왔다. 소리는 분명 밑에서 들려왔고, 집안에는 아무도 없었다. 그렇다면 어딜까? 집안이 아니면서, 폐쇄된 다락으로 통하는 이 층 계단 밑이라면? 창고, 창고야! *이 계단이 폐쇄된 다락으로 통해.* 여주는 언젠가 현중이 해준 말을 떠올렸다. 아기를 다락 앞에 버려둔 침입자는 분명 목소리의 주인공일 것이다. 그게 누구든, 여주는 도저히 그냥 넘어갈 수 없었다. 여주는 아기를 요람에 내려놓고는 화장대 서랍에서 가스총을 꺼냈다. 거실을 서성이던 제천댁은 가스총을 든 여주를 불안하게 바라보았다. 여주는 샤워가운을 단단히 고쳐 매며 건조하게 내뱉었다.

"침대에 애기 옷 있어요. 옷 입혀서 침대에 눕혀주시고 절대 애기 혼자 두지 마세요. 아! 혹시 그이 오면, 창고로 보내주세요."

여주는 신발장 위의 손전등을 챙겨 들며, 방범 버튼을 눌렀다. 위급 상황에 보안업체로 연결되는 버튼이었다. 이제 곧 경호원들이 오겠지만, 그 전에 목소리의 주인공들이 도망쳐 버린다면 아기는 여전히 위험할 것이다. 아기를 지키기 위해서라면 겁날 것이 없었다. 여주는 결연하게 현관문을 나서며, 조용히 창고 쪽을 향해 걷기 시작했다.

창고 안의 목소리

아니나 다를까 창고 문은 비스듬히 열려 있었다. 별장 외벽을 따라 경사진 면의 높이를 맞추지 않고 그대로 지은 창고였다. 왼쪽에서 오른쪽으로 걷다 보면 어느새 이 층 높이에 와있는 것이 창고의 특징이기도 했다. 가스총을 꽉 움켜쥔 채 왼쪽에서 오른쪽으로 걸으며 여주는 영화 속 첩보원처럼 눈알을 번뜩였다. 전원을 의도적으로 차단했는지, 전등이 켜지지 않았다. 그러고 보니, 언젠가부터 별장의 전등은 하루가 멀다 하고 불이 나가 있곤 했다. 여주는 한구석도 빼놓지 않고 손전등을 비추며 소리 나는 쪽을 향해 가스총을 치켜들었다.

출입문에서부터 얼마나 들어온 것일까. 분명 어디선가 낮게 으르렁대는 소리가 들려왔다. 그 소리는 분명 상처 입은 동물의 신음에 가까웠다. 어쩌면 목소리의 주인공은 동물이거나, 정신병자 혹은 그 이상의 무엇일지도 몰랐다. 목소리가 가까워짐에 따라 여주는 샤워가운을 바짝 조였다. 이건 정말 무모하기 짝이 없는 일이었다. 경호원들이 오기 전에 목소리의 주인공과 맞붙는다면 어떻게 될까? 상

대가 누군지는 모르지만, 가스총 하나로 모든 게 해결된다는 보장
은 없었다. 소리는 점점 가까워졌다. 소리는 역시 폐쇄된 다락으로
통한다던 계단 위에서 들려왔다. 여주는 손전등을 껐다. 계단 위는
막힌 공간이야. 여기서 계속 기다리면, 언젠가는 내려오겠지. 그럼
그때 쏘는 거야. 여주는 계단 밑 공간에 몸을 숨긴 채 숨을 죽였다.
그때, 아아! 하는 남자의 울부짖음이 선명하게 들려왔다. 그것은 짐
승의 포효에 가까웠지만, 몹시도 낯이 익은 목소리이기도 했다. 일
테면, 현중의 목소리? 여주는 새로운 긴장감에 몸이 뻣뻣해졌다. 그
렇다면, 목소리의 주인공은 바다에 간다던 현중이란 말인가? 그때,
낮지만 분명한 여자의 목소리가 들려왔다.

"그래 봐야 소용없다는 거, 잊었니?"

남자의 으르렁대는 소리가 점점 작아졌다. 이번에는 좀 더 분명
한 현중의 목소리로, 남자는 변명하듯 내뱉었다.

"… 여주한텐 말할 수 없어. 알잖아."

"그럼 내가 할까?"

"그건 안 된다고 했잖아!"

"네가 망설이는 이유를 모르겠어. 왜 처음부터 말하지 않았지?"

"집에 돌아올 땐 그런 건 생각 안 했으니까… 선형아, 시간을 좀
줘. 일주일, 아니 며칠만이라도…"

"이미 충분히 늦었어."

"그냥 조금만 더 덮어두면 안 될까. 여태껏 상처만 줬는데, 또 이

렇게…”

“너, 그 여자 정말 사랑하는구나. idiot!”

“……”

“시간이 기다려줄까? 네 얼굴은 어쩔 건데?”

그 순간, 여주는 가스총과 전등을 든 채 계단을 뛰어올랐다. 모든 것이 명백했다. 이번에도 ‘피 한 방울 안 섞인’ 쌍둥이 남매였다. 지긋지긋한 악연, 지긋지긋한 여자. 현중은 어쩌면 협박을 당하고 있는 건지도 몰랐다. 그러나 그런 것은 이제 중요하지 않았다. 여주가 참을 수 없는 것은, 현중이 아직도 선형과 함께 있고, 그들이 아기를 위협하고 있다는 사실이었다. 여주는 쌍둥이 남매를 향해 손전등을 똑바로 비췄다. 하얀 불빛이 남매 위로 쏟아졌다. 선형의 섬세한 손가락이 현중의 얼굴을 톡톡 건드리고 있었다. 현중의 얼굴에서 물집 같은 것이 터져 나오며, 가스총을 겨눈 여주의 얼굴 위까지 튀었다. 시큼하고 비릿한 냄새가 얼굴로 확 퍼졌다. 현중은 눈을 가리며 고개를 떨어뜨렸다.

“얼굴이 왜 그래?”

여주는 뻣뻣하게 굳어져 현중을 바라보았다. 선형은 놀라지도 않고, 오히려 흥미롭게 여주의 반응을 살피더니, 아주 당당하게 일어서서 계단을 내려갔다. 선형의 구두 소리가 어두운 창고에 사악하게 퍼져 나갔고, 여주는 멍하니 현중을 바라보고 있었다.

그때였다, 사람들이 창고로 들이닥친 것은. 창고 출입구가 환하게 열리고, 전원 차단이 풀렸는지 창고 안이 순식간에 밝아졌다. 현중은 갑작스레 쏟아지는 빛을 피해 이상한 신음 소리를 내며 몸을 웅크렸다. 막 문을 빠져나가려던 선형은 보안업체에서 파견한 두 명의 건장한 청년과 맞닥뜨렸다. 여주는 그제야 창고 안쪽에서 튀어나오며 비명 같은 소리를 내질렀다.

"그 여자, 그 여잘 잡아요!"

순식간에 창고의 분위기는 험악해졌다. 건장한 정식 경호원 셋에게 붙잡힌 선형은 조금의 흐트러짐도 없이 차분하게 입을 열었다.

"같이 갈 테니 이 손 놓도록 해요. 미리 말하는데, 난 가족이에요."

"그 여자 좀 붙잡아서 감옥에 넣어버려요, 제발"

샤워가운만을 걸친 여주가 가스총을 든 채, 반 미친 여자처럼 소리를 질러댔다. 경호원들은 어리둥절해서 선형과 여주를 돌아보았다. 지극히 정상적이다 못해 기품이 넘치는 한 여자와 예쁘기는 하지만 반미치광이 같은 여자가 서로 다른 말을 하고 있었다.

"창고 안에 한 명 더 있어요. 어서요!"

여주가 거의 비명을 질렀다. 서로의 얼굴을 마주 보던 경호원 중 두 사람이 창고 안으로 들어갔다. 창고 안에는 현중이 그대로 남아 있었다. 환하게 불이 켜진 창고 안에서 현중을 찾아내는 것은 어려운 일이 아닐 것이다. 출입구에 남은 경호원 한 명이 어색하게 선형을 붙잡고 있었다. 여주는 헝클어진 머리칼을 이로 잘근잘근 씹으며 선형에게 다가섰다. 선형은 차분히 입을 열었다.

“지금 묻고 싶은 거, 다 대답해 줄게요. 그러니까 이 사람들 보내요.”

“여기서 얘기해! 사람들 앞에서 얘!기!하!라… 아…”

여주는 이를 악물며 악을 써댔지만, 말을 끝맺지는 못했다. 손에 든 가스총이 바닥으로 툭 떨어졌다. 갑작스레 몰려든 극심한 두통과 함께 정신을 잃었던 것이다, 아기를 노리는 그 악마 같은 여자를 앞에 두고서.

별장의 ‘두’ ‘사람’

“이봐요, 송여주씨! 송여주씨!”

누군가 세차게 뺨을 때리는 것을 느끼며, 여주는 눈을 떴다. 정신을 잃은 것은 겨우 일 분도 안 되는 짧은 순간이었지만, 정신은 아득하고 몸은 천근만근 무거웠다. 여주를 내려다보고 있는 것은 위경복 경사였다. 언젠가 여주의 살인 사건을 수사했던 바로 그 형사였다.

“이거 이렇게 또 보네요. 노씨가 하도 호들갑을 떨어서 왔더니만.”

머쓱하게 서 있는 경호업체 직원 셋과 서형, 제천댁. 여주는 눈으로 주변을 훑다 말고 버럭 고함을 질렀다.

“애기 혼자 두지 말랬잖아요, 아줌마!”

“거 참, 물어볼 게 있어서 내가 불렀어요.”

여주는 정신없이 별장 건물을 향해 달렸다. 위경사의 말 같은 건 귀에 들어오지도 않았다. 현관문이 벌컥 열리고, 한달음에 안방까지 뛰어들었다. 아기는 무사했다. 침대에 눕혀진 채 새근새근 자고 있었다. 아기를 이불째로 들다 말고 여주는 인상을 찌푸렸다. 아기는 아직도 발가벗겨져 있었다. 아기 옷은 요람 속에 허물처럼 벗겨져 있었다. 도대체 뭘 한 거야, 옷도 안 입히고. 따뜻한 침대 위에 있었지만, 아기의 살은 차가웠다. 여주는 조심스레 옷을 입히고, 아기를 품에 꼭 껴안아 체온을 나누어주었다. 현관문이 열리고, 사람들이 웅성대며 거실로 들어오는 소리가 들려왔다. 여주는 낯빛을 바꾸며 아기를 침대에 내려놓았다.

"분명한 건 모든 게 오해라는 겁니다. 위협 같은 건 실재하지 않아요."

여주가 나왔을 때, 선형은 막 말을 마치고 있었다. 무슨 말을 들었는지, 모두가 안 됐다는 듯 여주를 바라보았다. 7개월 전, 살인을 고백하는 여주를 술주정뱅이로 몰던 위경사의 눈빛 그대로였다. 제천댁만이 안절부절 눈을 피하며 소파 끝에 엉덩이를 걸치고 앉아 있었다. 수첩을 내놓고 뭔가 적는 시늉을 하던 위경사가 여주를 보며 능글맞게 물었다.

"우리 사모님, 요즘도 술 해요? 시누이한테 가스총까지 겨누고… 에이."

여주가 발끈하며 뭔가 대구를 하려는데, 제천댁이 뚱하게 내뱉었다.

"그게 아니지요, 형사님. 나야 일주일에 한 번 왔다 가버리고, 이 넓디넓은 집에 둘이 살아봐요. 무섭게도 생겼지."

"둘이 아니라, 셋인데요."

여주가 끼어들며, 아줌마의 말을 고쳐주었다.

"저랑 애기랑 애 아빠, 그렇게 셋이 살아요."

제천댁은 뭔가 더 얘기를 하려다 선형의 눈치를 살피며 입을 다물었다. 그 모습을 놓치지 않고, 위경사가 날카롭게 물었다.

"그래, 애기 아빠 지금 어딨어요? 상황이 이런데 나와 보지도 않고."

"그건… 아직 창고 안에 있을 거예요."

"창고? 아니, 거기서 뭐 하시는데?"

"창고 안엔 아무도 없었는데요."

보안업체 직원이 불쑥 끼어들었다.

"맞아요. 우리가 얼마를 찾았는데, 침입자는커녕 개미 새끼 한 마리 없었습니다."

"무슨 소리에요? 그 사람, 방금 전까지 저 여자랑 같이 있었다구요!"

여주는 날카롭게 외쳤다. 하지만 위경사는 그런 여주의 말을 듣지 않았다.

"아주머니가 말해 보세요. 애기 아빠 어딨어요?"

"그게, 저, 그러니까… 요즘은 통 뵌 적이 없어서…"

모두가 여주를 바라보았다. 선형은 길게 한숨을 쉬며, 딴청을 부릴 뿐이었다. 모두가 자신을 정신병자처럼 취급하고 있었다. 더는 참을 수 없었다. 여주는 자리에서 벌떡 일어나, 분노로 번뜩이며 소리를 질렀다.

"이 집엔 세 사람이 살고, 오늘 내 아이가 죽을 뻔했어요! 그러니까, 저 여자를 데리고 다들 이 집에서 나가요!"

별장에서의 두 번째 죽음

마침내, 모두가 떠났다. 마지막까지 여주를 물고 늘어지던 위경사를 정리해준 것은 '고맙게도' 선형이었다. 여주를 바라볼 때면 굳이 경멸을 감추지 않는 위경사지만 선형에게는 달랐다. 선형의 한 마디 한 마디가 신탁이라도 되는 양, 선형을 숭배하고 있었다. 어떻게 그럴 수가 있지? 그렇게 못된 여자에게 그런 기품의 카리스마라니. 어쨌거나 그건 그 여자 재주니까. 여주는 분노로 입을 실룩이며 소파에 몸을 눕혔다. 지긋지긋한 두통이 다시 시작되고 있었다. 현중을 찾아야 하고, 얼굴이 왜 그런지 물어야 하고, 감추는 게 무언지 따져야 했지만… 갑작스레 몰려드는 피로감에 몸을 움직일 수도 없었다. 가위라도 눌리듯 온몸이 저릿저릿 아파오며, 여주는 스르르 눈을 감았다.

"일어나 봐요. 이럴 때가 아니에요!"

제천댁이었다. 뭐야, 그 여자 따라나간 거 아니었어? 형사 앞에서 헛소릴 할 때는 언제고. 여주는 제천댁을 흘낏 보고는 성가신 듯 다시 눈을 감았다. 제천댁이 안절부절못하며 다시 한 번 여주를 흔들어 깨웠다.

"작은 사모님, 아니 새댁. 선형 아가씨가 하두 말려서 그동안 암 말 안 했지만, 이 별장에 말여, 셋이 사는 게 아녀. 둘이 사는 거여."

"뭐라구요?"

"내 잘 말 들우. 얼른 이 집을 나가요. 여기 있음 큰일 나. 나랑 같이 갑시다, 지갑만 들고 얼른 나와."

"도대체 무슨 소릴 하는 거예요?"

"아, 왜 말귀를 못 알아들어! 이 집에 사는 사람, 그러니까 여기 사는 '사람' 말이우, 사람! 셋이 아니라 둘, 어억…!"

창가에 못 박힌 아줌마의 동공이 두려움으로 커져 있었다. 여주는 반사적으로 뒤를 돌아보았다. 어느새 어둠이 내린 창 너머로, 1m 80cm가량의 긴 그림자가 스쳐 지나가는 것이 어슴푸레 보였다. 제천댁은 입을 손으로 틀어막은 채, 공포에 질려 온몸을 바들바들 떨었다.

"아줌마, 괜찮아요?"

어어억, 어억…! 고함도 아니고 신음도 아닌 소리를 내지르며, 제천댁은 주방으로 뛰어들더니, 부엌칼을 손에 쥔 채 공중을 향해 찔러대기 시작했다. 공포와 광기로 그녀는 거의 제정신이 아닌 듯했다. 날 선 칼을 들고 공중을 찌르던 제천댁은 갑자기 비명을 지르며, 별장을 뛰쳐나갔다.

"이거 놔! 놓으라고!"

제천댁의 공포 섞인 고함 소리가 점점 멀어져갔다. 여주는 온몸을 떨며, 칼춤이라도 추듯 마당을 가로질러 달아나는 늙은 여자를 창 너머로 바라보았다. 저럴 수가, 어떻게 사람이 저렇게… 정신없이 전화기를 들어 112를 누르던 여주는, 끔찍한 비명 소리에 전화기를 떨어뜨렸다. 아아악…! 그것은 이선생이 포드를 몰고 바다로 떨어진 이후, 별장에서의 두 번째 죽음을 알리는 길고 끔찍한 비명이었다.

선형의 아주 특별한 능력

여주가 달려왔을 때, 제천댁은 이미 죽어있었다. 별장 건물을 벗어나자마자, 바다로 통하는 철 사다리에 굴러떨어진 제천댁의 머리에는 부엌칼이 90도로 꽂혀 있었다. 죽을 때까지 팔을 내저었는지 팔은 위를 향한 채 뻣뻣이 굳어 있고, 머리에서는 아직도 피가 흘러나왔다. 크게 확대된 눈동자는 죽기 직전의 극심한 공포를 생생하게 전달하고 있었다. 도대체 어떻게 머리에 칼을 박은 채 죽을 수가 있을까. 이곳엔 분명 아무도 없었는데… 현중씨? 그 순간, 여주의 머릿속에 대폭발이 일어난 것처럼 수많은 얘기들이 동시에 떠올랐다.

보안업체 직원의 "창고 안에는 아무도 없었는데요…!"
청옥 여사의 "현중이랑 통화한 게 반년은 된 것 같구나…"
선형의 "시간이 기다려줄까? 네 얼굴은 어쩔 건데?"
현중의 "나랑 살고 싶으면 아무것도 묻지 마!"
제천댁의 "이 별장에 말여, 셋이 사는 게 아녀, 둘이 사는 거여."

7개월 전 여주의 차에 치여 바다로 떠내려가던 현중의 시체, 그리고 6개월 만에 나타난 현중, 현중의 서재 위에서 들리던 쇠사슬 소리, 2층 계단에 버려진 아기, 그리고 방금 전 현중의 얼굴에서 터져 나오던 비릿한 물기까지… 미쳐버릴 듯한 혼란 속에서, 여주는 넋이 나간 사람처럼 제천댁의 얼굴에 손을 뻗었다. 그러나 다음 순간 터져 나온 울음에 여주는 제천댁의 눈을 감길 수 없었다. 그때, 코끝으로 아주 은은한 향기가 퍼지며, 누군가가 제천댁의 눈을 대신 감겼다. 이번에도 선형이었다.

"아줌마, 미안해."

선형은 아주 잠깐 제천댁의 얼굴을 쓰다듬었다. 그러고는 기가 질려 서 있는 여주를 향해 지극히 묘한 시선을 던지며, 언제나처럼 아주 천천히 속삭였다.

"난, 첫눈에 알았어요. 당신이 어떤 면에서 나랑 많이 닮았다는 걸…"

"…………"

“엄마가 날 왜 그렇게 싫어하는지, 진짜 이유가 궁금하지 않아
요?”

“…………”

“그건 내가… 남들은 못 보는 걸 봤기 때문이에요. 일테면 귀신
같은 거? 대대로 여기 살았던 여자들처럼, 그리고 믿을 순 없겠지만
내 엄마처럼.“

“어머니가? 하지만 당신은 현중씨완…”

“남남이라구요? … 맞아요. 엄마가 낳은 건 나였으니까.”

쌍둥이 남매의 공격

뒤집힌 아기 요람

선형은, 묘한 눈으로 여주를 바라보았다. 여주는 등줄기에 끼치는 소름을 간신히 참아내며, 선형을 피해 뒷걸음질쳤다. 바람결에 피 냄새가 진하게 풍겨왔다. 선형은 언제나처럼 천천히, 그러나 위협적으로 다가왔다. 선형이 여주의 팔목을 지그시 잡았을 때, 여주는 달리기 시작했다. 아기를, 아기를 구해야 해. 저 여자보다 빨리 달려야 해. 아기를 데리고 이곳을 떠나야 해! 거칠어진 선형의 숨소리가 여주를 바짝 뒤쫓고 있었다. 빨리, 더 빨리… 얼마나 뛰었을까. 가쁜 숨을 몰아쉬며 여주는 별장 안으로 뛰어들었다.

어둠이 내린 별장은 지독히 유산했다. 어둠 속에서, 숨이 넘어갈 듯한 아기의 울음소리가 들려왔다. 불도 켜지 못한 채, 여주는 소리 나는 곳으로 달려갔다. 오직 아기를 구해야 한다는 생각에 안방 문을 열었을 때, 여주는 뭔가에 걸리며 그대로 널브러졌다. 그것은, 뒤집힌 요람이었다.

"아가, 아가…!"

어둠 속에서, 여주는 바닥을 더듬대며 무릎걸음으로 걸었다. 손끝에 만져지는 나무 조각들… 요람은, 좀 전까지도 아기가 눕혀있던 요람은 산산조각이 나 있었다. 그렇다면, 아기는? 방금 전까지도 숨이 넘어갈 듯 울던 아기는? 애기야, 애기야! 여주는 울음을 터뜨리며, 부서진 파편들 사이를 헤집고 다녔다. 날카로운 파편들이 맨발을 찔렀지만, 아픔조차 느끼지 못했다.

"찾는 게 저건가?"

어둠 속에서, 낮고 음산한 소리가 들려왔다. 벽에 몸을 기댄 채, 도끼를 들고 여주를 쓰윽 노려보는 것은… 현중이었다! 여주는 숨 막히는 공포에 뒷걸음질치면서도 벽을 더듬어 전등 스위치를 찾았다. 아기를 찾아야 한다, 여기서 멈춰버리면 아기는 영영 찾을 수가 없으니까. 현중이 몸을 일으켰다. 여주의 손끝에 간신히 스위치가 잡혔다. 탁…! 어두운 방 안이 밝아지며, 여주는 짧은 비명을 내질렀다. 시체가 썩어가듯, 얼굴 전체에 물집이라도 터진 듯 진물이 흐르는 현중은 원한 맺힌 망령의 실체를 드러내고 있었다…! 아기는, 이불에 말린 채 바닥에 버려져 있었다. 어쩌면 이미 숨이 끊어져 버린 듯 아기는 미동조차 하지 않은 채, 나무 파편들이 뒹구는 방안에 버려져 있었다. 현중은 고름과 살이 뒤섞인 좀비 같은 얼굴로 여주를 빤히 바라보며, 아기의 배를 발로 지그시 눌렀다.

"잘 봐, 네가 그렇게 원했던 아기가 어떻게 되는지 잘 보라구."

미동도 하지 않던 아기는 그제야 몸을 움직이며, 울음을 터뜨렸다. 현중의 발에 점점 힘이 들어가고, 아기의 얼굴은 점점 빨개지고 있었다.

"안 돼!"

어디서 그런 용기가 난 걸까. 여주는 부서진 요람을 들어, 현중의 머리를 내리쳤다. 요람에 붙은 나사의 날카로운 면이 현중의 머리에 박혔다. 현중은 뒤로 넘어지며, 손을 들어 흐르는 피를 쓰윽 닦아냈다. 그 사이, 여주는 놀랄 만큼 빠르게 아기를 안아 들었고, 방 밖을 뛰쳐나왔다. 저벅저벅… 현중이 다시 일어서 걷고 있었다. 앞에서는, 선형이 아기를 노려보며 다가오고 있었다. 순식간에, 여주는 쌍둥이 남매에게 포위되었다. 여주는 무작정 2층을 향해 달리기 시작했다. 한 손으로 아기를 안은 채, 다른 한 손으로 벽에 걸린 액자들을 닥치는 대로 집어 던졌다. 남매의 머리 위로, 팔다리로 깨진 유리 조각들이 우두둑 쏟아졌지만, 남매의 공격은 수그러들지 않았다. 천정에서는, 언젠가 여주가 들었던, 뭔가가 쇠사슬을 끌고 다니는 듯한 소리가 다시 들려오고 있었다…!

쌍둥이 남매의 공격

"그걸 이리 줘요!"

"어서 이리 내!"

2층 발코니 끝. 쌍둥이 남매는 동시에 외치며, 반대편에서 다가왔다. 여주는 아기를 안은 채, 계속 뒷걸음질쳤다. 현중의 손에는 날이 잘 선 도끼가 들려있었고, 선형은 무시무시한 눈으로 아기를 노려보고 있었다.

"해치려는 게 아니야. 그걸 이리 주기만 하면 돼!"

"내 아기야!"

여주는 아기를 꼭 끌어안은 채, 남매의 눈을 똑바로 보지도 못했다. 여주는 두려움에 떨고 있었다. 좀비처럼 썩어 가는 현중이 무서운지, 악마처럼 냉정한 선형이 더 무서운지 알 수 없었다. 허리 높이밖에 오지 않는 발코니 끝, 더는 갈 곳이 없었다. 난간 끝까지 몰린 채, 여주는 흘낏 뒤를 돌아보았다. 2층이라지만, 뛰어내리기엔 너무 위험했다. 정원에는 잘 조형된 돌조각상이 늘어서 있었고, 여주는 아이를 낳은 지 열흘도 안 된 산모였고, 여주의 품에는 아기가 안겨 있었다. 하지만 이대로 아기를 빼앗긴다면? 선형과 현중이 아기에게 무슨 짓을 할지 알 수 없었다. 여주는 눈물이 가득한 눈으로 현중을 바라보았다.

"이러지 마… 우리 애기잖아. 현중씨 아들이야… 현중씨, 제발!"

"날 보고도 모르겠어? 난, 누구의 아빠도 아니야!"

"아니, 현중씬 아빠야. 자기가 사람이든 아니든… 그건 안 변해. 현중씰 죽인 거 미안해, 내가 잘못했어. 그치만 아긴 잘못 없어. 제발, 우릴 가게 해줘. 여기서 나가게 해줘. 응? 제발…”

“넌 여기서 나갈 수 없어! 그 앨 데리고 나가선 안 돼!”

“현중씨, 제발…!”

현중은 괴로운 표정으로 팔을 휘둘렀다. 현중의 팔 동작을 따라 난간에는 살을 깊이 짼 것 같은 도끼 자국이 생겨났다. 여주는 입술을 깨물며 마지막 희망을 담아 현중을 바라보았다. 그러나 그 순간, 선형이 아기의 팔에 손을 뻗었다. 여주가 현중을 설득하는 사이, 선형이 코앞까지 다가온 것이다. 아기가 자지러지게 울어댔다. 도끼를 든 현중의 손이 높이 들어 올려지고, 선형은 이를 악문 채, 아기의 팔을 확 잡아당겼다. 아기의 팔이 꺾이며 아기를 거의 뺏길 듯한데, 그 순간! 아기의 팔이 선형의 손에서 빠져나가며 여주의 두 발이 허공 위로 붕 떠오른다. 여주는 아기를 꽉 끌어안은 채, 2층 아래로 몸을 던지고 있었다!

“아, 아, 아악…!”

비명 소리가 솟구쳤다. 선형과 현중은 일그러진 표정으로, 바닥을 나뒹구는 여주를 바라보았다. 초인적인 모성애가 발휘된 것일까? 여주는 떨어지는 순간까지도 품에 쥔 어린 것을 움켜쥔 채, 몸을 둥글게 만 채 땅바닥으로 떨어졌다. 간신히 석상을 피해 떨어졌지만, 둔탁한 소리와 함께 바닥에 널브러진 여주는 몸을 거의 움직이지 못했다. 그때까지도 아기를 얼마나 꽉 잡았는지, 손가락 마디마디에 뼈가 하얗게 드러나 있었다. 쌍둥이 남매는 그대로 굳어진 채, 바닥에 내동댕이쳐진 여주를 바라보았다.

"여주야! 송여주!"

현중이 짐승처럼 으르렁댔다. 순간, 영원히 일어나지 못할 것 같던 여주가 몸을 꿈틀대며 일어서기 시작했다. 다리를 심하게 쩔뚝이며, 여주는 마당을 가로질러 달리기 시작했다. 순간, 쌍둥이 남매의 시선이 마주쳤다. 현중은 충격에 휩싸인 채, 마룻바닥에 털썩 주저앉아 멍한 눈길로 여주를 바라보고 있었다. 선형은 그런 현중을 흘낏 보더니, 몸을 돌려 달리기 시작했다. 선형의 눈은 이유를 알 수 없는 확신 같은 것으로 번뜩이고 있었다…!

청옥 여사의 귀국

다리를 쩔뚝이며 여주는 달렸다, 아니 다리를 끌며 간신히 걷고 있었다. 강보에 싸인 아기는 몸서리를 치며 울어대고 있었다. 집안에서 들려오던 "천정의 쇠사슬" 소리는, 이제 온 별장 곳곳에서 들려오고 있었다. 머리가 터져버릴 것 같았다. 아기의 강보도 조금씩 피에 젖어가고 있었다. 아기의 머리 한 쪽이 찢어져 있었다. 현중이 도끼로 요람을 부술 때 다친 건지, 선형을 피해 2층에서 뛰어내릴 때 다친 건지 알 수는 없었지만, 아기는 오만상을 찡그리며 울어댔고, 그럴수록 아기의 머리는 더 많이 찢겨지고 있었다. 어린 것의 배냇저고리로 피가 뚝뚝 떨어졌다, 아기의 강보가 젖어가고 있었다, 아기를 꼭 감싼 여주의 가슴까지 핏물이 들고 있었다. 이 집을 벗어나야 한다, 어서 이곳을 떠나야 해! 마당은 너무 멀었다. 차까지는 아직 한참 남았는데, 현관문이 벌컥 열리며 선형이 달려나오고 있었다. 이렇게 가다가는 선형에게 붙잡히는 것은 시간문제였다. 선형에게서 달아나야 한다! 여주는 공포심에 방향 감각을 상실한 채, 발길이 닿는 대로 몸을 움직였다. 자신이 어디로 가는지도 모른 채, 그저 선형만을 피해…

"이젠 끝났어요. 아이를 이리 줘요!"

악마처럼 냉정한, 그래서 더 무시무시한 표정으로 선형이 다가왔다. 두려움에 떨면서도 뭔가 무기가 될 만한 것을 찾던 여주는 바닥을 뒹구는 가스총을 발견한다. 저녁 무렵, 목소리의 주인공을 찾아 창고로 왔던 자신이 떨어뜨린 가스총이었다. 그렇다면, 이곳은 창고? 여주는 그제야 자신이 창고 앞에 와있는 것을 깨달았다. 분명 이 집을 나가려고 했는데, 어떻게 창고로 온 것일까? 창고야말로 막다른 골목이었다. 어디에도 도망칠 곳이 없는 막힌 공간으로 달려오다니… 여주는 자신이 뭔가에 홀렸다는 생각에 더 큰 두려움을 느꼈다. 별장을 감싼 이 기괴한 기운은, 여주와 아기를 철저히 위협하고 있었다. 선형은 한 걸음, 한 걸음 여주를 향해 다가왔다. 아기는 쉰 목소리로 세차게 울어댔다. 여주는 그저 부들부들 떨며 심판의 순간을 기다릴 뿐이었다. 바로 그때, 어두운 창고 앞으로 하얀빛이 눈부시게 쏟아졌다. 자동차의 헤드라이트 불빛은… 청옥 여사였다!

"어머니, 살려 주세요! 아기를 살려주세요!"

굳은 표정으로 차에서 내리던 청옥 여사는 절규하는 여주를 보며, 눈을 의심했다. 피에 젖은 강보를 꼭 안고, 온몸이 이리저리 찢긴 채 다리를 절뚝이며 울부짖는 며느리… 청옥 여사는 비로소 여주를 향해 무섭게 다가오는 선형을 발견했다.

"이게 무슨 일이냐? 너, 당장 거기 서!"

"엄만 빠지세요."

청옥 여사의 벼락같은 고함소리에도 선형은 낯빛 하나 바꾸지 않았다. 그저 이를 악문 채, 아기를 향해 두 손을 뻗었다. 아기의 팔을 확 낚아채는 순간! 선형은 비명을 지르며 땅바닥으로 고꾸라졌다. 청옥 여사였다, 딸을 향해 가스총을 난사한 것은. 선형은 바닥에 쓰러진 채 팔다리를 버둥거리고 있었다. 여주는 눈물을 흘리며, 청옥 여사의 발밑에 주저앉았다.

"도대체 이게 무슨 일이냐? 현중인 도대체 어딨고… 이건 아이니? 아이를 낳은 거야?"

"현중씬 죽었어요. 죽었다구요!"

"그게 무슨 말이야, 대체!"

"어머니, 아기를 데리고 이곳을 떠나주세요. 전 어차피 그 사람한테 벗어날 수 없어요. 그러니까, 어서 이 애를 데리고 여길 떠나세요!"

여주는 청옥 여사의 품에 아기를 감싼 강보를 안겼다. 청옥 여사는 의혹이 가득한 눈길로 여주를 바라보다, 어린 것을 감싼 강보를 안아 들었다. 청옥 여사는 손자의 얼굴을 보기 위해 강보 자락을 걷었다. 기대에 찬 표정으로 강보 자락을 들치는 순간, 청옥 여사는 강보를 떨어뜨리며 바닥으로 고꾸라졌다. 그토록 기다리던 손자의 얼굴을 보기도 전에, 갑작스런 발작이 시작된 것이다. 현중이었다! 어느새 망령처럼, 아니 망령이 되어 나타난 현중이 청옥 여사의 뒤에서 서서히 걸어오고 있었다. 창고에 널브러져 신음하는 선형을 무심히 넘으며, 갑작스런 발작으로 팔다리를 버둥대는 청옥 여사에게 흘낏 시선을 던지며, 여주를 향해 다가오고 있었다. 여주는 아기를 안은 채 다시 달리기 시작했다. 쿵, 쿵, 쿵… 현중의 발자국 소리가 창고 안에 퍼져 나가고 있었다.

마지막 혈투

이제는 달아날 곳도 없었다. 도대체 어떻게 해야 현중을 따돌릴 수 있을지 알 수는 없었지만, 결론은 둘 중 하나였다. 현중을 쫓아내든지, 아니면 아기를 잃든지. 여주는 이를 악물었다. 다리의 고통 따윈 아무렇지도 않았다. 두 번 다시 아기를 잃는 고통을 겪어야 한다면 차라리 죽는 게 나았다. 여주는 한 팔로 아기를 안은 채, 오른 손으로 무기가 될 만한 것을 찾았다. 창고 안에는 온갖 종류의 여장들이 늘어서 있었다. 각종 도끼날과 전기톱, 스패너, 이름을 알 수 없는 철근 꼬챙이에 드럼통들까지. 여주는 긴 선반에 놓인 연장들을 닥치는 대로 집어, 현중에게 던졌다. 여주를 바싹 쫓는 현중의 진물 나는 얼굴 위에 볼트와 너트가 던져지고, 한 때는 미끈했던 현중의 정강이 위로 스패너가 스쳤으며, 이름을 알 수 없지만 치명적 상처를 줄 수 있는 철근 꼬챙이는 거의 현중의 팔을 찌를 뻔했다. 그런 것들이 현중에게 과연 무기가 되는지 알 수는 없었지만, 현중의 입에서 터져 나오는 무시무시한 비명 소리로 보아 방해가 되는 것만은 분명했다. 그러나 '억울한 죽음'을 당한 망령답게, 혹은 '패륜'의 망령답게 현중은 끈질겼다. 여주는 달아나고, 또 달아났다. 현중은 뒤쫓고, 또 뒤쫓았다. 온몸에 피가 맺히고 멍이 든 다리를 쩔뚝이는 여자가 피에 젖은 강보를 안고 달린다, 얼굴에서 진물이 흐르는 남자가 도끼를 든 채 그 뒤를 따른다, 여자와 남자의 간격은 점점 좁혀진다…!

'아기를 지켜야 해, 아기를 잃을 바엔 같이 죽겠어!'

이제 완연한 광기에 휩싸인 여주는 우뚝 멈춰 서서, 필사적으로 선반을 잡고 흔들었다. 선반은 견고했다. 그러나 여주는 포기하지 않았다. 뭔가가 여주의 귀에 속삭이는 것 같았다. 선반을 넘어뜨리라고, 그래야 살 수 있다고. 스패너에 찢기고, 볼트와 너트가 박힌 현중의 얼굴은 괴기스러웠다. 온몸에 여주 못지않은 피 칠갑을 한 채, 현중은 여주를 향해 무서운 속도로 다가오고 있었다. 여주는 이제 선반의 옆면을 향해 온몸을 던졌다. 온몸이 부서질 듯 아팠지만, 선반은 크게 흔들렸다. 현중이 다가온다, 여주는 한 번 더 선반으로 돌진한다. 한 번, 두 번, 세 번… 마침내, 쿵! 소리와 함께 선반이 쏟아지며 현중을 덮친다…! 으아, 으아악…! 전기톱, 칼, 낚시 바늘, 스패너, 망치… 선반 위의 모든 연장이 쏟아지고, 이어 족히 3m는 되는 선반이 무너져 내렸다. 현중은 급하게 몸을 피했지만, 다행인지 불행인지 한쪽 팔이 선반에 깔려 버둥거리고 있었다.

그러나 그것이 과연 현중에게 제대로 된 공격이라 할 수 있을까? 원한에 사로잡힌 망령에게? 여주는 결연한 표정으로 땅바닥에 떨어진 라이터를 주머니에 넣고, 선반이 있던 곳에 쓰러져 있는 석유통을 집어 들었다. 한 손으로 아기를 안고, 다른 한 손으로 석유통을 드는 것은 힘든 일이었지만, 결연한 표정으로 석유통을 들었다. 아기를 잃게 된다면 여주는 아기가 태어난 별장과 함께 이 세상에서 사라질 생각이었다. 여주는 다시 달렸다, 숨을 곳을 향해 달리기 시작했다. 현중이 보기 전에 어딘가로 숨어야 했다, 적어도 날이 밝을 때까지 숨을 곳이 필요했다. 계단이었다, 부러진 한쪽 다리를 끌며 뛰어 올라간 곳은. 얼마나 올라갔을까, 계단 끝에는 두터운 철제문이 가로막고 있었다. 언젠가 현중이 얘기하던 그곳, 바로 폐쇄된 다락으로 통하는 그 문이었다…!

다시 열린, 폐쇄된 다락

계단 아래에서 선반이 들썩거리는 소리가 들렸다. 현중이 선반을 떨치며 일어나려 하고 있었다. 여주는 온 힘을 다해 문의 손잡이를 돌렸다. 폐쇄된 지 오랜 다락방의 문은 좀처럼 열리지 않았다. 더 이상 현중을 막을 수 없었다. 억지로 문고리를 돌리며, 여주는 저도 모르게 이를 갈며 중얼댔다.

"살려줘, 내 아이를 살려줘! 누구든 좋아, 내 목숨과 바꿀 테니까, 제발 이 문 좀 열어달란 말이야!"

그렇게 내뱉으며 여주는 미친 듯이 문고리를 잡아 돌렸다. 그 순간, 기적처럼 문고리가 돌아가며, 육중한 다락문이 열렸다. 언젠가 자살한 남편의 환영을 본 청옥 여사가 폐쇄해버린 그 다락이 3년 만에 열리는 순간이었다…!

20

두려운 진실

아아, 사랑하는 나의 아기

여주와 아기를 맞이한 것은, 진한 곰팡이 냄새였다. 한 때, 선형의 '새 아빠' 이선생이 선형만큼이나 아꼈던 고서적들이, 쌍둥이 남매에게 읽어주던 동화책들과 함께 바닥을 구르고 있었다. 창 너머로는 시커먼 바다가 펼쳐졌다. 사람 냄새를 맡은 쥐떼들이 여주의 맨발로 우르르 몰려들었다. 여주는 이미 찢길 대로 찢긴 피맺힌 맨발로, 쥐 한 마리를 꾹 밟았다. 쥐의 내장이 터졌지만, 여주는 무표정하기만 했다. 이때, 아기가 울기 시작했다. 지칠 대로 지쳐 자지러져 가던 아기치고는 너무도 큰 울음소리였다. 여주는 당황하며 아기의 입을 막았지만, 아기의 울음은 점점 커져갔다. 멀리서 계단을 오르는 발자국 소리가 들렸다. 여주는 앞자락을 들춰 가슴을 풀어헤쳤지만, 아기는 젖마저도 물려 하지 않았다. 여주는 떨리는 손으로 라이터를 켰다. 어떻게든 아기를 달래야 했다. 계단을 오르는 소리는 점점 가까워왔다. 여주는 손에 집히는 대로 아무 책이나 집어 들었다. 《한국의 옛이야기 – 도화녀 비형랑 편》. 여주는 라이터로 책을 비추며, 작은 소리로 책을 읽기 시작했다. 아이를 달래려는 것인지, 자신의 두려움을 달래려는 것인지 알 수 없는 행동이었다.

"옛날 옛날에, 도화녀라는 아름다운 여자가 살았어요.

어느 날, 도화녀의 소문을 듣고 왕이 찾아왔지만, 도화녀는 남편이 있다며 왕을 거절했어요."

어린아이에게도 엄마의 심정이 전해진 것일까? 아기는 웬일이지 울음을 그쳤다. 마치 다 큰 아이가 엄마의 이야기에 귀를 기울이듯이 아기는 울음을 멈추고 여주를 빤히 바라보고 있었다. 이제, 계단을 오르던 발자국은 다락으로 통하는 문 앞을 서성이고 있었다. 여주는 모든 신경을 소리에 집중시킨 채, 입으로는 동화책을 읽고 있었다.

" '네 남편이 죽으면 나를 받아들이겠느냐?'

도화녀는 고개를 끄덕였고, 왕은 돌아갔어요.

그 후 왕이 죽고, 도화녀의 남편도 죽었어요.

며칠 후, 죽은 왕이 도화녀를 찾아왔어요.

도화녀는 약속대로 귀신이 된 왕과 하룻밤을 보냈어요.

그리고 아이를 낳았는데…"

철문을 두드리는 소리가 들렸다. 여주는 몸을 떨며 문 쪽을 바라보았다. 이 문 열어! 당장 문 열어! 송여주! 현중은 이제, 문을 뭔가로 내리찍고 있었다. 여주는 두려움에 입을 손으로 가린 채, 비명을 참기 위해 애썼다. 바로 그때, 여주의 곁에서 작고 낭랑한 소리가 들려왔다.

"그래서요? 그래서 어떻게 됐어요, 엄마?"

작고 귀여운 남자아이였다. 방금까지도 강보에 싸인 아기가 있던 그 자리에, 현중을 쏙 빼닮은 일곱 살가량의 남자아이가 머리에 피를 흘리며 여주를 올려다보고 있었다. 여주는 비명도 지르지 못한 채, 이 믿을 수 없는 광경을 바라보았다.

"고모가 본 건 아빠가 아니라 저였어요, 엄마!"

아이는 생글생글 웃으며 여주를 바라보았다. 여주의 경악하는 시선 속에서, 아이는 다시 뇌에 피를 철철 흘리며 죽어간 첫 아이의 모습으로 변했다…!

여주야, 송여주! 현중의 다급한 목소리가 들려왔다. 다락문이 덜컹덜컹 움직이고 있었다. 아기의, 아니 죽은 태아의 머리에는 아기를 죽음으로 몰고 간 암 덩어리가 매달려 있었다. 태아의 일그러진 얼굴은 어느새 뇌에서 흘러내린 피로 번질거렸다. 굳어버린 여주의 눈에, 먼 바다에 서 있는 시아버지 이선생의 모습이 들어왔다. 이선생은 물에 흠뻑 젖은 포드자동차와 함께 바닷가에 선 채, 여주와 아기를 바라보고 있었다. 이선생이 아기를 향해 손짓을 해왔다. 이선생이 손짓을 할 때마다, 별장에는 언젠가 여주가 들었던 '쇠사슬 소리'가 울려 퍼졌다. 마치 다락에서 포드까지 보이지 않는 쇠사슬에 연결되어 있는 것처럼. 여주는 이선생 옆의 포드가 한때 자신이 현중을 살해한 자동차라는 것을 깨달았다. 그렇다면 그날 밤, 자신이 바닷가에서 보고 들었던 것들은 모두 환상이었던 것일까?

"고모는 자꾸만 떠나라고 했어요. 그러면서 아빠한테 말했어요. 엄마한테 내가 붙어 있다고… 그 여잔 나빠요. 그 여자만 아니었으면, 엄마랑 행복하게 살 수 있었는데…"

여주는 그대로 굳어진 채 아기의 실체를 바라보았다. 아기는 열려진 머리에서 끝없이 피를 흘리며, 일그러진 얼굴로 여주를 바라보았다. 멀리서 죽은 이선생이 다시 손짓을 했다. 아기는 이선생을 보지 않으려고 애쓰며, 필사적으로 여주에게 매달렸다.

"엄마, 아빠랑 고모가 날 죽였어요! 아빠랑 고모가 서로 좋아해서 날 일부러 죽였어요!"

"아니, 그건 사고였어!"

선형이었다. 쿵! 철제문이 부서지듯 열리며, 만신창이가 된 선형과 현중이 뛰어들었다. 현중은 눈물을 흘리며 충격으로 굳어져 버린 여주를 바라보았다. 선형은 거부할 수 없는 카리스마를 풍기며, 아기를 바라보았다.

"널 죽인 건 우리가 아니라, 네 머릿속 암세포야. 우린 널 살리려고 최선을 다했어! 네가 죽은 건 우리 탓이 아니야."

"아니야, 아니야, 거짓말! 엄마, 저 여자가 죽였어요! 엄마, 엄마!"

"넌 사람을 죽였어! 아빠랑 할머니도 거의 죽일 뻔했고! 엄마한테 환상을 보여주고, 엄말 마음대로 조종했어!"

"아니야, 아니야! 엄마, 살려 줘. 저 여자가 날 또 죽이려 해요!"

"네가 죽어서 아빠도 고모도 너무 슬펐어. 그렇지만, 넌 떠나야 해! 엄마한테서 당장 나와! 너도 엄마도 다시 시작해야만 해."

"아니야, 아니야! 난 엄마 곁에서 살 거야!"

아기는 발버둥을 치며 울었다. 어느새 아기의 몸은, 여주가 보았던 냉동된 시신의 모습으로 변해 있었다. 머리가 열린 채, 피로 범벅이 되어 죽어간 아기의 모습으로. 여주는 눈물을 흘리며, 하얗게 얼어붙은 자신의 아기를 내려다보았다. 아기의 얼굴에 엉겨 붙은 핏자국… 여주는 아기의 머리를 쓰다듬으며 눈물을 흘렸다. 때를 놓치지 않고, 아기는 눈물을 흘리며 입을 달싹였다.

"엄마, 날 버리지 마. 엄마랑 아가랑 함께 있어. 응, 제발…"

"그래, 그래… 그럴게."

"엄마, 너무 추워. 나, 너무 추워, 엄마, 같이 가? 응?"

"그래, 그래, 우리 아가… 춥지 않게 해줄게. 엄마랑 같이 가."

여주는 멍한 눈으로 석유통을 들었다. 바닥을 구르는 고서적 더미 위로 석유가 쏟아졌다. 미처 말릴 새도 없이 라이터가 반짝이고, 순식간에 다락은 불길에 사로잡혔다. 여주는 아기를 끌어안았다. 뇌에 종양이 매달린 피에 젖은 얼굴로 아기는, 아니 아기 귀신은 선형을 보며 웃었다. 승리의 미소였다. 선형과 현중이 굳어 있는 사이, 여주는 아기를 안은 채 불 속으로 뛰어들었다. 순식간에 솟아오른 불길 속으로 여주가 걸어 들어가고 있었다. 아기는 행복한 미소를 띤 채 여주의 품에 찰싹 달라붙어 있었다. 안 돼…! 절규와 함께, 현중은 여주를 위해 불길 속으로 뛰어들었다. 여주는 이미 정신을 잃은 채, 불타는 다락 안에 널브러져 있었다. 벽으로 옮겨붙은 불덩이들이 현중의 어깨 위로 떨어졌다. 그 불길을 온몸으로 막으며, 현중은 여주를 안아 들었다. 불은 점점 세차게 타올랐다. 현중은 여주를 안은 채, 타오르는 불길 속에서 짐승처럼 오열하고 있었다…!

진실

"이제 정신이 드세요?"

낯익은 병실에서 눈을 떴을 때, 청옥 여사를 맞이한 것은 선형이었다. 불타는 다락을 빠져나와 쓰러진 청옥 여사를 업고 뛴 것도 선형이었듯이. 청옥 여사는 멈칫하며 몸을 움츠리더니, 뭔가가 떠오른 듯 다급히 물었다.

"어떻게 된 거냐. 여주가 낳은 게 뭐지?"

"여주씬 아무것도 낳지 않았어요."

"빈 강보를 꼭 끌어안고 있던데, 여주가 망상증이라도 걸렸단 말이냐?"

"엄마는 또 망상이라고 말하네요. 하긴 저한테도 늘 그랬죠. 이선형, 네가 보는 건 세상에 없어!"

"무슨 소린지 하나도 모르겠구나."

청옥 여사는 차갑게 내뱉었다. 선형은 청옥 여사를 물끄러미 바라보았다. 미인은 아니지만 당당한 표정, 굳게 다문 입술, 사람을 압도하는 분위기까지… 선형은 철저하게 청옥 여사를 닮아 있었다. 그래, 어쩌면 나도 엄마랑 똑같았는지도 몰라. 왜 좀 더 부드럽게 진실을 말하지 못했을까. 왜 오해를 풀려고 노력하지 않았을까. 선형은 부드러운 미소를 띤 채 청옥 여사를 바라보았다. 그리고 그 긴 이야기를 시작했다.

"올케, 아니 그냥 여주씨라고 할게요. 어색하니까. 여주씨의 생일 전날 밤, 현중이가 전화를 걸어왔어요. 우리의 관계, 그러니까 우리가 유전적으로 친남매인지 아닌지를 물어왔죠. 하지만 그건 핑계였어요. 현중이가 진짜 알고 싶어 했던 건, 전화를 끊지 말라고 애원하면서까지 알고 싶어 했던 건, 제가 현중이를 사랑하느냐 그런 것이 아니라, '그 녀석' 그러니까 죽은 조카에 관한 것이었어요. 현중이도 어렴풋하게나마 뭔가를 느끼고 있었으니까.

다음날이 여주씨의 생일파티였고, 현중이와 난 불필요한 오해를 피하려고 바닷가에서 만났어요. 바닷가에서 현중인 우리가 써왔던 〈교환 일기〉를 태웠어요. 모든 걸 끝내고 여주씨와 다시 시작하려고 했으니까.

제가 바닷가에 갔던 건 경고를 하기 위해서였어요. 사고로 죽은 태아가 여주씨 곁을 맴돌고 있다고 말해주기 위해서였죠.

　현중이는 짐작을 했으면서도, 막상 많은 충격을 받았어요. 다리
에 힘이 풀려서 제대로 서지도 못하기에 제가 현중일 안아 일으켰어
요. 그때, 공교롭게도 여주씨가 나타났죠. 여주씨가 심하게 취하기
도 했지만, '녀석'도 장난을 했죠. 아마 여주씨의 눈에 보인 우리는
여주씨가 가장 두려워하는 모습이었을 거예요. 그게 녀석의 방식이
었으니까.
　잠시 후에, 여주씬 미친 사람처럼 변해서, '포드'에 올라탔어요.
진짜 포드가 아니라, 아빠의 죽음 이후 바닷가를 맴도는 '유령 포
드'를 말이에요.
　본인에겐 그게 보였으니까, 정말로 탔다고 생각했겠죠. 어쨌거나
여주씬 그걸 타고 현중에게 달려들었어요. 아니 달려들었다고 상상
했죠.
　사실은 혼자서 제자리에 곤두박질친 것뿐이었는데도.
　여주씨가 스스로 살인을 했다고 주장한 건 그런 까닭이었어요.

　제가 여주씨를 좇아 달려가는데, 현중이가 갑자기 바다로 뛰어들
었어요. 그 앤, 엄마도 알다시피 독하지 못하잖아요. 어쨌거나 자기
아들이 '원귀'가 되었다는 사실에 무척 괴로워했어요.

현중이가 어디를 어떻게 떠돌았는지, 그것까진 저도 몰라요.

하지만 독한 방황 속에서 현중이는 더 이상 여주씨를 혼자 놔둬서는 안 된다고 판단했던 것 같아요.

그래서 집으로 돌아왔는데, 그땐 이미 여주씨는 '녀석'에게 완전히 조종당한 상태였죠. 여주씨는 의학적으로 '상상임신' 상태였으니까.

엄마 배에 철썩 달라붙어 요동치는 녀석을 억지로라도 떼어내는 것이 여주씨를 돕는 일이라고 생각했는데, 여주씨는 내가 '살아있는 아이'를 해치려 한다고 오해했어요.

현중인 여주씨의 모습에 너무나 고통스러워했죠. 죄책감과 사랑, 연민, 그리고 자신에 대한 분노 때문에 마음을 잡지 못했어요. 진실을 말해주고 싶어도, 여주씨의 상심을 감당할 엄두조차 내지 못했던 거예요. 그 바본 처음부터 여주씨를 사랑해 왔으면서도, 감당할 수 없는 일이 벌어지고 난 후에야 본인 감정을 깨달았으니까. 그래도 전 계속 경고했어요. 조카가 제 엄마를 떠나지 않는다고, 여주씨를 멋대로 조종한다고.

하지만, 결국 여주씬 '아이'를 낳았어요. 엄밀히 말한다면, '녀석'을 아기로 착각했던 거죠. 현중인 아무것도 없는 요람을 보면서 행복해하는 여주씨 때문에 너무 괴로워했고, '녀석'의 공격은 갈수록

심해져서 현중이 얼굴까지 망쳐 놓았죠. 요람을 부수면서 현중인

울었어요. 여주씨는 그런 현중일 점점 더 오해했고."

엄마와 딸

되찾은 일 년

이야기를 마치며 선형은 청옥 여사를 바라보았다. 어느새 흰머리가 옆을 덮은 청옥 여사는 입을 꼭 다문 채 믿을 수 없다는 듯 입술을 실룩였다.

"… 결국 여주가 상상임신을 했다는 소리구나. 간단한 걸 가지고 그런 얘길 꾸며대다니 우습구나."

청옥 여사는 자리에서 일어서며 싸늘하게 선형을 외면했다. 선형이 그런 청옥 여사의 팔목을 지그시 잡았다. 지금이야, 지금이 아니면 이야기할 수 없어. 어쩌면 좀 더 일찍 했어야 했던 얘기였어.

"생부를 찾았어요, 엄마의 잃어버린 일 년도 같이 찾았죠."

모녀의 시선이 팽팽하게 부딪쳤다. 청옥의 입술이 파르르 떨려왔다. 청옥은 링거 주사기를 거칠게 뽑으며, 자리에서 벌떡 일어섰다. 선형은 부드럽게, 그러나 단호하게 그런 청옥을 막아섰다. 선형은 아주 천천히 고개를 저었다. 그런 선형을 외면하며, 청옥은 장승처럼 굳어졌다. 선형은 놓치지 않았다, 청옥의 눈빛에 아주 짙은 회한이 깔리는 것을.

스물두 살의 의학도 청옥이 제 발로 정신병원에 찾아간 것은, '환각 증상' 때문이었다. 어머니로부터 딸들에게로 이어지는, '유전적 요인으로 인한 환각성 정신질환'. 그것이 영민한 의학도였던 청옥이 스스로에게 붙인 병명이었다. 처음 별장터에 초가를 짓고 살았던 이씨 소저의 병은 소위 '무병'이었다. 그녀는 때때로 들려오는 '낯선 소리'에 밤낮으로 비명을 질러댔고, 밤마다 몽유병 환자처럼 집집을 떠돌고도 아무것도 기억하지 못했다. 결국 바닷가로 쫓겨 온 그녀는 8개월 만에 아비를 모르는 딸을 낳았고, 평생을 환청과 몽유병으로 고통받다 죽었다. 은복 마님 역시 마찬가지였다. 헛것을 보고 듣는 고통 속에서 평생을 보낸 은복 마님이, 신기를 이어받았으나 그걸 감당하기엔 너무 허약했던 세 딸을 차례로 잃어버린 후에 낳은 것이 청옥이었다. 청옥은 지극히 이성적이고, 강했지만, 은복 마님의 '딸'이었다. 유노인이 청옥을 굳이 의사로 만든 것은 혹시라도 청옥에게 나타날지 모를 '유전적 증후' 때문이었다. 결국 유노인의 노력에도 불구하고 청옥은 스물이 넘어서면서 환각과 몽유병에 시달리게 되었다. 청옥이 스스로 정신병원에 걸어 들어간 것은 그 때문이었다.

선형의 생부를 만난 곳은 정신병원이었다. 그는 정신병원에서 가장 젊고 다정다감한 젊은 실습의였다. 촉망받는 의대생에서 정신병자로 전락한 청옥이 겪은 고통을 가장 가까이서 지켜보던 그가 청옥을 사랑했는지 어떤지는 알 수 없다. 어쩌면 청옥의 임신은 ‘몽유병’이 가져온 사고였는지도 모른다. 그러나 임신 사실을 알렸을 때, 청옥에게 청혼한 것을 고려할 때 그는 단순히 정신이 온전하지 못한 여자를 농락한 위인은 아닌 셈이었다. 그러나 어찌 된 영문인지 청옥은 만삭의 몸으로 병원을 나왔고, 거리에서 신음하는 청옥을 구한 것이 이선생이었다. 당시 아내의 산바라지 용품을 구하기 위해 거리로 나왔던 서른한 살의 이선생은 이미 양수가 터진 채 길바닥을 구르는 청옥을 자신의 아내가 입원한 산부인과로 데려갔고, 한눈에도 온전해 보이지 않는 청옥이 선형을 낳는 동안 손을 잡아주었다.

청옥은 해산의 고통 때문이었는지, 선형을 낳자마자 마치 씻은 듯 ‘병’을 털어냈지만, 치를 떨며 갓난아이를 ‘쓰레기통’에 던졌다. 그 아이는, 적어도 청옥에게 ‘더러운 병을 옮겨 간, 이어서는 안 될 병을 이어버린’ 저주의 산물이었다. 마음 약한 이선생이 그린 상황을 두고 볼 수 없는 것은 당연했다. 선형을 쓰레기통에서 건지고, 아이를 철저히 외면하는 청옥 대신 탯줄을 잘라준 것도 이선생이었다. 문제는 그 사이에, 이선생의 처가 현중을 낳다 죽었다는 데 있었다. 조금 신랄하게 말한다면, 이선생이 선형을 받아주는 사이, 현중은 어미를 잃었다. 그렇게 볼 때, 이선생과 현중이 청옥 모녀와 복잡하게 얽이게 된 것은, 단언컨대 '운명'이라는 말로밖에는 표현할 수 없었다.

청옥은 선형을 낳기 전까지의 '1년'을 완전히 잊었지만, 자신의 가계로 면면히 이어오는 저주까지 잊은 것은 아니었다. 일생을 통해, 청옥 여사에게 선형은 치욕이고 저주였다. 딸을 다시 거두라고 청옥을 설득한 것은 아내를 잃은 이선생이었다. 이선생이 '아비를 모르는 선형'을 딸로 받아들인 것은, 청옥이 '어미 잃은 현중'을 아들로 받아들이는 일과 거의 동시에 일어났다. 현중과 선형이 '피 한 방울 섞이지 않은' 쌍둥이 남매로 자라게 된 것은, 역시 '운명'이라는 말로밖에 설명할 수 없었다.

제법 괜찮은 화해

"엄마가 사라지고, 그분은 엄마를 찾아다녔대요. 겨우 몇 년 만에 엄마를 찾았는데, 그땐 이미 아빠가 옆에 있었다고, 그래서 떠날 수밖에 없었다고 말했어요."

"........."

"참 이상하죠? 엄마가 플로리다까지 가서 만나게 한 의사가 바로 제 생부였다는 거. 절 보자마자 입술을 떨면서 유청옥씨를 아느냐고 물었어요. 어머니라고 대답했더니, 갑자기 손수건으로 눈물을 닦으셨죠. 그때 알았어요. 그분이 제 생부라는 걸. 가족이 있는지 물었더니, 딸이 하나 있을 뿐인데 그것도 방금 알았다고 하더군요. … 사실은 다 기억하고 있죠? 그래서 일부러 생부를 만나게 해준 거 아닌가요?"

"도대체 무슨 소리를 하는 거냐?"

청옥 여사는 짐짓 차갑게 내뱉었다. 그러나 목소리가 떨리는 것만큼은 숨기지 못했다.

"엄마. 엄만 사실 다 알았죠? 14년 전에, 내가 현중이한테 진심이 아니었다는 거, 엄마도 알았잖아요. 난 알고 싶었어요. 정말 우리 둘 중 하나를 선택해야 한다면 그래도 친딸인 나를 선택하지 않을까 하고. 엄마도 알고 있었죠?"

"… 바보 같은 소리로구나."

"사실은 두려웠던 건가요? 날 엄마한테서 떨어뜨려 놓기만 하면, 그 지긋지긋한 저주에서 벗어날 수 있을 거라고 생각한 거예요? 그래서 그렇게 모질게 대했던 건가요?"

청옥 여사는 아무 말 없이 선형을 바라보았다. 타오르는 눈빛으로 선형을 쏘아보면서.

"그렇게 잘 아는 애가 왜 돌아왔지? 아연이 부족했니? 얼마나 더 모질게 해주길 바라는 거니?"

청옥 여사는 더는 참지 못하고 내뱉었다. 눈에는 여전히 분노가 차있었지만, 선형은 이미 알고 있었다. 청옥 여사의 분노는, 딸에 대한 분노가 아니라 운명에 대한 분노였다는 것을.

"엄마가 몇 번이나 찾아왔던 거, 처음엔 몰랐어요. '선, 저길 봐. 그 우아한 동양 여자가 널 또 지켜보고 있어.'라고 친구들이 말해주기 전에는."

"… 한 가지 이해가 안 되는 게 있다. 도대체 넌 현중이와 네가 남매가 아니란 걸 어떻게 알았지?"

"〈유전학〉 책을 읽다 반쯤 의심했고, 엄마랑 외삼촌이 하는 얘길 듣고 확신하게 되었죠. 하지만 도대체 왜 친딸인 나를 그토록 미워하는지 이해할 수 없었어요. 그러다 아빠가 만든 족보를 보고 확실히 알았어요. 아빠가 만든 건 … 아빠 모계를 찾는 족보가 아니었어요. 왕녀였던 이씨 부인, 은복 마님, 엄마, 그리고 저로 이어지는 족보였죠. 아빠는 저한테 그분들 얘기를 해주고 싶었던 거예요. 저한테도 같은 일이 일어나더라도 제가 잘 견딜 수 있도록, 오히려 그걸 자랑스럽게 생각하게 해주려고."

"…… 그 사람은, 네 아빠는 늘 그 모양이었어. 혼자만 생각이 깊은 척, 혼자만 모든 걸 다 이해하는 척. 사람을 주눅 하게 하는 그 눈빛하고는."

"모르겠어요? 아빤 엄말 사랑하셨어요. 절 그렇게 사랑하셨던 건, 제가 엄마를 꼭 닮았기 때문이었어요."

"그런 말 마라. 용서할 수 있는 게 있고, 없는 게 있는 거야. 네 아빤!"

"아빤, 자살한 게 아니에요. 아빤, 그날 술에 취해 계셨어요. 그건 정말로 사고였어요."

선형은 이선생이 죽던 날, 역하게 풍겨오던 술 냄새를 생생히 기억했다. 아빠의 죽음에 대한 상실감이 조금만 덜 했더라도, 선형은 그것을 좀 더 빨리 '사고'와 연결시킬 수 있었을 터였다.

"사고였다고? 술을 마셨다고?"

청옥 여사는 숨을 멈춘 채 선형을 바라보았다. 선형의 눈빛은, 진실을 담고 있었다. 그렇다면, 그 사람은 '자살'을 택한 게 아니었던 걸까? 청옥 여사의 눈빛이 흔들리고, 그녀는 충격과 회한에 잠긴 쉰 목소리로 혼잣말처럼 중얼거렸다.

"… 사고였다고? … 난 그 사람이 분신처럼 아끼던 포드까지 팔아버렸는데."

선형은 대답 대신 청옥 여사에게 낡은 차 키를 내밀었다.

"아빠의 포드는 정배 할아버지 댁 마당에서… 20년째 엄마를 기다리고 있어요."

청옥 여사는 떨리는 손으로 남편의 손때가 묻은 '차 키'를 집어 들었다. 서로의 치부를 가장 잘 감싸 안았으면서도 서로를 증오했던, 부부의 수많은 사연이, 둘의 애증이 담겨 있는 '차 키'를.

"엄마… 전 이선형이에요. 저는 엄마한테 물려받은 그 능력을 기쁘게 수용할 거고, 저 자신을 사랑할 거고. 할 수 있다면 친절한 이웃이 될 거예요. 그리고 어떤 경우에도 엄마를 원망하지 않겠다고,

이미 외삼촌과 약속한 걸요. 그러니까 이제 그만 짐을 내려놓아요. 엄마는 나한테 '나쁜 유전자'를 떠넘긴 게 아니니까."

청옥 여사의 두 눈이 점점 붉어져 갔다. 지난 50여 년의 인생 중에서, '여자 청옥'이 진심으로 행복했던 것은 불과 몇 해도 되지 않았다. 일생을 따라다닌 운명의 저주 속에서, 친딸인 선형을 멀리했던 것은, 그리고 자신과 피 한 방울 안 섞인 현중을 그토록 사랑했던 것은, 자신의 '더러운 피'가 너무도 무섭고 징그러웠기 때문이었다. 그것은 선형에 대한 미움이 아니라, 딸이 자신들의 운명에서 벗어나기를 원하는 간절한 바람이었다. 청옥의 눈시울이 점점 뜨거워지고 있었다. 그러나 그녀는 애써 차가운 말투로 내뱉었다.

"……… 왜 그런 얘길 하는 거니. 이제 와서 뭘 어쩌자고."

"나도 다른 사람처럼 엄마가 필요해요. 그냥 따뜻하게 바라만 봐줘도 만족해요. 다른 모녀처럼, 우린 그렇게 될 수 없는 거예요?"

선형은 거의 소리치듯 외쳤다. 단 한 순간도 감정을 날것 그대로 드러내는 법이 없는 선형의 눈에 물기가 고였다. 청옥 여사는 낯선 표정으로 선형을, 아니 자신의 딸을 바라보았다. 청옥 여사의 30대를 그대로 옮겨 놓은 듯, 너무도 자신을 닮은 선형을. 모녀의 눈빛이 부딪혔다. 지난 세월, 서로를 할퀸 상처들이 고스란히 담겨있는 눈빛이었다. 청옥 여사는 문득 선형이 아직도 자신의 팔을 잡고 있다는 것을 깨달았다. 따뜻한 손길이었다. 청옥 여사는 뭐랄까, 왠지 모를 쑥스러움과 불편함을 느꼈지만 선형이 계속 자신을 잡고 있도록 그냥 내버려 두었다. 몇 마디 말로 지난 삼십여 년의 세월이 극복될 수는 없었다. 그러나 결코 감정을 완전히 드러내는 법이 없는 두 사람이라는 것을 고려할 때, 모녀는 꽤 괜찮은 화해를 하고 있었다.

에필로그

슬픈 결말, 그러나

별장은 결국 무수한 억측과 괴담을 낳은 채, 폐가의 오명을 뒤집어쓰고 재가 되어 사라졌다. 그날 밤, 다락에서 일어난 화재로 별장은 흉측한 뼈대만을 남긴 채 다 타버렸다. 청옥 여사가 남편의 마음을 잡으려고 지었던 그 화려한 별장은 누대에 걸친 별장 집 사람들의 사연을 담은 채 활활 타올랐다. 그러나 별장은 사라지는 순간까지도, 처음 지어질 때의 위용을 잃지 않았다. 어쨌거나 그날 밤 화재는 최근 백여 년 사이 인근에서 일어난 가장 큰 사고였고, 별장 마당에서 발견된 아주머니의 시체는 파문을 일으키기 충분한 것이었다. 쌍둥이 남매는 언젠가의 청옥 여사처럼 그날 밤 일어난 일에 대해 한마디도 하지 않았다. 당연하게도 제천댁을 죽인 범인은 끝내 밝혀지지 않았지만, 여주가 보인 이상한 행동을 토대로 추리를 펼친 위경복 경사의 이야기는 일파만파 퍼져 나갔다. 결국 공명심에 불타는 어느 기자의 표현대로 "어린 아들과 젊은 엄마가 불 속으로 걸어 들어간" 이 기괴한 사건은, 별장이 아직 거기 있을 때 이상의 기괴한 소문들을 만들어 냈다. 이미 사라져 버린 별장이지만, 별장은 거기 서 있을 때와 마찬가지로 무수한 억측과 괴담의 중심지가 되어 있었다.

사건이 일어난 지 사흘이 되도록 여주는 깨어나지 못했다. 선형은 다리에 깁스를 하고 몸 곳곳에 붕대를 감은 여주를 착잡하게 바라보았다. 현중은 얼굴과 몸 곳곳에 붕대를 감은 채, 여주의 손을 붙잡고 앉아있었다. 넋이 나가버린 듯, 슬프기보다는 멍한 표정이었다. 현중이 치솟는 불길 속에 뛰어들지 않았다면, 여주는 이미 이 세상 사람이 아니었을 것이다. 심각한 정도는 아니지만 화상을 입은 것은 오히려 현중이었다. 여주가 깨어나지 못하는 것은, 결코 화상 때문도, 찢기고 부러진 몸 때문도 아니었다. 심한 정신적 충격에서 벗어나지 못했거나 혹은 여주의 의지가 깨어나기를 원하지 않기 때문이었다. 선형은 언제나처럼, 감정이 절제된 목소리로 말을 시작했다.

"말했잖아요. 현중일 두고 나랑 경쟁하려 들지 말라고, 언니는 경쟁 상대가 될 수 없다고… 우리가 서로 사랑했다고 믿었던 건, 아주 오래된 해프닝일 뿐이니까."

여주는 여전히 미동도 하지 않았다. 선형은 여주의 자궁에 납작 엎드려 까만 눈망울을 번뜩이는 '조카 녀석'을 바라보았다. 원귀가 된 '녀석'은 전처럼 날뛰지는 못했지만, 여전히 사나운 눈으로 선형을 노려보고 있었다. 선형은 딱하게 죽은 조카를 바라보았다.

"언니, 언니가 아이를 놓아줘요. 그래야만 조카가 갈 수 있어요. 그게 조카를 위하는 길이에요."

현중은 멍한 눈길로 아내의 손을 잡아주는 여동생을 바라보았다. 그 지독한 사건을 겪으며, 마침내 열일곱 살의 현중은 서른세 살의 남자로 자랄 수 있었다. 열일곱의 봉인은 제멋대로 해제되어 현중과 선형, 여주를 사납게 할퀴었지만, 바로 그 때문에 현중은 모든 혼란에서 벗어날 수 있었다. 이제 모든 것은 끝났고, 피가 섞였든 아니든 선형은 현중에게 쌍둥이 누이일 뿐이었다. 이제 현중에게, 여자는, 오직 '여주' 한 사람뿐이었다.

이렇게 여주와 나는 끝인 걸까. 서로 한순간도 행복하게 살아보지 못하고, 서로를 오해한 채로 그렇게 끝인 걸까. 현중은 마침내 매 순간 자신의 온 마음을 짓누르는 질문을 던지고 말았다.

"여주가 깨어날 수 있을까? … 아니, 대답하지 마."

선형은 현중을 물끄러미 바라보았다. 너무도 괴로워하는 오빠의 얼굴을. 어찌 된 일일까. 선형의 입가에 의미를 알 수 없는 미소가 떠올랐다.

“음, 어쩌면.”

“…… 어쩌면… 이라고?”

“어쩌면 깨어날 수 있을 거야. 기적이 일어났으니까…”

“기적?”

“아직 너무 작아서 아이랄 수도 없지만, 언닌 아일 가졌어. 진짜 우리 조카를…”

여주의 자궁에 작은 씨앗 같은 아기가 자라고 있었다. 현중이 절망과 괴로움으로 만삭의 여주를 안던 날, 귀신을 품은 여주 몸에 기적적으로 들어선 희망이었다. 선형은 보일 듯 말 듯 미소를 지으며, 여주의 배를 바라보았다. 여주의 뱃속에 시커멓게 붙어 있던 태아 귀신이 발버둥을 치고 있었다. 아직은 너무도 작은 새 생명이 커다랗고 집요한 죽음의 그림자를 조금씩 밀어내고 있었다…! 선형은 마치 새 조카를 쓰다듬는 것처럼 여주의 배를 쓰다듬었다. 그리고는 뭔가 더 듣고 싶어 하는 현중에게, 어린 시절 보여준 따뜻하고 환한 미소를 지어 보이며, 병실을 나섰다. 언제나처럼, 사람을 압도하는 기품의 아우라를 흩뿌리며. 그러나 현중은 선형이 나가는 것을 보지 못했다, 오직 여주를 바라보고 있었기에. 이제 그에게 ‘사랑’의 다른 이름은 오직 여주였으므로.

여주는 아주 긴 꿈을 꾸고 있었다. 여주는 길고 아름다운 강물 앞에 서 있었다. 저 강 건너편에서, 자신이 손수 입혀준 배냇저고리를 입은 '처음이'가 슬픈 눈으로 손짓을 하고 있었다, 이리 오라고, 어서 오라고. 화가 난 것도 같고, 웃는 것도 같은 아기의 작은 얼굴. 아련한 그리움 속에서, 여주는 살짝 물에 발을 담갔다. 어머니의 양수처럼 따뜻한 물이었다. 여주는 한 발 한 발 앞으로 나아갔다. 한 발 한 발 내디딜수록 물은 더욱 포근하게 여주를 안아주었다. 엄마! 아기가 엄마를 향해 웃고 있었다. 이제 한 걸음만 더 내디디면 아이와 함께할 수 있었다, 그토록 사랑하는 내 아이와… 그런데 어디선가 너무나 그리운 그의 목소리가 들려왔다. 바람처럼, 결혼식 날 불던 그 세찬 바람처럼.

"사랑해, 사랑해, 사랑해, 사랑해, 사랑해, 사랑해, 사랑해…"
현중의 눈에서 눈물이 흘러내렸다. *백만 번쯤 사랑한다 말해도 용서 못 하는 게 있는 거야!* 그 말을 외칠 때, 여주는 아직 살아있었다. 살아서 화를 내고, 현중을 욕하고 감정을 있는 대로 표현할 수 있었다. 평생토록 '살인마'라는 소리를 듣더라도, 여주가 깨어날 수만 있다면 얼마나 좋을까. 현중은 사무치는 그리움으로 느껴 울었다. 입안 가득한 울음덩어리들 때문에 말이 되어 나오지는 않았지만 현중은 여주를 향해 백만일 번째 단어를 뱉어냈다, 사랑한다는. 현중은 오직 여주만을 바라보았다. 바로 그 때문에, 현중은 여주의 맥이 살아나는 것을 알아채지 못했다. 새로운 생명과 함께 여주는 되살아나고 있었다, 현중의 백만일 번째 고백과 함께, 느리지만 아주 힘차게…!

〈끝〉

도화녀 비형랑

초판 1쇄 발행 : 2013년 2월 4일

지은이 : 홍주리
펴낸이 : 김운태
펴낸곳 : 도서출판 미래지향

편집인 : 김운태
경영총괄 : 박정윤
마케팅 : 김순태
디자인 : 스탠리
인쇄 : 백산하이테크

출판등록 : 2011년 11월 18일
출판사신고번호 : 제 318-2011-000140호
주소 : 서울시 영등포구 국회대로74길 20 1014호
이메일 : kimwt@miraejihyang.com
홈페이지 : www.miraejihyang.com
전화 : 02-780-4842
팩스 : 02-707-2475

ISBN : 978-89-968493-5-3 (03810)
정가 : 11,500원

· 이 도서의 국립중앙도서관 출판시도서목록(CIP)은 e-CIP홈페이지(http://www.nl.go.kr/ecip)와 국가자료공동목록시스템
(http://www.nl.go.kr/kolisnet)에서 이용하실 수 있습니다.(CIP제어번호: CIP2013000146)